Vier Brüder – Leidenschaft,
Sucht und Geborgenheit

MARKUS NÜSSELER

VIER BRÜDER – LEIDENSCHAFT, SUCHT UND GEBORGENHEIT

ROMAN

Bibliografische Information der Deutschen Nationalbibliothek
Die Deutsche Nationalbibliothek verzeichnet diese Publikation in der Deutschen Nationalbibliografie; detaillierte bibliografische Daten sind im Internet über http://dnb.d-nb.de abrufbar.

Satz, Umschlaggestaltung und Verlag: BoD · Books on Demand GmbH, Überseering 33, 22297 Hamburg, bod@bod.de
Druck: Libri Plureos GmbH, Friedensallee 273, 22763 Hamburg

ISBN: 978-3-7693-8750-6

Markus Nüsseler wurde 1954 in Bern/Schweiz geboren. Sein Erstlingswerk **Carola – es begann nach dem Oktoberfest** erschien am 10.03.2022. Der Roman **Wendepunkte der Liebe** führt die Geschichte um die Hauptpersonen des Erstlingswerks, Martin und Carola, zu Ende und erschien am 30.09.2022.

Im Mai 2022 erschien sein zweiter Liebesroman **Lea – zwei Freundinnen und ein Ehemann.** Mit diesem Roman beginnt die **Trilogie** um den Hotelier Tim, seine Frau Lea und deren Tochter Anna.

Der Roman **Anna und Mia oder die ungleichen Töchter** führt die **Trilogie** fort.

Der Roman **Tims Abschied und Mias Wiederkehr** beendet die **Trilogie.**

Die folgenden Romane **Vier Brüder, die Liebe und der Bruch des Zölibats** und **Vier Brüder – Leidenschaft, Sucht und Geborgenheit** erzählen die Lebens- und Liebesgeschichten von vier Brüdern.

1

Odo und Fiona hatten sich herzlich bei Papa Daniel für die noble Einladung zur Feier seines 75. Geburtstags in das Restaurant eines Fünf-Sterne-Hotels am Rande des Englischen Gartens bedankt. Sie hatten sich auch von seiner Mutter Nicole und seinen älteren Brüdern Aaron, Jonas und Luis sowie deren Frauen verabschiedet. Schon beim Nachtisch hatte Fiona ihrem Mann Odo vorgeschlagen, den Feiertag im Kreise der Familie noch bei einem gemeinsamen Spaziergang zu zweit durch den Englischen Garten ausklingen zu lassen. »Wir könnten Richtung Norden bummeln und dann bei der Haltestelle Thiemestraße in den Bus einsteigen, der uns zurück zum Ostbahnhof bringt.« Odo hatte beschwingt eine Alternative vorgeschlagen: »Oder wir machen am Chinesischen Turm Station und steigen dort in den Bus 54. Am Chinesischen Turm gibt es auch einen schönen Biergarten. Früher spielte dort am Sonntag auch immer eine bayrische Blaskapelle. Wenn du willst, können wir noch auf eine Maß einkehren.« – »Bloß nicht«, urteilte Fiona, »ich bin noch so satt.«

Als sich Fiona und Odo aus dem Familienverband gelöst hatten und durch die parkähnliche Anlage des Englischen Gartens schlenderten, blieb Fiona stehen, sah lächelnd in Odos Gesicht und fragte: »Wie fandest du deinen Vater heute? Was meinst du, wie kommt er damit zu Rande, dass er schon 75 Jahre alt ist?«

Diese Frage war bezeichnend für die feinsinnige und

mitfühlende Art Fionas. Sie beschäftigte sich als Portfolio-managerin bei einer bekannten deutschen Fondsgesellschaft in Frankfurt mit Fragen des Marktes und der gesamt-wirtschaftlichen Entwicklung. In ihrem Beruf musste sie ständig am Puls wirtschaftlicher Entwicklungen bleiben, und ihre wachen Augen verfolgten Hunderte von Zahlen-gruppen tagein und tagaus auf mehreren Bildschirmen, die sie kritisch fokussierte und auswertete. Doch neben ihrer kritisch-analytischen Ader hatte Fiona noch einen ande-ren Wesenszug. Fiona war eine mitfühlende Zuhörerin, die sich für ihr Gegenüber interessierte und persönlich Anteil nahm an dem, was andere ihr im persönlichen Gespräch anvertrauten. Außerdem war sie sehr kunstsinnig und hatte Freude an klassischer Musik. Auch das war Teil von ihrem Leben, und durch Fiona war Odo, der Pressereferent bei der Deutschen Bundesbank war, mit der Oper und mit Kunst-ausstellungen aus dem Bereich der Malerei in Berührung gekommen.

Odo überlegte kurz, dann urteilte er: »So heiter und glücklich habe ich meinen Vater schon lange nicht mehr erlebt. Und als er mich und meine Brüder so gelobt hat, fast als wären wir Teil seines Lebenswerkes, war ich ganz gerührt. Solch ein Lob habe ich von Daniel nicht oft be-kommen!« – »Meinst du den Vergleich mit der Festschrift, die ein Unternehmen anlässlich seines 75-jährigen Be-stehens drucken lässt? Wie hat er dich und deine Brüder genannt? *Lebende Zeugen der Geschichte unserer Familie!*« Odo nickte und verfiel in ein seliges Schmunzeln. Ihm war, als vernähme er wieder die stolzen Worte seines Vaters. *Ihr dokumentiert die Geschichte unserer Familie. Ihr seid diese lebende und bunte Broschüre, jeder von euch ist ein Kapitel in seiner Eigenart und Einmaligkeit. Ich bin so stolz auf Euch! Und ich freue mich über die hübschen und tüchtigen Schwiegertöchter, die ihr mir geschenkt habt!*

Ja, die Lobrede seines Vaters über ihn und seine älteren Brüder Aaron, den ehemaligen katholischen Priester, über Jonas, den Gymnasiallehrer mit einem außerehelichen Sohn und Luis, den Steuerberater, war an ihm heruntergelaufen wie ein linderndes, heilendes Öl.

Früher, an seiner ersten Stelle, als er noch Teilzeitredakteur bei einem Printmedium gewesen war, hatte er wenig anerkennende Worte von seinem Vater gehört. Erst sein Stellenantritt als Pressereferent der Deutschen Bundesbank hatten Daniels Einstellung zu Odo gewandelt. Ab da vernahm er häufig lobende Worte über seine prestigeträchtige Stelle, sein gutes Gehalt mit einer ordentlichen betrieblichen Altersversorgung und der Aussicht auf eine mögliche Verbeamtung.

Dass sein Vater seine gesellschaftskritischen Analysen, die während seiner Arbeit als Journalist aus seiner Feder hervorgegangen waren, nicht wertschätzte, hatte Odo zutiefst enttäuscht. Daniel hatte keine gute Meinung vom Beruf des Journalisten. Seiner Frau gegenüber hatte er schon mal die abschätzige Bezeichnung »Schreiberlinge« oder sogar »Schmierfinke« in den Mund genommen, wenn er von Journalisten sprach.

Doch die dankbare Lobrede seines Vaters auf alle vier Söhne stimmte ihn versöhnlich. »Das sind ja ganz neue Töne aus dem Mund meines Vaters«, hatte er nach dem Applaus, dem er mit ganzem Herzen zugestimmt hatte, gedacht. Auch Fiona hatte Daniels Worte in freudiger Erregung aufgenommen.

»Da wären wir!«, bemerkte Odo, als er seine Schritte nach links in Richtung des fünfundzwanzig Meter hohen Holzturms richtete, der in Form einer Pagode in den Himmel ragte. »Machst du schon schlapp! Wir wollten doch bis zur Thiemestraße spazieren!«, frotzelte ihn Fiona, die die wahre Absicht ihres Mannes durchschaut hatte. »Aber für eine Maß Bier bin ich noch zu satt!« – »Was kann ich dir bringen? Möchtest du einen Kaffee oder lieber ein Wasser?« Fiona entschied sich für Mineralwasser.

Als Odo mit dem Maßkrug Bier und einem kleineren Bierglas mit dem Tafelwasser an die Bänke im Biergarten zurückgekehrt war, stießen beide auf Odos Initiative noch einmal an. »Auf dieses gelungene Fest!«, fand er. Fiona ergänzte: »Ich trinke nochmals auf Daniels Gesundheit!«

Als sich Fiona frisch machen ging, griff Odo nach seinem Handy. Jetzt endlich konnte er Afras WhatsApp, die er während der Auffahrt mit dem Lift in die 15. Etage des Hotels empfangen hatte, in Ruhe lesen. Afra, eine unternehmungslustige, raschlebige und impulsgesteuerte Intimbekanntschaft aus der Zeit vor Fiona hatte ihm geschrieben: »Hallo Odo! Wo steckst du gerade? Wann sehen wir uns mal wieder? LG Afra«.

Afra wollte ihn wiedersehen! Afras Botschaft war eindeutig.

Wiederholt las er ihre Frage, die ihn elektrisiert hatte: »Wann sehen wir uns wieder?« Ja, Odo wollte Afra auch wiedersehen. Unbedingt. In Gedanken ging er im Kopf den Terminplan der kommenden Arbeitswoche durch, soweit ihm dieser präsent war und suchte einen freien Abend für sich und für Afra.

2

Auch Bruder Luis und seine Frau Lisa hatten sich von Daniel und Nicole herzlich bedankt und dann verabschiedet. Lisa hatte ihre Schwiegereltern umarmt und ihnen einen schönen Ausklang des Festtages gewünscht. Doch Lisas Umarmungen fielen nicht so euphorisch aus wie jene bei der Begrüßung vor drei Stunden. Sie hielt den Blick gesenkt, als Nicole ihr eine gute Heimreise nach Buchenau im Landkreis Fürstenfeldbruck wünschte. Die Aufforderung ihrer Schwiegermutter »Meldet euch, wenn ihr zu Hause in der Wohnung seid!«, hatte sie hellhörig gemacht. Diese Ermahnung hatte Nicole bei der letzten Einladung zu ihrem eigenen Geburtstag nicht ausgesprochen. Hatte Nicole die Veränderung bei ihrem Sohn Luis, dem Steuerberater, bemerkt?

Als Nicole und Daniel ins Taxi eingestiegen waren und Lisa mit einem verhaltenen Lächeln ihren Schwiegereltern zugewinkt hatte, drehte sie sich entschlossen zu Luis um. »Jetzt aber nach Hause! Auf zur Bushaltestelle!«, verkündete sie resolut.

Doch dieser Marschbefehl fand keine Zustimmung bei ihrem Mann Luis. »Wo wir doch noch so jung sind … ein Bier geht doch noch!« – »Das würde ich mir in deinem Zustand gut überlegen! Hast du nicht Angst, dass deine Art, zu trinken, bei Nicole und Daniel negativ aufgefallen ist?« – »Schmarrn! Es war ja Daniel, der noch eine zweite Flasche Wein bestellt hat. Und um die Flasche leer zu bekommen, hat er bei mir als letztem noch nachgeschenkt!« – »Da warst du schon beim vierten Bier!« – »Es war das fünfte. Das hast du nur nicht mitbekommen!«, dachte Luis mit dem geheimen Stolz eines Schuljungen über einen unentdeckt gebliebenen Lausbubenstreich. Luis verzichtete darauf, Lisa Kontra zu geben. Stattdessen stahl sich ein verschmitztes Grinsen auf sein Gesicht. Fast schien es, als würde Lisa das letzte Wort behalten.

Aber nur fast. Luis schwankte leicht, fand aber wieder Tritt. Daraufhin neigte er seinen Kopf seitlich und sah seine Frau mit einem verzaubernden Lächeln von der Seite an. »Einen Absacker stifte ich noch. Ein letztes Bier im Foyer! Komm!« Er wandte sich um und steuerte wieder den Eingang des Hotels an.

Als beide dem Kellner ihre Wünsche mitgeteilt hatten, rutschte Lisa auf dem Sessel nach vorne. Mit ernster Mine fixierte sie das Gesicht ihres. Mannes. »Hast du wirklich keine Angst, dass deine Eltern heute was bemerkt haben?« Wider Erwarten nickte Luis. Seine Blick ging ins Leere, als er leise gestand: »Ja, ich weiß. Meiner Mutter sind meine Augenringe aufgefallen. Sie hat bemerkt, dass heute nicht mein Tag ist. Ich habe zugegeben, dass ich überarbeitet bin und schlecht geschlafen habe. Ja, und ich habe ihr meine Sorgen gestanden. Das weißt du doch!« Resigniert sank Luis in seinem Sessel zusammen. – »Du weißt, was ich meine, Luis!«

Luis rollte mit den Augen. Als der Kellner das Bier brachte, erwachte er zu neuem Leben, setzte sich nach vorne auf die Kante des Sessels, griff nach dem tulpenförmigen Bierglas, führte es an seine Lippen und trank es gierig in wenigen Zügen leer.

Luis stellte versonnen das Glas zurück auf den Tisch,

atmete hörbar auf und lehnte sich wieder zurück, in Erwartung der ersehnten Entspannung, die der Alkohol versprach. Resigniert stieß Lisa die Worte aus: »Meinst du nicht, dass es jetzt reicht? Lass uns jetzt nach Hause gehen. Dort kannst du dich hinlegen.«

Luis hatte nicht nur viel Arbeit, sondern auch Sorgen, die ihm den Schlaf raubten. Er hatte bei einigen Investments an der Börse Fehlentscheidungen getroffen. Anstatt sich in Ruhe eine ausgewogene, risikoadjustierte Anlagestrategie zurechtzulegen und die Risiken nach Branchen, Ländern und Währungen zu streuen, folgte er spontan den Tipps angeblicher Finanzprofis, deren Beiträge er regelmäßig samstags und sonntags stundenlang nach dem Frühstück auf YouTube gierig in sich aufsog. Gelegentlich hatte er auch versucht, gegen den Markt zu wetten und spekuliert. Mit Knock-out-Zertifikaten Geld verloren. Hatte mit Hebelprodukten auf rasche, hohe Gewinne spekuliert, war in seinen Einschätzungen der künftigen Kursentwicklung daneben gelegen und hatte Geld verloren, sehr viel Geld. Ein Teil von dem, was er durch seine Arbeit als Steuerberater durch seine Kostennoten einspielte, hatte er durch waghalsige Transaktionen an der Börse wieder verloren.

Er hatte sich an der Börse auf ein nervenaufreibendes Spiel eingelassen und hatte die Frustrationen aus seinen Fehlspekulationen mit Alkohol betäubt. Immer öfter hatte er die Bearbeitung der Steuerakten seiner Mandanten unterbrochen und hatte die Kursentwicklung seiner Produkte manchmal stündlich verfolgt. Zu diesem Zweck lag das Tablet mit der geöffneten Homepage eines Berliner Börsenbetreibers stets griffbereit. Die Kursnotiz und den tagesaktuellen Kursverlauf konnte er mit einer Verzögerung von nur 15 Minuten jederzeit einsehen.

Das fraß seine Arbeitszeit und griff sein Nervenkostüm an.

Der Alkohol beruhigte kurzfristig seine Nerven, doch er bemerkte schnell, dass er unter Stoff unkonzentriert arbeitete, Zahlen verdrehte und mehr Zeit für jede einzelne Steuererklärung benötigte. Die Abende brauchte er, um das unter Tag nicht Geschaffte wegzuarbeiten. Lisa blieb allein im Wohnzimmer zurück.

Schlimmer noch: Der Alkohol verlangte seinen Tribut. Legte er sich nach Mitternacht halb benebelt in sein Bett, kam es immer öfter vor, dass er nach einem kurzen, traumlosen Schlaf nach zwei bis drei Stunden wie betäubt wieder erwachte. Meist wälzte er sich danach einem dumpfen, freudlosen Arbeitstag entgegen. Gelegentlich hatte er sich mit einer Flasche Bier, die er zwischen drei Uhr nachts und fünf Uhr morgens trank, Zugang zu zwei weiteren Stunden Schlaf erkauft.

Für Luis gab es kein Leben ohne Alkohol mehr. Oft begrüßte er den neuen Tag mit einem großen Schluck Wodka aus der Hausbar.

3

Beschwingt und gut gelaunt machten sich Jonas und seine Frau Amelie auf den Weg zur Bushaltestelle. Sie hatten Glück: Der Bus, der sie zur U 5 in Richtung ihrer Wohnung führen sollte, bog schon um die Ecke. »Da hat dein Papa aber keine Kosten gescheut, um seinen 75. mit uns zu feiern!«, resümierte Anlageberaterin Amelie. »So etwas habe ich in meiner Familie noch nicht erlebt. Die Wahl eines so teuren Lokals, das war wirklich großzügig. Ich fand das sehr nobel! Ich weiß nicht, ob ich meine runden Geburtstage so groß feiern möchte!« Jonas lachte kurz auf. Er kannte die hausbackene, sparsame Art seiner Frau Amelie, bei der jede größere Geldausgabe lange hin und her überlegt wurde. »Du meinst, dass du zur Feier deines 70. nicht so viel Geld ausgeben willst? Aber schau, von der heutigen Feier seines 75. hat Papa jetzt eine wunderbare Erinnerung. Die gemeinsame Feier mit seiner Familie, das heitere Beisammensein, die Geschenke und die lustigen Videos, die wir ihm noch mailen werden … An die einmalige Geldausgabe wird er nicht mehr denken, und das macht ihn auch nicht arm. Bestimmt wird er noch oft voll Dankbarkeit an diesen Tag zurückdenken!«

Amelie schwieg. Doch, es war ein toller Tag im Kreise der Familie ihres Mannes gewesen. Aber so ein Aufwand? Die nüchtern denkende, überaus sparsame und etwas hausbackene Amelie konnte sich eine so teure Geburtstagsfeier für sich nicht vorstellen.

Ebenso wie ihre Schwägerin Fiona arbeitete Amelie in

der Finanzbranche. Sie war Stellvertretende Leiterin des Bereichs *Vermögende Kunden* bei einer großen Regionalbank. Doch während Fiona Portfoliomanagerin bei einer großen deutschen Fondsgesellschaft war und gleichzeitig auch neue Anlageprodukte mitentwickelte, arbeitete Amelie in der Anlageberatung vermögender Kunden bei einer Bank. Fiona war Produktentwicklerin, Amelie dagegen eher Verkäuferin der Fonds, die aus dem Hause einer anderen deutschen Fondsgesellschaft stammten, der ihre Bank zugeordnet war. Gewiss suchte sie auf ausdrücklichen Wunsch ihrer Kunden gezielt auch im Kundengespräch nach Aktien solider und renditestarker Unternehmen. Doch zunächst war ihr aufgetragen, die Produkte aus dem Haus dieser Fondsgesellschaft anzubieten. Aus den Ausgabeaufschlägen, meist 5 % des Kaufpreises, generierte ihre Bank Erträge in Form sogenannter »Kickbacks«, meist die Hälfte des Ausgabeaufschlags. Die Hälfte des Ausgabeaufschlags, der den Kunden in Rechnung gestellt wurde, floss als Verkaufsprovision wieder zurück an Amelies Bank. So gesehen war Amelie oft in der Rolle einer Verkäuferin und empfahl ihren Klienten besonders gern Fonds aus dem eigenen Haus.

So gesehen waren Fiona und Amelie keine echten Kolleginnen. Auch nicht dadurch, dass beide hauptberuflich im Bereich Vermögensanlage tätig waren.

Fiona als Produktentwicklerin, Amelie als Beraterin und Vermittlerin.

Wegen der unterschiedlichen Tätigkeiten ergaben sich wenig Berührungspunkte zwischen den beiden Frauen. Von daher vermied Amelie Gespräche mit Fiona über ihre Arbeit. Resigniert hatte sie nach und nach den Schluss gezogen, dass Fiona, die auf ein Universitätsstudium zurückblicken konnte und Portfoliomanagerin und Produktentwicklerin bei einer renommierten Fondsgesellschaft war, eine ganz andere Hausnummer war als sie selbst. Ja, sie hatte sogar Angst davor, dass Fiona sie zu ihren täglichen Tätigkeiten in der Bank ausfragen könnte.

Diese Befürchtung war indes völlig unbegründet, denn Fiona war nicht nur gut ausgebildet und kunstinteressiert, sondern erwies sich auch als interessierte, warmherzige Zuhörerin. Ein ernsthafter, tiefsinniger Mensch. Zupackend nahm sie alle Herausforderungen des Lebens an und erkannte in ihnen die Chance, ihre Begabungen und Fähigkeiten einzusetzen. Fiona war feinfühlig und verfügte über eine selten gewordene Gabe: sie besaß Bildung des Herzens.

Amelies Befürchtung, Fiona könnte ihre Arbeit geringschätzen oder gar auf sie herabschauen, war völlig unbegründet. Die Fragen, vor denen sich Amelie fürchtete, hätte Fiona gar nicht gestellt.

Jonas war Mathematik- und Physiklehrer an einem Gymnasium in Augsburg. Er stand gerne vor der Klasse, wurde von seinen Schülern respektiert und war ein geschätzter Kollege. Am Anfang seiner Lehrtätigkeit hatte er mit einer jungen Kollegin, die nur einige Straßenzüge von seiner Wohnung entfernt gewohnt hatte, eine Fahrgemeinschaft gehabt. Aus der fast täglichen Vertraulichkeit während einer 40 Minuten dauernden Fahrt erwuchs ein Liebesverhältnis. Jonas fing ein Verhältnis mit Vanessa an, aus dem sein unehelicher Sohn Linus hervorging.

Seine Frau Amelie hatte das Verhältnis ihres Mannes nach dem Wegzug Vanessas nach Niederbayern durch einen ungewöhnlichen Zufall erst Jahre später aufgedeckt. Zu einem Zeitpunkt, in dem das Verhältnis von Jonas zu

Vanessa längst beendet war. Jonas hatte bis zuletzt die amouröse Liaison geheim halten können. Dass Linus, der kürzlich in Straubing das Abitur bestanden hatte, sein Sohn war, das hatte er bis heute vor seiner Familie geheimhalten können.

Vor wenigen Tagen hatte eine WhattsApp Vanessas Jonas in freudige Erregung versetzt. »Dein Sohn kommt zum Wintersemester nach München. Er hat sich zum Studium der Volkswirtschaften eingeschrieben. Jetzt könnt ihr euch bald sehen! Liebe Grüße Vanessa«

4

Wie hat dir denn die Feier von Daniels 75. gefallen?«, fragte Susanne ihren Mann Aaron. »Wenn du mich fragst: Sehr gut! Papa muss in Hochform gewesen sein, als er uns, seine Söhne, *Lebende Dokumentation meines Lebenswerkes* nannte. So euphorisch kenne ich meinen Vater gar nicht. Solch ein Lob auf uns muss auch Odo gefreut haben. Über Daniels Lobrede habe ich mich mit ihm zwar nicht unterhalten. Doch ich habe ein seliges Lächeln auf seinem Gesicht bemerkt, als diese Worte aus Papas Mund kamen. Und auch danach, bis zuletzt, wirkte er sehr entspannt und vergnügt.« – »Findest du, dass bei Odo und Daniel jetzt alles im Lot ist?« Aaron nickte. »Absolut. Seit Odos Stellenantritt als Pressereferent bei der Deutschen Bundesbank ist sein Ansehen bei meinem Vater sprunghaft gestiegen.« Fiona nickte zustimmend. »Ich finde es schade, wenn die Zuneigung von Vater oder Mutter zu einem Kind von dessen beruflichem Erfolg oder dem Ansehen des gewählten Berufes abhängig ist!« Aaron lachte kurz auf. »Das schließt nicht aus, dass die Eltern erfolgreicher Kinder oft besonders stolz auf die Karriere ihrer Kinder sind und nicht müde werden, diesen Erfolg im Freundes- und Bekanntenkreis geltend zu machen, so, als wäre es ihre eigene Leistung!«

Es entstand eine Pause. Beide gingen ihren eigenen Gedanken nach. Dann rutschte Susanne nach vorne auf die Kante des Sofas, sah erwartungsvoll in Aarons Gesicht und fragte nachdenklich: »Sag mal, Aaron, wie sind eigentlich deine Eltern damit klargekommen, als du ihnen eröffnet hast, dass du nicht mehr Priester sein willst und deinen Beruf als katholischer Pfarrer an den Nagel hängen willst? War das eine Enttäuschung für sie?« Aaron schmunzelte.

»Zunächst war dies eine Überraschung, die wie eine Bombe einschlug. Mein Vater war perplex. Er hatte immer den Eindruck, dass meine Entscheidung, katholischer Priester zu werden, wohl überlegt war, und er spürte zurecht, dass ich mit Leib und Seele Priester war. Mein eheloser Lebensstil wirkte überzeugend. Ich bejahte ihn persönlich und lebte ihn bewusst. Doch ich stieß mehr und mehr an Grenzen. Gelegentlich bekam ich auch Zweifel, ob ich die richtige Ausbildung hatte, um den Menschen bei ihren seelischen Problemen angemessen helfen zu können. Wie oft überlegte ich: Könnte ich Verzweifelten nicht besser helfen, wenn ich die Ausbildung zum Psychotherapeuten absolviert hätte? Und als Verkünder der Frohen Botschaft stand ich am Sonntag vor immer leerer werdenden Kirchenbänken. Mit diesen Schwierigkeiten hätte ich vielleicht auch auf Dauer leben können, denn mir ist bewusst, dass es in jedem Beruf Licht- und Schattenseiten gibt. Ich denke sogar, dass ich als Pfarrer meine Sache leidlich gut gemacht habe. Ich habe den Menschen gerne und geduldig zugehört, wenn sie vor mir ihre Sorgen ausgebreitet haben, war geschätzt und bei einigen sogar beliebt. Den entscheidenden Anstoß, meine Berufsentscheidung auf den Prüfstand zu stellen, gab die Einsamkeit, vor allem nach der Arbeit, die mich abends in meinem Zimmer empfing. Kannst du dir vorstellen, wie das ist, in einem Beruf dauernd für andere Menschen da zu sein, privat jedoch ganz allein zurückzubleiben, wenn die tägliche Arbeit getan ist? Die abendliche Einsamkeit war für mich das lähmende Gift, das mich zusehends unzufriedener mit meiner Situation machte. Schon bevor ich dich, Susanne, kennenlernen durfte!«

Aaron lächelte verliebt Susanne an. Auch Susanne sah ihren Mann liebevoll an. »Und du hast es nicht bereut, dass du deinen Beruf aufgegeben hast?« – »Nein. Keine Minute, seit ich dem Generalvikar meine Entscheidung mitgeteilt habe und um die Entlassung aus dem priesterlichen Dienst gebeten habe.«

»Gibt es denn Tätigkeiten, die dich ausgefüllt haben, die du heute vermissest?« Aaron nickte heftig. »Oh ja, die gibt es. Wenn ich am Sonntag die Messe besuche, denke ich immer, wie schön es war, vorne selbst am Altar zu stehen. Und einen Bibelkreis würde ich auch gerne wieder leiten.«

Aaron fühlte sich bei Susanne geborgen und freute sich jeden Tag erneut auf die gemeinsame Zeit, die er mit ihr verbringen konnte. Seine Stelle bei der Münchner Stadtbibliothek füllte ihn aus. Er hatte neue Freundschaften geschlossen und blickte hoffnungsvoll dem gemeinsamen Lebensweg mit seiner Frau entgegen. Ein Herzenswunsch war noch unerfüllt geblieben: ein gemeinsames Kind mit Susanne.

5

Jonas war ernüchtert. Er war nach seiner letzten Unterrichtsstunde am Vormittag zum Stellvertretenden Schulleiter gerufen worden. Ohne Umschweife erklärte dieser: »Kollege Müller wird nach seinem Schlaganfall länger arbeitsunfähig bleiben. Wir müssen davon ausgehen, dass er mindestens bis zum Halbjahresende ausfällt. Wir versuchen, das Problem teilweise über die interne Lehrerreserve zu lösen. Betroffen sind auch die Fächer Mathematik und Physik.« Während der Stellvertretende Schulleiter sich über seinen Schreibtisch beugte und nach einem Dokument suchte, ahnte Jonas bereits, was das für ihn bedeuten würde: Überstunden und Mehrarbeit! »Was jetzt Sie betrifft, Herr Maier, wir werden einen Klassentausch vornehmen müssen. Das bedeutet, dass Sie vermehrt in der Unterstufe eingesetzt werden. Außerdem muss ich Sie bitten, drei Wochenstunden Mathe mehr zu unterrichten! Ihren neuen Unterrichtsplan und die geänderte Klassenverteilung finden Sie im Portal. Ich danke Ihnen im Namen der Schulleitung für Ihre Unterstützung!«

Im Lehrerzimmer hatte er dem Portal entnommen, dass er die 8. und die 9. Klasse in Mathematik abgeben musste. An ihre Stelle traten nun je eine fünfte und eine sechste Klasse, die er in Mathematik unterrichten sollte.

Immer, wenn ein Kollege unter dem Schuljahr für länger arbeitsunfähig wurde, zog dies eine komplette Änderung des Stundenplans nach sich. Mit Schrecken hatte Jonas festgestellt, dass durch den neuen Stundenplan sein später

Unterrichtsbeginn am Montagmorgen kassiert war. Statt dritter Stunde nun erste Stunde! Rund zwei Stunden früher musste er also in Zukunft am Montag mit dem Auto in Richtung Augsburg losfahren. »Zu schön war das mit dem bisherigen Stundenplan!«, grummelte er vor sich hin, als er das Notebook zuklappte.

Als er Amelie von den drei zusätzlichen Schulstunden berichtete, die er wöchentlich halten musste, stellte seine Frau fast euphorisch fest: »Aber du bekommst sie doch bezahlt! Das ist doch wunderbar!« Das war Originalton Amelie. Sie beurteilte jede berufliche Tätigkeit unter zwei Gesichtspunkten: der Bezahlung und den Karrierechancen. Jonas kannte die Denkmuster seiner Frau und ging darum auf seinen zu erwartenden Mehrverdienst nicht ein. Diesen wollte er seinem unehelichen Sohn Linus zugutekommen lassen. Doch diese Absicht musste er vor Amelie geheimhalten, denn sie glaubte noch immer, Linus sei der gemeinsame Sohn von Vanessa und dem Mann, den sie in Straubing geheiratet hatte. Und noch immer zahlte er an Vanessa Alimente, denn sein Sohn war als Student noch in der Ausbildung. Jonas entgegnete Amelie: »Dass ich nach dem Wochenende nicht mehr ausschlafen kann, ist jammerschade. Auch das gemütliche Frühstück mit dir am Montag wird mir fehlen. Und im Winter, wenn es am Wochenende geschneit hat, ist der Winterdienst am Montag mit dem Freiräumen der Straßen meist im Rückstand. Na ja, vielleicht haben wir diesmal wieder einen milden Winter ohne Schnee.«

Jonas griff nach der Kaffeetasse, trank aus und wechselte das Thema. »Was gibt es von deinen Freundinnen Neues?« – »Amandas Nico ist jetzt in der 13. Jahrgangsstufe des

Gymnasiums und macht nächstes Jahr Abitur. Und Sofia ist gestern aus Mexiko zurückgekommen.« – »Cancún oder Acapulco?«, fragte Jonas mit hochgezogenen Augenbrauen. »Da muss ich passen. Aber auf jeden Fall wollten sie nach der Rundreise noch ein paar Tage chillen. Amanda hat angedeutet, dass sie die zweite Woche in Mexiko mit Baden verbringen wollten.« – »Dann hat Amanda sicher viel erlebt und ist begierig darauf, darüber zu berichten. Wann geht ihr wieder mal auf eine Pizza?« – »Na ja, ich sehe sie am Dienstag zum Mittagessen in der Betriebskantine wieder. Sie hat noch ein paar Tage Nachurlaub.« – »Und was ist mit einem Mädelsausflug an einem Samstag?« – »Da gibt es noch keine festen Pläne. Aber gut, dass du mich daran erinnerst. Ich werde auch Sofia eine WhatsApp schreiben und sie daran erinnern.«

Sichtlich zufrieden lehnte sich Jonas zurück. Er brauchte einen freien Tag ohne Amelie, um sich für länger mit Linus, seinem unehelichen Sohn, verabreden zu können. »Hoffentlich einigen sich die drei bald auf den Termin für einen Mädelsausflug!«

Amelie stand auf, stellte die Kaffeetassen auf das Tablet und trug dieses in die Küche. Jonas blieb allein zurück. In Gedanken verweilte er bei Amelies Reaktion auf die zusätzlichen Unterrichtsstunden. Ihre Freude über seinen Mehrverdienst berührte ihn eigentümlich. »Das wäre mir bei Vanessa nicht passiert. Vanessa hätte mich mit großen Augen angesehen und mit ihrer sanften Stimme gefragt: »Wie denkst du über die drei Überstunden, die du jetzt halten musst?«

6

Fiona und Odo saßen im Intercity zurück nach Frankfurt, ihrem Lebensmittelpunkt. Ein Kurzurlaub voller Höhepunkte lag hinter ihnen. Freitagnachmittag, am Tag der Ankunft in München, waren sie noch mit Aaron und Susanne auf dem Oktoberfest gewesen, am Samstag waren es Jonas, Niklas und seine Freundin, mit denen sie über die Festwiese geschlendert waren. Bei der Einkehr in einem der Festzelte hatte sich Odo ein halbes Grillhendl geleistet, währenddessen Fiona einen Obatzta bestellt hatte. Einer der Brezenverkäuferinnen hatte Fiona eine Riesenbreze abgekauft. Sie war ganz begeistert, wie knusprig und knackig die Wiesnbreze war und wie gut ihr der pikante bayrische Brotaufstrich auf dem Laugengebäck schmeckte.

Odo, Niklas und Jonas hatten vor der Einkehr im Festzelt noch eine Fahrt mit der Achterbahn unternommen.

Krönender Höhepunkt des verlängerten Wochenendes war die Feier von Daniels 75. gewesen.

Als der Zug beschleunigte und die Donnersbergerbrücke hinter sich ließ, erkundigte sich Fiona: »Wie haben dir die vergangenen Tage in München gefallen?« – »Sehr. Und die Rede Daniels hat mir gutgetan.«

Als Politologe und Journalist war Odo in seinen Urteilen sachlich, zurückhaltend. Und vor allem emotionslos. Doch Fiona hatte während der Rede ihres Schwiegervaters ihren Kopf Odo zugewandt und ihn aufmerksam beobachtet. Das selige Lächeln um Odos Mundwinkel war ihr aufgefallen. und auch, dass ihr Mann für den Rest des Tages sehr vergnügt, heiter und entspannt war. Die Folgerung, die sie aus Daniels Rede und Odos Reaktion darauf zog, lautete: Daniel hat sich mit Odos Lebensweg ausgesöhnt.

Das traf auch auf Odos Gefühlslage und Stimmung zu. Endlich fühlte er sich von seinem Vater voll akzeptiert.

Doch es gab noch einen weiteren Grund für Odos gehobene Stimmung: Afras WhatsApp, die ihn gestern im Aufzug des Hotels erreicht hatte. Es war offensichtlich, dass Afra ihn wiedersehen wollte.

Odo hatte zugesagt. Eben hatte er sein Notebook aufgeklappt und scrollte seinen Terminkalender durch. Donnerstagabend und Freitagabend waren frei.

»Wann hast du denn dein Update mit dem anschließenden Beisammensein?«, fragte er seine Frau in ernstem Ton. »Donnerstagabend.«- »Das passt. Dann hast du sicher nichts dagegen, wenn ich am Donnerstag auf unseren Stammtisch gehe?«

Nein, gegen die Teilnahme ihres Mannes am Stammtisch hatte Fiona keine Einwände. Odo griff nach dem Handy und öffnete den Chatroom, um sich mit Afra zu verabreden.

7

Montagmorgen, kurz nach halb sieben. Luis und Lisa saßen in ihrer Eigentumswohnung in Buchenau. »Hast du gut geschlafen?«, fragte Lisa. Mit leiser Stimme und einem fragenden Blick tastete sich Lisa damit vorsichtig an die Frage nach der körperlichen Verfassung ihres Mannes heran. Luis führte noch einen Löffel Joghurt zum Mund, legte den Löffel danach auf den Teller und nickte. »War ganz okay«, befand Luis. »Bist du nachts wieder aufgestanden?« Luis schüttelte den Kopf. Er verheimlichte Lisa, dass er schon um vier Uhr früh wach geworden war und von diesem Zeitpunkt an keinen Schlaf mehr gefunden hatte. Erst hatte er versucht, zu dösen. Doch bald danach hatte ihn eine innere Unruhe ergriffen, er verspürte starkes Herzklopfen und fortan warf er sich von einer Seite auf die andere. Davon hatte seine Frau zum Glück nichts mitbekommen. »Dann fährst du nachher in die Steuerkanzlei?« Luis nickte erneut. Der Kaffee hatte ihn zwar belebt, aber er fühlte sich trotzdem unausgeschlafen, schlapp und matt.

Luis machte Anstalten, den Frühstückstisch zu verlassen, doch Lisa hielt ihren Mann mit der Frage zurück: »Hast du gestern noch mit Fiona geredet? Du hattest doch noch ein paar Fragen, die du mit ihr besprechen wolltest?« – »Nein, das habe ich nicht. Ich fand es unpassend, sie an der Festtafel damit zu belästigen.« Das war ein Vorwand. Der wahre Grund war, dass Luis sich schwer tat, Fehlentscheidungen bei der Geldanlage vor anderen zuzugeben.

Er fürchtete sich auch davor, dass andere in seiner Familie mitbekommen könnten, dass er durch Börsengeschäfte Geld verloren hatte. »Mensch Luis, das wäre doch **die** Gelegenheit gewesen!« Luis verzog das Gesicht und starrte zu Boden. Es entstand eine Pause. Luis hatte schon einmal mit Fiona ein längeres Gespräch über Geldanlage in Aktien geführt. Aber anstatt – wie er gehofft hatte – den einen oder anderen Tipp für den Kauf einer Aktie zu bekommen, hatte seine Schwägerin das Gespräch auf Aktienfonds und ETFs aus ihrem Hause gelenkt. Ab da hatte Luis nur noch mit einem halben Ohr zugehört. »So was ist doch langweilig!«, hatte er gedacht. Luis liebte den Kick, durch mutige Entscheidungen auf steigende Kurse zu setzen. Stiegen die Kurse nach dem Kauf, so fühlte er sich bestätigt. Und selbst ein kleiner Kursgewinn in den Tagen nach dem Kauf freute ihn wie ein kleines Kind sich über ein Geburtstagsgeschenk freut. Und sein Selbstbewusstsein wuchs. Fielen die Kurse, so googelte er nach den Ursachen für die fallenden Kurse. Gelegentlich benützte er gefallene Kurse dazu, die billiger gewordenen Aktien nachzukaufen, um so den durchschnittlichen Einstandskurs der Position zu senken und seine Chancen damit zu erhöhen, wie er glaubte.

Die feinfühlige Fiona hatte seine Gedanken erraten. Als er ihr zuvor seine Herangehensweise an das Thema Geldanlage in Aktien geschildert hatte, war ihr schnell klar geworden, dass das, was Luis tat, nicht den Namen »Investieren« verdiente. Luis handelte an der Börse aufgrund von Anlageempfehlungen von Finanzjournalisten, gelegentlich auch aus einem spontanen Bauchgefühl heraus. Nicht selten schlug sein Spieltrieb durch, und er begann, ohne Plan und Ziel zu setzen. Er hoffte auf rasche Kursgewinne und begann zu spekulieren. Hoffte auf steigende Kurse. In ihrer zurückhaltenden, einfühlsamen Art hatte es Fiona vermieden, Luis die Wahrheit über sein Verhalten beim Namen zu nennen. Salomonisch hatte sie am Ende ihrer Unterredung Luis den Gedanken mitgegeben: »Mit globalen Aktienfonds oder ETFs bist du immer auf der sicheren Seite. Mit ETFs schneidest du nie schlechter ab als der Markt, dessen Segment der jeweilige ETF abbildet. Dennoch hast du Anteil an den Kurssteigerungen des Marktes. Auf diese Weise vermeidest du durch breite Streuung deiner Investments Fehlentscheidungen bei der Geldanlage!«

Damals, nach dieser Begegnung, hatte Fiona ihrem Mann Odo berichtet: »Ich glaube kaum, dass Luis sich meine Gedanken zu Herzen nimmt. Ich fürchte, dein Bruder verzockt weiter Geld an der Börse.« – »Du meinst, er spekuliert an der Börse?« Fiona hatte nur nachdenklich genickt.

Luis ging ins Bad, putzte seine Zähne, richtete seine Haare und machte sich bereit, in die Kanzlei zu gehen. »Bis abends! Wann bist du wieder zurück?« – »Mandanten habe ich am Nachmittag nur einen, und der kommt schon um zwei. Ich müsste also gegen sieben wieder bei dir sein.« Hastig küsste er seine Frau und verließ die Wohnung.

Während er auf den Bus wartete, der ihn zum S-Bahnhof bringen sollte, dachte Luis bei sich: »Alt werde ich heute in der Kanzlei nicht. Ich denke, ich mache um drei Uhr Schluss. Auf dem Heimweg kehre ich noch im *Grünen Baum* ein. In seiner Fantasie erschien die hübsche Elena mit den blonden Haaren und den braunen Augen, und in Gedanken stellte er sich vor, wie sie ein goldgelbes Helles mit Schaumkrone vor ihn hinstellte.

Während der Fahrt mit dem Bus wurde ihm wieder

bewusst, wie schlapp und angeschlagen er sich fühlte. Beim S-Bahnhof steuerte er wie von Geisterhand gelenkt den Kiosk an. Als er an der Reihe war, schob ihm der Verkäufer unaufgefordert zwei Flachmänner mit Weinbrand zu. Luis bezahlte und steckte die Fläschchen in die Innentasche des Sakkos. Er verließ die Bahnhofshalle, ging zum Parkplatz, suchte Deckung hinter einem Lieferwagen, zog den ersten Flachmann heraus, schraubte ihn auf und führte den Flaschenhals an seine Lippen.

»Ah!«

Eine wohlige Wärme erfasste Luis. Erleichtert, fast beschwingt gab er seine Deckung hinter dem Lieferwagen auf und strebte mit zügigen Schritten wieder dem S-Bahnhof zu.

8

Die Adventszeit war angebrochen. Heute verließ Aaron seinen Arbeitsplatz bei der Münchner Stadtbibliothek pünktlich zum Ende der Kernarbeitszeit, denn er wollte auf dem Heimweg noch über den Christkindlmarkt bummeln und die vorweihnächtliche Stimmung auf sich wirken lassen.

Am Platz um die Mariensäule schlenderte er langsam den einzelnen Holzbuden entlang. An einem kunsthandwerklichen Stand bewunderte er die vielen kleinen Krippendarstellungen. Etliche waren kleiner als eine Zigarettenschachtel. Eine besonders kleine zog seine Aufmerksamkeit auf sich. Es war eine Darstellung von Maria, Josef und dem Jesuskind in der halben Schale einer Walnuss! Die Weihnachtsbotschaft in einer Nussschale dargestellt! Ganz fasziniert fokussierten Aarons Augen das kleine Kunstwerk, und er fasste den Entschluss. »Die kaufe ich und schenke sie Susanne! Sicher findet sie eine geeignete Stelle, an der wir sie in unserer Wohnung aufstellen können.«

Aaron war ganz selig, dass er heute mit einem kleinen Geschenk zu Susanne in ihre Wohnung zurückkehren konnte. Als er der Rolltreppe zusteuerte, vernahm er plötzlich eine muntere Stimme neben sich: »Das gibt es doch nicht. Ich habe mich also doch nicht getäuscht: Aaron, du!« Es war Dorothea, eine couragierte Frau, engagiertes Mitglied des Pfarrgemeinderates. Zuletzt hatte er sie bei seiner Verabschiedung aus dem Pfarrverband gesehen. Bei dieser Gelegenheit hatten sie sich sogar umarmt. Erfreut begrüßten sie sich, und schon hörte er die Frage: »Wie geht es dir so, du frisch gebackener Ehemann?« Verdutzt fragte Aaron zurück: »Woher weißt du, dass ich geheiratet habe?« Da lachte Dorothea, die in seiner ehemaligen Pfarrei nur »Dodo« gerufen wurde, hellauf. Die temperamentvolle Frau, Mutter von vier Kindern, puffte ihn in den Arm. »Jetzt habe ich dich erwischt. Nein, das weiß bei uns niemand. Bis jetzt. Ich habe nur auf den Busch geklopft,« Schnell presste Aaron hervor: »Ich bitte Dich, Dodo, behalte dieses Wissen aber für dich!« Zwei große Augen fixierten Aarons Gesicht. »Aber Aaron! Wo denkst du hin. Auch wenn du aus persönlichen Gründen deinen Job als Pfarrer aufgegeben hast, so war doch jedem klar, dass du das nicht getan hast, weil du den Glauben verloren hast, sondern weil du eine Frau gefunden hast. Und von der Pfarrsekretärin wusste ich, dass Susanne Huber dich gelegentlich besucht hat. Das hat zwar niemanden hellhörig oder misstrauisch gemacht, aber als du deinen freiwilligen Abschied aus dem priesterlichen Dienst bekanntgegeben hast, habe ich eins und eins zusammengezählt. »Aaron, du fehlst uns sehr. Du warst der beste, verständnisvollste und feinfühligste Pfarrer, den wir je hatten! Dein Weggang hat ein riesengroßes Loch hinterlassen. Wollen wir noch etwas trinken gehen?«

Aaron willigte gerne ein. »Ja gerne, ich werde Susanne aber auf jeden Fall eine WhatsApp schicken, sobald wir einen Platz ergattert haben.«

Bei dem anschließenden Gespräch im Kaisergewölbe erfuhr Aaron, dass die priesterliche Leitung des Pfarrverbands durch das Ordinariat einem aus Indien, der Provinz Kerala stammenden Ordensmann anvertraut worden war. Ein Mann aus dem indischen Subkontinent, der aber überraschenderweise fließend Deutsch sprach, allerdings einen langen, unaussprechlichen Namen hatte. Ein echter Zungenbrecher. Als Ordensmann ließ er sich nur als »Pater Joseph« anreden. Diesen Mitbruder kannte Aaron aus verschiedenen Konferenzen. Joseph war ein herzlicher, humorvoller Mensch mit einem sonnigen Gemüt. Bei den Ministranten war er schnell sehr beliebt, da er gelegentlich Späße mit ihnen machte. Welche Fähigkeiten er für die Leitung eines so großen Pfarrverbands hatte, wusste Aaron nicht. Aaron wusste auch nicht, welche Schwerpunkte er in der Seelsorge setzte. Er fragte Dodo auch nicht danach, denn seine Gesprächspartner über Dritte auszufragen, das war ganz gegen Aarons Wesensart. So etwas lehnte er entschieden ab.

Nach einer Dreiviertelstunde winkte Dodo dem Kellner und wollte bezahlen. »Das übernehme ich«, beharrte Aaron. »Du hast Familie und vier Kinder.« – »Du vielleicht auch bald?«, löcherte Dodo.

Aaron ließ die Frage unbeantwortet. Er hatte den Kopf gedreht und tat, als hätte er sie nicht gehört. Und war froh darüber, dass Dodo die Frage nicht wiederholte.

»Komm doch zu unserem Weihnachtskonzert!«, forderte Dodo ihn auf. »Ja, vielleicht?«, gab Aaron zur Antwort. In seinem Inneren war längst entschieden, dass er nicht mehr in seinem ehemaligen Pfarrverband zu Besuch gehen wollte. Egal aus welchem Anlass. Er hatte sich bewusst für Susanne und gegen das Pfarramt entschieden. Genauso bewusst und mit lauterem Herzen, wie er sich damals für den Empfang der Priesterweihe und den Zölibat entschieden hatte.

Er war mit sich und seinem neuen Weg im Reinen. Doch er wollte sich für seinen Schritt Außenstehenden gegenüber nicht rechtfertigen, Dritten gegenüber die Beweggründe für seine Entscheidung nicht darlegen.

Aaron und Susanne hatten in aller Stille nur standesamtlich geheiratet. Nicht einmal Hochzeitsanzeigen hatte das Paar verschickt. Nachdem sie sich vor dem Standesbeamten das Ja-Wort gegeben hatten, waren sie in die Flitterwochen aufgebrochen. Eine Woche nach der Rückkehr aus den Flitterwochen hatten sie die engere Familie zu einem gemeinsamen Essen eingeladen. Solange Aaron nicht durch ein kirchliches Verfahren in den Laienstand zurückversetzt war, konnten er und Susanne nicht auf eine kirchliche Trauung hoffen.

Als Aaron Susanne abends von seiner Begegnung mit Dorothea berichtete, sah ihn seine Frau nachdenklich an.

Schließlich wagte sie die Frage: »Trauerst du dem, was du alles aufgegeben hast, manchmal nach?« Aaron antwortete mit fester Stimme: »Nein. Meine Zeit als Pfarrer in einem sehr großen Pfarrverband war intensiv, arbeitsreich und hat mich innerlich erfüllt. Ich bin in meiner Berufung der Stimme meines Herzens gefolgt. Ich bin dieser Berufung treu geblieben, bis ich an meine Grenzen gekommen bin und gemerkt habe, dass ich nicht mehr weitermachen kann, ohne gegen meine Gefühle zu verstoßen. Ich habe Gott für diese Zeit gedankt und mich innerlich davon gelöst.«

Nach einer Weile bekräftigte Aaron: »Durch die Eheschließung mit dir bin ich meiner neuen Berufung gefolgt.«

9

Vanessa schrieb: »Hallo Jonas. Danke für deine Überweisung. Jetzt, da Linus zum Studium nach München geht, brauche ich das Geld dringender denn je. Die Einschreibung an der Ludwig-Maximilians-Universität ist erfolgreich abgeschlossen und Linus brennt schon darauf, Student zu werden! Auch Ludwig freut sich darüber und ist ganz stolz, dass sein Stiefsohn die Zulassung zum Studium geschafft hat. Das haben wir letzten Freitagabend mit einem Essen beim Griechen schon gefeiert.

Linus versucht seither, eine Studentenbude zu finden, Wir sind ganz erschrocken, wie teuer ein einzelnes Zimmer zur Untermiete in München ist. Mir scheint, die eine oder andere Witwe bessert so ihre Rente auf, indem sie das frühere Kinderzimmer in ihrer Wohnung teuer untervermietet. Kannst du mir vielleicht bei der Zimmersuche helfen? LG Vanessa«

Das mit den sündteuren Studentenbuden in München hatte Jonas von seinem Sohn Niklas mitbekommen. Auch dieser hatte Ende Juni sein Abiturzeugnis bekommen. Er hatte sich für das Studium der Psychotherapie entschieden. Dass der bisher eher mathematisch-naturwissenschaftlich interessierte Niklas sich in seinem späteren Beruf für die seelischen Belastungen, Zwänge oder psychischen Störungen fremder Menschen interessieren würde, hatte sowohl Jonas als auch Amelie frappiert. Der Bedarf an Spezialisten auf diesem Gebiet war hoch, und immer öfters genehmigten die Krankenkassen psychotherapeutische Behandlungen.

Zum Glück fand sich Niklas damit ab, in München zu studieren und sein Zimmer zur Studentenbude umzurüsten. Von seinen Mitschülern schrieben sich einige in kleineren Universitäten ein, wie zum Beispiel an der Martin-Luther-Universität in Halle-Wittenberg oder in Greifswald. »Dort ist auch das Leben viel billiger«, hatte Niklas von seinen ehemaligen Mitschülern erfahren. »Und die Dozenten, ja gelegentlich sogar jüngere Professoren nehmen sich Zeit für die Studenten, wenn sie das Gespräch mit ihnen suchen.«

Jonas freute sich über die erfolgreiche Einschreibung seines unehelichen Sohnes Linus an der LMU. Noch mehr freute er sich darüber, dass damit eine wunderbare Gelegenheit entstanden war, Linus regelmäßig hinter Amelies Rücken zu treffen. Zu dumm nur, dass er in Augsburg arbeitete! Sonst wäre es ein Leichtes gewesen, sich mal mit Linus am Nachmittag zu treffen. Unter den gegebenen Umständen musste er sich die äußeren Rahmenbedingungen schaffen, die ihm die Möglichkeit eines Alibis lieferten. Jonas hatte dabei an einen Spanischkurs bei einer Sprachenschule in Schwabing gedacht. »Dann kann ich Linus nach dem Kurs auf ein Bier einladen. Oder ich lasse den Kurs sausen und unternehme was mit Linus.« Er hatte sein Vorhaben auch schon gegenüber Amelie erwähnt, der diese Idee gut gefiel. »Dann kannst du dich nächstes Jahr in Spanien mit dem Kellner auf Spanisch unterhalten!«, hatte sie lachend bemerkt und gutgelaunt die Frage nachgeschoben: »Wollen wir nächstes Jahr wieder einmal nach Teneriffa fliegen?«

Unter diesen Umständen fiel es Jonas nicht schwer, Amelie die Erfüllung ihres Wunsches in Aussicht zu stellen. Sein Einverständnis zu einem Urlaub auf Teneriffa erhöhte auch die Glaubwürdigkeit seines Alibis, einen Spanischkurs zu besuchen.

Die Sache mit der Studentenbude für seinen unehelichen Sohn war indes eine harte Nuss, die schwer zu knacken schien. Doch plötzlich kam ihm der rettende Gedanke. Sein Sohn war durch einen Mitschüler mit der Schülerverbindung eines studentischen Corps in Kontakt gekommen. Und war dabei, in dieser Studentenverbindung Fuchs zu werden. Niklas hatte mal beiläufig erwähnt, dass es auf dem Verbindungshaus Zimmer für Studenten gab. Jonas stand auf und ging in das Zimmer seines Sohnes. »Niklas, du hast mir doch erzählt, dass es bei euch auf dem Verbindungshaus noch freie Zimmer gibt. Der Sohn einer früheren Kollegin kommt nach München zum Studieren und sucht ein Zimmer. Kann er sich bei euch auf dem Haus bewerben?« Niklas war von seinem Laptop aufgestanden und musterte seinen Vater neugierig. »Unsere Zimmer auf dem Haus sind eigentlich den Füchsen und den Burschen unseres Corps vorbehalten. Wenn er Interesse an unserer Verbindung hat und überlegt, bei uns einzutreten, dann vielleicht. Hat er das denn vor?« – »Das weiß ich nicht. Aber vielleicht ist er froh, wenn er in München Anschluss bei Gleichgesinnten findet. Und du betonst doch selbst immer wieder, dass ein Corps eine akademische Verbindung von Gleichgesinnten ist, die auch gemeinsame Traditionen hochhalten.« – »Er kann ja mal auf das Verbindungshaus kommen. Ich werde ihm alles zeigen und auch erklären, welchen Zielsetzungen sich unser Corps verpflichtet fühlt.« – »Das würdest du für Linus – so heißt er nämlich – tun?«, fragte Jonas freudig erregt. »Klaro!«

»Wenn das klappt, wäre dies das erste Zusammentreffen

von Niklas mit seinem Halbbruder Linus!«, durchzuckte es Jonas. »Falls das mit dem Zimmer klappt, werden sich Niklas und Linus auf dem Haus öfters sehen, und ich hätte eine weitere Gelegenheit, Linus zu sehen. Ihn vielleicht sogar einmal zu uns nach Hause einzuladen. Oder wir gehen in einen Biergarten und Niklas lädt Linus ein, mitzukommen.«

10

Nach zehn Jahren Funkstille mit Afra hatte sich Odo entschieden. Ja, er wollte den Ball, den ihm Afra mit ihrer WhatsApp kurz vor der Feier von Daniels 75. zugespielt hatte, auffangen und ihr wieder zuwerfen. Freudig überrascht spielte der den Ball zurück und teilte ihr mit, dass er sich auf ein Wiedersehen riesig freuen würde. Bei seiner Entscheidung hatte eine gute Portion Neugierde mitgespielt. Und Afras WhatsApp hatte einige sehr intime Erinnerungen in ihm hochsteigen lassen.

Schließlich hatte sich Odo mit Afra für Freitagnachmittag in einer Bar in der Frankfurter Innenstadt verabredet. Das eben anbrechende Adventswochenende machte sich deutlich bemerkbar. Die Bars und die Restaurants waren schon nach fünfzeh Uhr brechend voll. Mit schuld an dem Gedränge um die Tresen war auch der Umstand, dass die wenigen noch verbliebenen Tische vor den Lokalen bei den winterlichen Temperaturen nur noch von den Rauchern frequentiert wurden. Afra hatte vorgeschlagen, sich im Lokal zu treffen, und hatte vielmeinend verheißen: »Du kannst mich nicht übersehen, ich komme in Rot!« Gemeint war die rote Lederjacke, die Afra an den Wochenenden gerne trug, in Verbindung mit Röhrchen Jeans. Odo konnte sich nicht erinnern, Afra je in einem Rock gesehen zu haben.

Da sah er sie auch schon, auf einem Barhocker sitzend und nachdenklich vor sich hin sinnierend. Odo beschleunigte seine Schritte und steuerte zielstrebig auf die raschlebige und impulsive Frau mit den langen schwarzen

Haaren zu. »Hallo Afra! Schön, dich wiederzusehen!«, sagte er sichtlich erfreut. »Hallo Odo!« Zwei weit aufgerissene blaue Augen strahlten ihn an, und ihre Lippen leuchteten verführerisch in Rot. Afra breitete ihre Arme aus und zog Odo an sich. Sie küsste ihn zuerst auf die Wangen, dann zog sie ihren Kopf zurück und ließ ihre blauen Augen in Odos Augen ruhen. Ganz spontan presste sie danach ihren Mund in Odos Gesicht und schon verspürte er ihre Zunge in seinem Mund. Das gemeinsame Spiel ihrer Zungen erregte Odo und rief Erinnerungen an gemeinsam verbrachte Nächte wach. Mit einem verzaubernden Lächeln hieß Afra, ihn Platz zu nehmen. Als er saß, musterte er Afra. Die zehn Jahre schienen bei Afra keine bedeutenden Spuren hinterlassen zu haben. Doch er bemerkte ein paar Fältchen um ihre Augen. »Gut siehst du aus, Afra!«, fand er anerkennend.

»Sag mal, Afra, was hat sich bei dir getan, seit wir uns das letzte Mal gesehen haben?« – »Außer meinem Bewährungsaufstieg nichts Einschneidendes. Ich wohne immer noch unter der geleichen Adresse. Ins *Cindy* gehe ich am Freitagabend nach wie vor, und ich habe dich vermisst!« Afras blaue Augen versanken in Odos Augen. Odo kannte Afra gut genug, um zu wissen, dass das kein Vorwurf war. Die impulsive, nach Abwechslung und raschem Genuss gierende junge Frau hatte nicht tatenlos auf Odo gewartet, dass er wieder wie früher recht regelmäßig seine Wochenenden im Klub *Cindy* beginnen würde. Und dabei gelegentlich ihr nach Hause gefolgt war. Odo zweifelte nicht daran, dass Afra für ihren Weg nach Hause bald auch andere Begleiter gefunden hatte.

Odo fasste Afras Worte eher als Aufforderung, sich

wieder für sie Zeit zu nehmen, auf. Wieder mal mit ihr zu tanzen, um die Häuser zu ziehen. Für sie ganz da zu sein. Von der Deutschen Bundesbank kommend, auf dem Weg zum heutigen Treffen hatte er nach dem wahren Grund für Afras Vorschlag für ein Wiedersehen gesucht. Sie hatte ihn nicht vergessen, doch was erwartete sie vom heutigen Date?

Odo hatte seine Frau Fiona früher öfters mit Afra verglichen. Beide waren in ihrer Einstellung dem Leben zugewandt, Fiona eher interessiert und nachdenklich, Afra spontan und impulsiv. Neues nahm Fiona als Chance, als Herausforderung an, durchdachte die Situation mit Neugier und Interesse und überlegte, wie sie ihre Fähigkeiten und Talente einbringen könnte. Wog Chancen und Risiken sorgfältig gegeneinander ab. Vor einem *Ja* Fionas stand gründliches Nachdenken. Und hinter ihrem *Ja* stand Fiona mit ihrer ganzen Persönlichkeit.

Sagte Afra *Ja*, folgte sie spontan und unbeschwert dem Reiz des Augenblicks. Was Zerstreuung und Lust versprach, zog Afra magisch an. Für neue Unternehmungen war die umtriebige junge Frau mit den blauen Augen und den langen schwarzen Haaren leicht zu gewinnen. Doch oft blieb sie nur so lange dabei, wie sie Spaß daran hatte.

Afra hatte Spaß und Lust versprochen. Fiona bot in ihrer Ehe mit Odo Gemeinschaft, regen Austausch und tiefgründige Gespräche. Bei Fiona hatte Odo seinen Anker ausgeworfen und hatte menschliche Wärme und Geborgenheit erfahren, sie waren ein Paar geworden und hatten geheiratet.

Odo war wenig überrascht, als Afra ihn nach seiner Beziehung zu Fiona fragte. »Bist Du noch mit Fiona verheiratet?« Odo bejahte, und dies veranlasste Afra zu der

Frage: »Und bist du noch glücklich mit ihr?« – »Ja klar,
Fiona ist eine patente, tüchtige Frau. Wir verstehen uns
auch bestens und machen uns für das Wochenende immer
ein gemeinsames Programm. Nur schade, dass Fiona oft so
spät von der Arbeit nach Hause kommt.«

Afra horchte auf. Das Stichwort war gefallen. »Dann
musst du abends oft in der leeren Wohnung auf sie warten?« – »Ja, das ist eigentlich die Regel. Das hängt auch
mit unseren gegensätzlichen Arbeitszeiten zusammen. Ich
bin am halb acht Uhr früh schon in der Arbeit, und bei
Fiona geht es erst nach halb zehn los. Wenn sie Überstunden
machen muss, wird es oft acht, bis sie abends bei mir zu
Hause ist.« – »Und das stinkt dir doch, Odo?«, fragte
Afra mit einem herausfordernden Blick. »Nicht wirklich.
Ich habe mich daran gewöhnt.« Afra lächelte verschmitzt.
»Dagegen kannst du aber etwas tun!« – »Was meinst du
damit, Afra?« Mit einem offenen Blick sah Afra Odo an.
»Du könntest dich nach der Arbeit ab und zu mit mir tref-
fen! So wie heute!!«

11

Drei Jahre später

»Am Donnerstag nach der Schlusskonferenz ist bei uns Grillfest. Auch Ehefrauen und Partner sind eingeladen. Hast du nicht Lust, zuzustoßen? Ich hole dich nach der Sitzung am Hauptbahnhof Augsburg ab!« Erwartungsvoll blickte Jonas seine Frau Amelie an. »Ach Jonas, ich kenne doch niemanden aus deinem Kollegium!«, wiegelte Amelie ab. »Das stimmt doch so nicht. Erinnerst du dich nicht an Zoe und ihren Mann? Wir haben sie kürzlich in der S-Bahn auf der Fahrt nach Herrsching getroffen, als wir unseren Ausflug nach Kloster Andechs gemacht haben. Du hast dich mit Zoe sogar ganz angeregt unterhalten.« Amelie musste zustimmen. »Das stimmt. Nur schade, dass sie in Gilching ausgestiegen sind.« – »Na siehst du«, resümierte Jonas zufrieden. Da hast du schon eine Gesprächspartnerin, mit der du dich verstehst. Philipp, mein Kollege aus der Mathefachschaft, ist auch sehr nett. Er erkundigt sich immer nach Niklas und seinem Psychologiestudium. Seine Frau ist nämlich Diplompsychologin! Wenn du möchtest, kann ich dann Zoe bitten, dass sie für dich einen Platz auf der Bank freihält!« – »Ja, vielleicht. Aber dann müsste ich mir den Donnerstagnachmittag freinehmen. Das muss ich morgen im Büro klären. Morgen Abend kann ich dir endgültig Bescheid geben.«

Alles, was im Zusammenhang mit dem Augsburger Gymnasium stand, hatte für Amelie einen bitteren Beigeschmack bekommen, seit sie hinter das Verhältnis ihres Mannes zu seiner Kollegin Vanessa gekommen war. Dieses Verhältnis war aus einer Fahrgemeinschaft entstanden. Während der gemeinsamen Fahrt von Freiham nach Augsburg und zurück war eine Vertraulichkeit und ein persönliches Nahverhältnis entstanden, das schließlich nach mehreren Einladungen zum Pizzaessen und zum Griechen in Vanessas Bett besiegelt worden war. Aus dieser Liebesbeziehung war Jonas' Sohn Linus hervorgegangen, der mittlerweile in den Prüfungen für den Bachelor in Volkswirtschaftslehre steckte.

Über ihren gemeinsamen Sohn Niklas, der das Studium der Psychotherapie absolvierte, hatte Amelie auch Linus, den unehelichen Sohn ihres Mannes kennengelernt, ohne jedoch von der Vaterschaft ihres Mannes eine blasse Ahnung zu haben. Das Bindeglied, das die beiden Halbgeschwister zusammengeführt hatte, war eine schlagende Studentenverbindung, das Corps *Lucertola*. Auf dem Corpshaus der schlagenden Verbindung *Lucertola* hatte der aus Straubing in Niederbayern stammende Linus eine Studentenbude bezogen. Niklas, der ein begeisterter Corpsstudent war, hatte Linus schließlich für den Eintritt in das Corps gewinnen können. Er selbst hatte nach vielen Stunden beim Fechten bald alle Partien ohne körperliche Blessuren gefochten und war mittlerweile Senior der Activitas. Und wiederholt hatte er als Chargierter den Flaus getragen, etwa bei der Hochzeit eines *Alten Herrn* oder zuletzt beim Begräbnis eines anderen *Alten Herrn*. Besondere Freude machte ihm die jährliche Corpsfahrt nach Weinheim über Himmelfahrt mit dem nächtlichen Fackelzug von der Wachenburg in die Stadt.

Amelie hatte Linus anlässlich der Corps-Weihnachtsfeier

im letzten Jahr kennengelernt. Der humorvolle und zuvorkommende junge Mann war ihr gleich sympathisch gewesen, denn der höfliche und freundliche Linus hatte den Charme seiner Mutter Vanessa geerbt. Diesem Kennenlernen war Jonas mit innerer Anspannung entgegengegangen. Doch als Amelie in einer Pause zu ihm sagte: »Dieser Linus ist aber ein reizender junger Mann!«, war es Jonas gewesen, als gelte dieses Lob auch ihm. Ein unbeschreibliches Glücksgefühl hatte Jonas erfasst. Seine Ehefrau Amelie hatte seinen unehelichen Sohn in höchsten Tönen gelobt!

In Jonas' Kopf arbeitete es seither. »Über die Freundschaft meines Sohnes zu seinem Halbbruder Linus muss es doch möglich sein, mein uneheliches Kind näher an meine Familie heranzuführen. Auch wenn der Link einstweilen die Freundschaft der beiden jungen Männer ist. Die, ohne es zu wissen, miteinander blutsverwandt sind!«

Abends, kurz vor dem Einschlafen im Bett, stieg eine andere Frage in Jonas auf. »Wann wird es möglich sein, Niklas und auch Amelie die Wahrheit über Linus zu sagen? Haben sie nicht beide das Recht, die Wahrheit zu erfahren?«

12

An einem Samstagmittag gegen Ende August trafen sich Aaron und Susanne mit Jonas, Amelie und Lisa im Biergarten. Sie hatten sich für den Hirschgarten als Ort ihrer gemeinsamen Brotzeit mit Frischkäseaufstrich, Obatzta, Nudelsalat, Riesenbrezen und Radi entschieden. Lisa hatte eine weißblaue Tischdecke, den Obatzta mit Tellern, Bestecken und Servietten mitgebracht. Der Nudelsalat stammte von Amelie, während der Frischkäseaufstrich, der Radi und die Brezen von Susanne in die Mitte des Tisches gestellt wurden. Selbst ein Salzstreuer fehlte nicht.

»Wo hast du denn deinen Mann gelassen?«, erkundigte sich Aaron und sah Lisa fragend an. »Der fehlt doch sonst nie, wo bayrische Gemütlichkeit ist?« – »Luis ist in die Steuerkanzlei gefahren. Er hat heute noch zwei Termine mit Mandanten. Wenn er sich rechtzeitig von der Arbeit losreißen kann, wird er wohl nach drei Uhr bei uns sein.« Nachdenklich hielt Aaron fest: »Dann hat er ja eine Sechstagewoche!« Aaron fuhr mit der Hand durch sein Haar. »Wo gibt es denn so etwas noch?« Lisa seufzte. Fast entschuldigend erklärte sie: »Das ist halt der Preis der Selbstständigkeit!« Danach senkte sie ihren Kopf und fiel in Schweigen. In ihren Gedanken war Lisa jedoch nicht bei der Arbeit ihres Mannes als Steuerberater, sondern bei dessen körperlicher Verfassung. Im Stillen dachte Lisa: »Hoffentlich ist er nüchtern, wenn er kommt!«

Längst hatte Luis seinen Teilzeitvertrag mit dem

Lohnsteuerhilfeverein gekündigt. Seine Mandanten waren jetzt wohlhabende Steuerpflichtige. Nicht wenige darunter besaßen ein Mehrfamilienhaus als Kapitalanlage und lagen mit ihren zu versteuernden Einkünften deutlich über der Grenze, bis zu der sie bei der Anfertigung ihrer Steuererklärung die günstige Unterstützung des Lohnsteuerhilfevereins in Anspruch nehmen konnten. In diesen Fällen war allein der Steuerberater zuständig. Unter Luis' Mandanten waren auch Ärzte und Rechtsanwälte, die als Selbstständige beim Lohnsteuerhilfeverein nicht Mitglied werden konnten. »Meine Mandanten sind lukrativer als jene, für die der Lohnsteuerhilfeverein arbeitet. Daran verdiene ich deutlich mehr!« Luis verschwieg jedoch gerne, dass deren Steuerakten umfangreicher waren als jene, die er beim Lohnsteuerhilfeverein früher bearbeitet hatte. Und damit anspruchsvoller und langwieriger in der Bearbeitung.

Noch einen Unterschied zu seinen Anfängen als Steuerberater gab es, und dieser Umstand brachte Lisa oft zur Verzweiflung: Er brachte Steuerakten zur Bearbeitung nach Hause! Dadurch saß Lisa abends oft allein im Wohnzimmer in Buchenau. Sie schaute dann fern und chattete nebenbei mit ihren Freundinnen. Auf diese Weise pflegte sie einen regen Austausch mit ihren Freundinnen in München. Ihre abendlichen Chats hielten die Beziehungen zu ihren Freundinnen aus München am Leben und sie entkam so dem Gefühl der Einsamkeit, obwohl ihr Mann Luis nur ein Zimmer weiter hinter seinem Notebook saß. Dort versank er hinter seiner Arbeit und reagierte unwirsch, wenn Lisa ihn bei der Arbeit unterbrach. Die Türe zu seinem Arbeitszimmer hielt er geschlossen. Nicht nur, um die Geräuschkulisse des Fernsehers fernzuhalten, sondern auch, um ungestört und unbeaufsichtigt für sich sein zu können. War er mit einer Steuererklärung fertig geworden, fuhr er das Notebook allerdings nicht herunter. Als Belohnung öffnete er zunächst die Schranktüre, stellte einen Cognacschwenker bereit und goss diesen halbvoll. Meist war die Rotweinflasche, die er zu Beginn des abendlichen Homeoffice geöffnet hatte, zu diesem Zeitpunkt schon leer getrunken. Das war seine Art, sich nach getaner Arbeit eine Belohnung zu gönnen. Und sich durch die Wirkung des Alkohols Abstand von seiner täglichen Arbeit zu verschaffen und sich so zu entspannen, wie er glaubte.

Bei fortgeschrittener Stunde warf er noch einen Blick auf die Kursentwicklung der Börse. Um 22 Uhr war der Handel an den großen Börsenplätzen in Deutschland zu Ende. Er konnte damit also die Schlussstände seiner Investments abrufen. Oft belastete dies jedoch sein Nervenkostüm und führte dazu, dass er den Cognacschwenker erneut auffüllte. Doch auch Kurssprünge nach oben, überraschende Buchgewinne waren ein Grund, sich noch einen weiteren Cognac zu genehmigen.

Aaron war nicht entgangen, dass es Lisa nicht gut ging. Das Einzige, was ihrem Leben einen Inhalt gab und sie mit Freude erfüllte, war ihre Arbeit im Kindergarten von Buchenau. Von ihrem Mann hatte sie abends nicht mehr viel zu erwarten, weder persönliche Ansprache noch Interesse oder gar Zärtlichkeit. Sie war schon froh, wenn ihr Mann sich nach halb elf Uhr endlich zu ihr setzte. Am liebsten jedoch auf Distanz, denn er kam mit einer Fahne aus einer Mischung von Rotwein und Weinbrand zurück in das Wohnzimmer.

Aaron und Susanne waren Luis' Art zu trinken schon

länger aufgefallen. Aaron hatte gemeinsam mit Susanne überlegt, wie sie ihrem Bruder und Schwager helfen könnten. Aaron fühlte sich bestätigt, als er hörte, dass Susanne die gleichen Verhaltensweisen auffielen: hastiges Trinken, wiederholtes Nachgießen oder Nachschub holen, eine verwaschene Sprache und seit neuestem nahm Susanne seine Alkoholfahne wahr, schon wenn er sie bei der Begrüßung umarmte. Es war offensichtlich, dass Luis mit dem Alkohol ein Problem hatte. Gelegentlich, bei geselligen Anlässen, zum Beispiel bei einer Geburtstagsfeier im Familienkreis, kam es vor, dass Luis zuvor schon »vorglühte«, bevor er sich der Festgesellschaft anschloss.

So froh Aaron auch darüber war, dass er mit seiner Beobachtung richtig lag, die Sache machte ihn ratlos. Susanne hatte vorgeschlagen, dass er mit seinem Internisten mal darüber sprechen sollte, doch Aaron hatte abgewinkt. Er hatte kein Vertrauen in den Umgang der praktizierenden Ärzte mit Alkoholismus. »Im ungünstigsten Fall schlägt der Arzt eine Entziehungsbehandlung im Krankenhaus und eine anschließende Langzeitbehandlung vor. Und so, wie ich Luis einschätze, blockt er bei diesem Therapievorschlag ab. Dann macht mein Bruder dicht, und damit erreicht der Arzt genau das Gegenteil von dem, was nottäte.« Aaron dachte eher an eine Selbsthilfegruppe wie die Anonymen Alkoholiker. »Ich hatte in meiner Gemeinde einen Mann, der durch AA trocken wurde«, erwähnte er. Im Stillen dachte er: »Vielleicht ist Luis auch noch nicht bereit, einzusehen, dass längst nicht mehr er, sondern der Alkohol sein Leben bestimmt. Dass er längst die Kontrolle über sein Leben verloren hatte. Wahrscheinlich muss er erst eingestehen, dass er dem Alkohol gegenüber machtlos ist. Und sein Leben nicht mehr meistern kann. Erst dann, wenn er seine Niederlage eingesteht, kann er schonungslos und ehrlich zugeben, dass er krank ist und Hilfe braucht.«

Jonas riss seinen älteren Bruder aus seinen Gedanken. »Aaron, los! Holen wir die Getränke. Wer nimmt eine Maß hell, wer will eine Maß Radler?« Jonas blickte in die Runde und fasste zusammen: zwei Maß hell und drei Radler!« Auf dem Weg zur Schenke fragte Jonas seinen Bruder leise. »Wie habt ihr euch jetzt mit der Kinderwunschklinik entschieden?« Aaron seufzte. »Nachdem wir die Hoffnung auf ein Kind schon begraben haben und uns innerlich auf ein Leben ohne Kinder eingestellt haben, hat Susanne nach dem letzten Sommerurlaub die Möglichkeit mit der Kinderwunschklinik ins Gespräch gebracht. Es hat lange gedauert, bis wir dort zur Beratung waren. Sie hatte sich zunächst bereit erklärt, die Behandlung auf sich zu nehmen. Aber vor einiger Zeit hat sie mir gesagt, dass sie all diese vielen Untersuchungen und Behandlungen nicht über sich ergehen lassen möchte. *Solche Manipulationen möchte ich meinem Körper nicht zumuten. Wenn es nicht sein soll, dann muss ich das hinnehmen.«* – »Und wie gehst du mit der möglichen Kinderlosigkeit eurer Ehe um?«, forschte Jonas. »Ich hätte Susanne in ihrem Vorschlag, unser Glück mithilfe der Kinderwunschklinik zu versuchen, voll unterstützt. Aber da sie jetzt einen Rückzieher macht, respektiere ich ihre Entscheidung voll und ganz und trage sie mit. Du weißt ja, wie gerne ich Kinder habe. Auch in meiner früheren Arbeit als Pfarrer hatte ich viel Spaß mit den Ministranten und bin auch jedes Jahr zu den Jugendlichen ins Sommerlager des Pfarrverbands gefahren. Erst nur für einen Tag, zu Besuch also. In den letzten Jahren habe ich dort sogar im Zelt übernachtet.« – »Oh, das wusste ich gar nicht«, staunte Jonas. »Doch. Ich finde, die jungen Menschen sind oft viel vorurteilsfreier und offener als die Erwachsenen. Sie sind noch unbefangen und sind bereit, sich auf das einzulassen, was das Leben für sie bereithält. Sie wollen Neues entdecken und ihre Kräfte messen. Wenn man sich unbefangen auf sie einlässt, ist jedes Gespräch mit ihnen oder jeder Plausch mit ihnen wie ein Geschenk. Das fand ich schön und es hat mir immer auch gutgetan. Weißt du, als ich noch Pfarrer war, haben die Erwachsenen im Gespräch meist nur ihre Belastungen und Konflikte vor mir abgeladen.« Sie erreichten die Schenke und stellten sich an.

Als sie mit den fünf Maßkrügen zurück an ihrem Tisch anlangten, begrüßten sie ihren Bruder Luis. »Schön, dass du schon da bist!«, bemerkte Aaron und studierte Luis' Gesicht. Sein Bruder saß gutgelangt eng neben seiner Frau und hatte seinen Arm um Lisa gelegt. »Ich habe heute früher Schluss gemacht. Heute ist doch eher Biergartenwetter als Kanzleiwetter!«, fand er und lachte. »Jetzt aber machen wir auf Gemütlichkeit!«, verkündete Luis lautstark. »Da wir mit dir nicht so bald gerechnet haben, haben wir für dich leider noch keine Maß gekauft. Ich stelle Lisas Radler darum bei Euch in die Mitte«, bemerkte Jonas halb entschuldigend. Zielstrebig griff Luis nach dem Maßkrug und trank gierig. Er nahm mehrere Züge und es dauerte eine ganze Weile, bis er den Krug wieder vor sich hinstellte. Lisa streckte ihre Hand aus und zog sachte den Maßkrug zu sich heran.

Lange hielt es Luis nicht am Tisch. Appetit hatte er keinen. Während die anderen am Tisch mit der Brotzeit begannen, beobachtete er seine Brüder und deren Frauen.

»Jetzt hole ich für mich was Gescheites!«, fand er, stand auf und machte sich auf den Weg zur Schenke. Drei weitere Male noch würde der vor dem Schankkellner beschwingt und etwas breitspurig behaupten: »Heit geht no oans!«

Es dauerte lange, bis Luis zurückkam. Lisa hatte schon im Stillen überlegt: »Wo bleibt Luis denn so lange?« Endlich kam er zurück zum Tisch und wie zu Beginn setzte er sich neben seine Frau. Sichtlich erheitert, fast etwas überdreht prostete er in die Runde. Der Kuss, den er daraufhin Lisa gab, wurde begleitet von einer Cognacfahne.

Mit Entsetzen fiel Lisa ein Spruch ihres Mannes ein. »Cognac und Bier – das rat ich dir!« Ihr Kopf fiel nach unten. »Das kann ja heute noch heiter werden!«, dachte sie resigniert. Als sie wieder aufsah, bemerkte sie, dass Susanne sie mit nachdenklichem Blick fixiert hatte. Lisa schob ihren Gedanken in Windeseile beiseite, markierte ein gezwungenes Lächeln und fragte dann: »Sag mal Susanne, wie lange ist eigentlich die durchschnittliche Aufenthaltsdauer deiner Patienten bei euch im Krankenhaus?« – »Das kommt auf die konkrete Abteilung an. Die Zahlen unterscheiden sich, je nachdem, ob du von der Chirurgischen Abteilung, von der Inneren, oder von der Onkologie sprichst. In der Geburtenabteilung ist die Verweildauer nicht mehr so lange wie früher. Es sei denn, es gab Komplikationen bei der Mutter, zum Beispiel sehr hoher Blutverlust. Oder bei Frühchen.« Susanne begann, aus ihrem Klinikalltag als Krankenschwester zu berichten und ging dabei aus sich heraus. Sie war froh, in Lisa eine interessierte Zuhörerin gefunden zu haben und erwähnte einige Vorfälle aus der vergangenen Arbeitswoche, die sie nachdenklich gemacht hatten. Und Lisa war froh, dass sie nicht viel aus ihrem Leben berichten musste.

Gegen Ende des Nachmittags, Luis war eben mit seinem vierten Maßkrug von der Schenke zurückgekommen, verabschiedete sich Lisa in Richtung Toilette. »Ich begleite dich«, bot Susanne an. Auf dem Weg fragte Susanne unbestimmt: »Wie ist das denn bei euch so, bei dir und bei Luis?« Lisa schluckte und schwieg. War das der richtige Augenblick, ihre Schwägerin Susanne ins Vertrauen zu ziehen? Als Krankenschwester hatte sie doch mit jeder Menge Krankheitsgeschichten zu tun. Schließlich brach es aus ihr hervor: »Ach weißt du, Luis war ein so toller, interessierter und zärtlicher Mann, als ich ihn kennengelernt habe. Auch als wir in Buchenau eingezogen waren, schien unser Glück noch perfekt zu sein. Bis auf die Schulden, die meinen Mann schließlich zu der Entscheidung brachten, sich selbstständig zu machen. Danach habe ich nicht mehr viel von ihm gehabt. Er entwickelte eine wahre Arbeitssucht. Und fing an, nebenbei an der Börse zu spielen. Er verzockte Geld, verlor die Nerven und kam mit dieser Situation nicht mehr klar. Und zur Beruhigung legte er sich einen Freund, den Alkohol zu. Das beruhigte ihn zunächst, aber schleichend stiegen seine Trinkmengen. Es gibt seit zwei Jahren keinen einzigen Tag mehr ohne Alkohol für ihn. Und dies ohne Maß. Es wurde einfach immer mehr.« Lisa blieb stehen. Tränen liefen über ihre Wangen.

Susanne nahm Lisa in den Arm. Sie führte Lisa zu einer freien Bank, und die beiden Frauen setzten sich. »Möchtest du mit mir reden?«, fragte Susanne. Lisa nickte schweigend. »Du bist verzweifelt, Lisa. Ich habe dich beim Essen beobachtet. Ich habe gespürt, dass es dir nicht gut geht. Nun erzähl mir mal, wie der Alkohol euer Leben verändert hat!«, fragte Susanne und sah ihre Schwägerin aufmunternd an. Was sie aus dem Mund Lisas hörte, machte sie sehr betroffen. »Das ist ja schlimmer als ich dachte«, brachte Susanne daraufhin hervor.

»Was kann ich nur tun, dass er weniger trinkt? Ich kann doch nicht zulassen, dass er so weitermacht! Wie oft habe ich ihm schon vorgeschlagen, langsam zu trinken. Den Wein zu genießen, wie tausend andere Menschen das tun, anstatt ihn in sich hineinzuschütten. Und wie sehr habe ich ihn gebeten, den Cognac abends wegzulassen, wo er doch vorher schon eine ganze Flasche Wein getrunken hat. Ihn daran erinnert, in welchem Zustand er am Tag danach aufstehen muss. Ich bin nervlich am Ende, weiß nicht mehr weiter und fühle mich so hilflos!«

»Ihr braucht beide Hilfe!«, fasste Susanne Lisas Schilderung zusammen. Dann griff sie einen Gedanken ihres Mannes auf. »Aaron lernte in seiner Gemeinde einen Mann kennen, der sogar in den Pfarrgemeinderat gewählt wurde. Ein angesehener, humorvoller, tatkräftiger Mann, mit dem er gerne zusammengearbeitet hat. Und stell dir vor, erst bei seiner Verabschiedung vertraute er Aaron an: *Ich bin Alkoholiker! Trockener Alkoholiker*, fügte er präzisierend bei. Und erst da gab er einige traurige Begebenheiten aus seinem früheren Leben preis. Zum Beispiel, dass er einmal auf dem Gehweg zusammengebrochen war und erst in der Notaufnahme des Krankenhauses wieder zu sich kam mit 2,3 Promille Alkohol in seinem Blut. Auf dem Tiefpunkt seiner Trinkerkarriere fasste er den Entschluss, einmal an einem Meeting der Anonymen Alkoholiker teilzunehmen. Er war von dem, was er dort erfuhr, so beeindruckt, dass er merkte: Hier bin ich richtig. Und auch in der nächsten Woche ging er wieder in das Meeting. Und ab dem zweiten

Meeting, an dem er teilgenommen hatte, musste er nicht mehr trinken.« Mit einem ungläubigen Blick forschte Lisa in Susannes Gesicht. »Und er hat danach wirklich ohne Alkohol gelebt?« – »Aaron gegenüber hat er einen Rückfall erwähnt. Danach ist er wieder ins Meeting gegangen und führt seither ein Leben ohne einen Tropfen Alkohol.« Wie um die Wirkung ihrer Worte zu verstärken, machte Susanne eine Pause. Lächelnd legte sie ihre Hand auf jene von Lisa. »Vielleicht wäre dies auch ein Weg für Luis?«

13

Damit hatte Odo nicht gerechnet. Versonnen war er an der Theke einer Bar in der Nähe von Afras Arbeitsplatz bei der Stadtverwaltung Frankfurt gesessen und hatte nur so nebenbei die flinken Handgriffe des Barkeepers wahrgenommen, als eine junge Frau in einer sportlichen schwarzen Lederjacke, wie ihn die Fahrerinnen von Motorrädern trugen, auf die rechte Wange küsste. »Hallo Odo! »Schön, dass du schon da bist!« Er fuhr herum und staunte. Es war Afra. Zwei blauen Augen sahen ihn an. Die langen schwarzen Haare hatte seine Geliebte zu einem Zopf gebändigt, der munter hin und her flog, wenn sie ihren Kopf drehte. Sie küssten sich, und bevor Odo etwas fragen konnte, blitzten ihn zwei blaue Augen an und Afra verkündete selbstbewusst: »Heute geben wir Gas! Ich bin heute mit dem Motorrad meines Bruders da. So sind wir schneller bei mir!«

Darauf war Odo nicht eingestellt. Er war von einem Feierabendplausch mit ein paar Bierchen ausgegangen, doch nun diese Form der Einladung! Eine freudige Erregung ergriff Odo. Als der Barkeeper mit hochgezogenen Wimpern Afra fixierte, bemerkte sie: »Danke, wir brechen gleich auf.« Zu Odo gewandt: »Trink aus! Dann flitzen wir zu mir!« – »Ich habe aber keinen Helm!« – »Du kannst meinen alten nehmen. Er hängt draußen am Rad!«

Draußen am Motorrad streckte Afra Odo einen schwarzen Helm entgegen und sah ihn erwartungsvoll an. »Da. Der ist für dich!« Odo setzte den Helm auf. Afra trat zu ihm, griff nach dem Helm und überprüfte dessen Sitz auf Odos Kopf. Sie übernahm es sogar, den Verschluss zuzumachen, zog die Riemchen fest und überprüfte erneut den Sitz. Zufrieden nickte sie. Danach setzten sich beide auf das Motorrad, Odo schlang seine Arme um Afra und schon ging es los. Odo staunte, wie elegant Afra überholte und die Fahrspur wechselte. Selbst bei 50 Stundenkilometern kam Odo die Fortbewegung mit dem Motorrad viel schneller vor, als er das im Linienbus der Frankfurter Verkehrsbetriebe empfunden hatte. Der Fahrtwind war erfrischend und mit einem Mal fühlte sich Odo mit Helm am Kopf und den Armen um Afra geschwungen um Jahre jünger, als er es noch beim Verlassen der Bar in der Frankfurter Innenstadt gewesen war. Ein Gefühl von Freiheit und Abenteuer erfasste Odo. Und ein prickelndes Vorgefühl dessen, was die Einladung in Afras Wohnung versprach. Dessen Höhepunkt er in ihrem Bett im Rausch der Sinne erleben durfte.

»Und, gefällt dir das Fahren mit mir?«, fragte Afra ganz direkt, als sie sich im Aufzug gegenüberstanden und in Afras Wohnung fuhren. »Ja, das hat Spaß gemacht!«, bestätigte Odo. »Das kannst du öfters haben. Ich darf das Motorrad benutzen, solange mein Bruder in der Niederlassung seiner Firma in Kapstadt arbeitet.« – »Ist er länger im Ausland?« – »Vier bis fünf Jahre. Bis die Leitung der Abteilung von Einheimischen übernommen wird.« – »Von einem Farbigen?«, erkundigte sich Odo. »Oder von einem weißen Südafrikaner. Kapstadt hat einen hohen Anteil an weißen Einwohnern. Viele dort sprechen Afrikaans, das sich aus dem Niederländischen des 17. Jahrhunderts entwickelt hat. Kapstadt hat nach einem internationalen Ranking auch die beste Universität Afrikas.« Odo war überrascht, dass

Afra so eloquent wurde, als es um Südafrika ging. »Woher weißt du das alles?« – »Ich habe meinen Bruder in Kapstadt besucht, als er ein halbes Jahr dort gearbeitet hat. Er hat mir vieles gezeigt und wir sind auch ordentlich rumgefahren, als ich dort war.« Sie erreichten Afras Wohnung. »Leg schon mal ab. Aber zuvor stoßen wir noch mit einem Glas Sekt an!«

Als Odo zwei Stunden später gutgelaunt von Afras Wohnung zum U-Bahnhof schlenderte, war er noch ganz benommen vom Erlebnis der vergangenen zwei Stunden. Erst die Fahrt auf dem Motorrad aus der Stadt zu Afras Wohnung, dann der Rausch der Sinne in den Armen seiner Geliebten. Zwei intensiv erlebte Erfahrungen der besonderen Art, die die Ereignisse dieser Woche überstrahlten. Beschwingt beschleunigte er seine Schritte.

Er fühlte sich um Jahre jünger. Es war ihm, als hätte ihn Afra aus dem trockenen Alltagsgeschäft bei der Deutschen Bundesbank und der Ehe mit der tiefsinnigen, nachdenklichen Fiona mit ihrem akademischen Interesse an Kunst und Kultur in eine Sphäre von Leichtigkeit, Genuss und Entspannung entführt. Für zwei Stunden hatte er sich selbst der Leichtigkeit des Seins überlassen und fühlte sich danach wie neu geboren.

Er war zutiefst dankbar, dass Afra nach Jahren des Schweigens den Kontakt zu ihm wieder gesucht hatte und ihm einen neuen Zugang zu sich selbst und zum Leben eröffnet hatte.

Als er auf der Rolltreppe am U-Bahnhof nach unten fuhr, durchzuckte ihn der Gedanke: »So einen Motorroller möchte ich auch haben! Es muss keine schwere Maschine sein, aber eine mit guter Beschleunigung.« Und wieder fühlte er sich zurückversetzt in das Erlebnis dieses späten Nachmittags, als er mit den Armen um Afras Oberkörper dem Höhepunkt dieses Tages entgegen schwebte, während der Fahrtwind um seine Wangen strich.

»Mal ein Erlebnis der besonderen Art, ganz anders, als mit der kunstsinnigen Fiona in ihren langen Kleidern auf Vernissagen zu gehen. Oder in der Oper drei Stunden lang still zu sitzen und die Augen auf die Bühne zu fixieren.« Ein Lächeln zog seine Mundwinkel in die Breite. Er hatte sich vorgestellt, wie Fiona sich in Abendrobe hinter ihn setzen würde, auf dem Weg zu einem kulturellen Event. Ob Fiona das tun würde? Schon hörte er Fionas Einwand »Aber der Helm ramponiert doch meine Frisur!«

Allerdings fehlten Oper, Konzert und Bildergalerie jene Magie des Rausches, in die ihn Afra an diesem Freitagnachmittag entführt hatte. Und wieder erschienen Afras blaue Augen, umrandet von den langen schwarzen Haaren ihres schmalen Gesichts. »Eine Bombe von Frau!«, erkannte Odo.

Fiona war feinfühlig, empathisch, eine wunderbare Gesprächspartnerin. Mit persönlichem Interesse und ihrem Mitdenken hatte sie Odos Wechsel aus der Redaktion einer großen Zeitung zu seinem jetzigen Arbeitgeber begleitet. Odo war damals sehr glücklich gewesen, ein offenes Ohr für seine Gedanken zu einer beruflichen Neuorientierung zu finden. Stundenlang hatte er Fiona von seinen Erfahrungen als Redakteur eines großen Mediums und über seine Artikel in der Sparte *Gesellschaft und Soziales* berichtet. Gelegentlich hatte Fionas Mitdenken Odo neue Aspekte seiner beruflichen Neuorientierung aufgezeigt. Und bald hatte sie Odo in die Welt der Kunst und Kultur mitgenommen.

Das war Neuland für Odo gewesen, denn seine Eltern Daniel und Nicole betraten aus eigenem Antrieb weder einen Konzertsaal noch ein Opernhaus.

Doch so lebendig, im Vollbesitz seiner Sinne und Kräfte fühlte er sich erst seit heute Nachmittag.

14

Jonas saß mit Amelie beim Frühstück in ihrer Wohnung in Freiham. Nach einem Blick aus dem Fenster kehrte Jonas zurück zum erweiterten Frühstück dieses Sonntagmorgens. Er fand: »Es regnet noch immer. Nach der sommerlichen Hitze der letzten Woche brachte das Gewitter von gestern Nacht eine willkommene Abkühlung. Hast du vom Gewitter etwas mitbekommen?« – »Nein, ich habe tief und fest geschlafen.« – »Du hast also den Donner um halb zwei gar nicht gehört? Es hat richtig gekracht. Und du hast wirklich nichts gehört?« Amelie schüttelte den Kopf. »Hoffentlich hört der Regen auf!«, bemerkte Jonas. »Oder willst du heute Nachmittag etwa nicht mit auf die Jakobidult?« – »Doch doch, auf jeden Fall«, versicherte Amelie. »Der Wetterbericht verheißt trockenes Wetter heute Nachmittag.« Amelie lächelte ihren Mann an. Sie ging immer gerne auf die Auer Dult, eine Art Open Air Kaufhaus mit Fahrgeschäften und Biergarten auf dem Mariahilfplatz in der Au. Sie liebte es, an den Ständen mit Geschirr, Handwerkskunst und allerlei Krimskrams entlangzuschleudern.

»Wann treffen wir Niklas heute Nachmittag?«, fragte Amelie und sah ihn mit großen Augen an. »Ich habe erst vier Uhr vorgeschlagen, doch Niklas fand, das sei zu früh. Er braucht den Nachmittag, um sich weiterhin auf die Prüfungen vorzubereiten. So haben wir uns für 17.30 Uhr verabredet. Vor dem Lokal.«

Was Jonas nicht sagte, war, dass er Niklas angestiftet

hatte, auch Linus einzuladen. Und ihn einfach wie zufällig heute zum Essen mitzubringen.

Bei diesem Gedanken stahl sich ein selbstzufriedenes Lächeln auf sein Gesicht. Heute Abend würde er mit Amelie und seinen beiden Söhnen essen und gemütlich bei ein paar Bierchen plauschen! Als Amelie sein Lächeln bemerkte, fragte sie nach dem Grund seiner Vorfreude. Seine Mundwinkel wurden noch breiter, er rieb sich die Hände und hielt fest: »Ich finde es schön, mal mit der ganzen Familie essen zu gehen!«

Leicht konsterniert blickte Amelie zu ihm auf. »Die ganze Familie!? Wir sind doch nur zu dritt. Wer kommt denn noch außer Niklas? Hast du noch deine Eltern eingeladen?«

Jonas hatte sich verraten. Doch Amelies Rückfrage bewies ihm, dass sie in eine andere Richtung dachte. Kurz entschlossen griff er Amelies Gedanken auf. »Nein, die habe ich für heute Abend nicht eingeladen. Aber du bringst mich auf eine Idee. Gerne kann ich meine Eltern wieder einmal einladen. Aber vielleicht doch lieber zu uns nach Hause als in ein Bierlokal. Meiner Mutter ist es dort mit Sicherheit zu laut. Und wenn sie zu uns kommen, kann ich sie mit dem Auto abholen und danach wieder nach Hause bringen. Wenn du willst, koche ich mal für uns alle. Was hältst du von Lasagne mit Tomatensalat?«

Das ließ sich Amelie nicht zwei Mal sagen. Begeistert rief sie: »Super! Da bin ich gleich dafür!«

Mit diesem Vorschlag hatte Jonas zwei Fliegen mit einer Klappe geschlagen. Er zerstreute Amelies Zweifel und entging einer weiteren teuren Essenseinladung. Durch seine monatlichen finanziellen Beiträge zu Linus' Studium war er gezwungen, in Gelddingen zu rechnen. Und die Kuh war einstweilen vom Eis.

Noch immer hatte Amelie keine Ahnung von seiner Vaterschaft bei Linus.

Und Linus glaubte noch immer, dass er Ludwigs Sohn sei.

Dass Linus sein Studium in München absolvierte, betrachtete Jonas als einen unverdienten Glücksfall. Dass Linus im gleichen Corps Bursche geworden war, dem sein Sohn nach dem Abitur beigetreten war, schuf die Möglichkeit, dass er durch die Freundschaft der beiden seinen unehelichen Sohn Linus öfters sehen konnte. Das bevorstehende Oktoberfest schuf dazu eine ideale Plattform. Das wollte er heute Abend unbedingt zur Sprache bringen.

15

Lisa benutzte die Zeit zwischen der Schließung des Kindergartens um 16 Uhr und dem heute bevorstehenden Elternabend im Kindergarten, um den Wochenendeinkauf hinter sich zu bringen. Neben der Beschaffung zu Ende gehender Haushaltsutensilien wie Tabs für die Waschmaschine, destilliertes Wasser und Klopapier standen Butter, Aufschnitt und Frischkäse auf ihrem Einkaufszettel. Zuletzt hatte sie noch tiefgefrorene Mehrkornsemmeln in den Einkaufswagen gelegt.

Nachdem sie die Einkäufe in der Wohnung verstaut hatte, setzte sich Lisa mit einem Glas Mineralwasser auf den Balkon und sah nachdenklich in die untergehende Sonne. In Gedanken ging sie noch einmal die Themen durch, die sie aus Anlass des eben angebrochenen Kita-Jahres mit den Eltern der neu aufgenommenen Kinder besprechen wollte. Zunächst wollte sie das pädagogische Konzept ihres Kindergartens vorstellen. Dem würden einige Hinweise auf die altersgemäße Entwicklung folgen. Danach wollte sie über soziale Verhaltensweisen sprechen und wie diese auch durch die Beziehung zu Geschwistern zu Hause eingeübt werden können. Ein wichtiger Aspekt schien Lisa stets die gesunde Brotzeit, die die Eltern ihren Kindern mitgaben, ebenso wie der Tagesrhythmus und die Erziehung zu Sauberkeit und Hygiene.

»Zu lange möchte ich aber nicht auf die Eltern einreden. Gewiss bringen sie auch Fragen und Anregungen mit. Die werde ich gerne beantworten. Außerdem denke ich, dass viele unter ihnen abends auch müde von der Arbeit sind.«

Lisa trank das Glas leer, danach griff sie nach dem Handy und schrieb ihrem Mann per WhattsApp: »Bin hoffentlich gegen halb zehn zurück. Bis dann LG Lisa«

Lisa ging davon aus, dass Luis vor ihr zu Hause sein würde. Luis kam regelmäßig spätestens zur Heute-Sendung im ZDF nach Hause. Dauerte ein Termin in der Kanzlei länger, schickte er Lisa eine WhatsApp und teilte ihr auch den Grund für seine Verspätung mit. Lisa war deshalb unangenehm überrascht und erschrak, als sie gegen 21 Uhr 30 eine leere Wohnung vorfand. Rasch griff sie nach dem Handy, um nach dem Grund für Luis' Abwesenheit von der Wohnung zu forschen. Einen entschuldigenden Hinweis für seine Verspätung suchte sie vergeblich. »Was ist da bloß los? Sonst gibt mir Luis doch immer Bescheid, wenn er sich abends verspätet?«, grummelte Lisa. Erste Sorgenfalten erschienen auf ihrem Gesicht.

Luis war als Steuerberater einer Kanzlei assoziiert. Dort besprach er sich auch mit seinen Mandanten, sichtete ihre Belege, summierte die steuerrelevanten Beträge und gab die Daten in das vom Finanzamt bereitgestellte Steuerportal ein. Verlangte das Finanzamt Belege, scannte er diese zusammen mit der Erklärung des Steuerpflichtigen hinsichtlich der Richtigkeit und der Vollständigkeit der Angaben ein und mailte sie an das zuständige Finanzamt. Einfachere Fälle brachte er gelegentlich auch mit nach Hause. Das lieferte ihm ein Alibi für seinen abendlichen Rückzug in sein Arbeitszimmer. Dort standen auch Luis' Begleiter für die nächsten anderthalb Stunden: eine Flasche Württemberger

Rotwein und als krönenden Abschluss ein spanischer Brandy. Erst nach Vollzug dieses abendlichen Rituals erschien er wieder bei Lisa im Wohnzimmer, die sich in der Zwischenzeit Zerstreuung durch Fernsehen und Chatten mit ihren Freundinnen verschaffte.

Innerlich beunruhigt wechselte Lisa die Kleidung, deckte den Frühstückstisch und ließ sich auf das Sofa fallen.

Mittlerweile war es 10 Uhr abends. Ein erneuter Blick in den Chatroom lieferte keine Auskunft über den Verbleib ihres Mannes. Sie wählte seine Nummer, doch es meldete sich nur die Mailbox. »Wo steckst du bloß!«, stieß Lisa in einer Mischung aus Wut und Enttäuschung aus. Eine böse Vorahnung hatte sie befallen. Ist Luis auf dem Heimweg etwas zugestoßen? Ist die S-Bahn wegen einer Stellwerksstörung stehen geblieben? Solche Ausfälle hatte es früher gelegentlich gegeben, aber mittlerweile lief der Bahnverkehr fast störungsfrei.

Da fiel Lisa ein, dass ihr Mann nebenbei erwähnt hatte, dass sein Chef, der Leiter der Steuerkanzlei, alle Mitarbeiterinnen und assoziierten Steuerberater aus Anlass des 25-jährigen Bestehens der Kanzlei zu einem Umtrunk mit Häppchen eingeladen hatte. Luis hatte ihr dies am Wochenende beim Frühstück mitgeteilt, und Lisa hatte ihm noch viel Spaß und gute Unterhaltung nach der Arbeit für diesen Anlass gewünscht. Sie hatte erwähnt, dass sein Umtrunk in der Kanzlei mit ihrem Elternabend zusammenfallen würde, und Luis hatte diesen glücklichen Umstand mit einem Lächeln kommentiert: »Das trifft sich ja bestens. Dann wirst du an diesem Abend nicht auf mich warten müssen!«

Doch wider Erwarten war genau das jetzt eingetreten. Lisas Wut steigerte sich. »Kannst du nicht wenigstens eine

WhattsApp schreiben, wenn du noch mit anderen einen heben gehst!«

Lisa fühlte sich gekränkt und tief verletzt. Der lange Arbeitstag mit dem Elternabend forderte auch seinen Tribut. Lisa war geschafft, müde und fühlte sich reif für das Bett. Doch ihr war klar, dass sie unter diesen Umständen keinen Schlaf finden würde. Dennoch wollte sie nicht länger im Sitzen auf ihren Mann warten. Sie stand auf, gähnte, streckte ihre Glieder und machte sich auf den Weg ins Schlafzimmer.

Obwohl sie im Liegen auf ihren Mann warten wollte, konnte sie sich nicht mehr wachhalten und fiel gegen ihren Willen in einen tiefen, erholsamen Schlaf.

Ein Poltern im Flur riss Lisa aus dem Schlaf. Gleich danach hörte sie ihren Mann zusperren. Lisa fuhr hoch, setzte sich auf die Bettkannte, zückte ihr Handy und las die Uhrzeit ab: es war kurz nach Mitternacht. Lisa stand auf und ging in den Flur. Ihr Mann versuchte sich mit unsicheren Bewegungen am Schuhschrank festzuhalten und kämpfte mit seinen Schuhen, die er im Stehen von den Füßen abzustreifen versuchte. Sein Hemd hing rechts über die Hose, und als er sich Lisa zuwandte, bemerkte sie, dass der Reißverschluss geöffnet war. Lisa ging auf Luis zu, hakte sich bei ihm unter und bestimmte: »Komm, setz dich auf das Bett, Luis, ich helfe dir beim Ausziehen.« Als er sich auf das Bett gesetzt hatte, fragte Lisa mit dem Unterton des Vorwurfs: »Wo bist du denn so lange geblieben? Was hast du in den sechs Stunden nach Büroschluss getrieben? Kannst du dir vorstellen, was ich mir für Sorgen gemacht habe?« – »Stell dir vor, Lisa, ich bin auf dem Heimweg in der S-Bahn nach Buchenau eingeschlafen. Als ich wieder erwacht bin und aus dem Fenster schaute, las ich auf dem Schild am Bahnsteig *Ebersberg*. Beinahe hätte Lisa über dieses Erlebnis ihres Mannes gelacht. Luis hatte klar und deutlich artikuliert. Es war nicht die verwaschene Sprache, mit der Luis vom Oktoberfest nach Hause gekommen war. Gewiss, er hatte ein paar Gläser getrunken. Aber er hatte zu ihr, nach Hause gefunden! Keine Jubiläumsfeier ohne Alkohol, das war Lisa klar. Und dass ihr Mann gerne und hastig trank, wenn sich die Gelegenheit dazu bot, war mittlerweile auch ihr aufgefallen. Diese Beobachtung hatte zuallererst ihre Schwägerin Susanne festgehalten. Doch im Unterschied zu Susanne glaubte Lisa immer noch, dass Luis wieder zu einem normalen Trinkverhalten zurückfinden könne. Sie hatte sich fest vorgenommen, einmal mit Luis über ihre Sorgen zu reden und mit ihm zusammen Möglichkeiten des Stressabbaus zu finden. Lisa dachte dabei vor allem an Autogenes Training oder Yoga. Die beiden Möglichkeiten wollte sie Luis in einer ruhigen Stunde vorschlagen und ihm deren Funktionsweisen und positiven Auswirkungen auf den Alltag vor Augen zu führen.

Luis neigte sich nach vorne und lächelte seine Frau an. Dann begann er mit seinem Bericht. »Die Rede meines Chefs war für 16 Uhr 30 angesetzt. Danach haben wir angestoßen und sind über das Büffet hergefallen.« Luis nannte den Namen eines Feinkosthauses in der Dienerstraße am Marienhof. »Die Rede meines Chefs war kurz. Er bedankte sich für die gute Zusammenarbeit und ermunterte uns, weitere Mandanten zu gewinnen. Wir haben angestoßen. Zwei Gläser Sekt habe ich getrunken und nach einer Stunde waren die Platten am Büffet leer gegessen. Und die Sektflaschen waren leider auch leer!« Ein verschmitztes Lächeln flog über Luis' Gesicht. »Es war halb sieben, als ich mit Robert und Iffy mit dem Aufzug nach unten fuhr. Als wir den Gehweg betraten, schlug Robert vor, in einer Bar in der Nachbarschaft der Kanzlei noch einen Absacker zu nehmen.« Kenntnisreich beschrieb Luis den Weg vom Bürogebäude bis zu der Bar und erwähnte auch die Boutiquen und die Apotheke, an der er vorbeigekommen war. Doch dafür hatte Lisa kein Gehör. Sie war bei dem Stichwort *Iffy* hängengeblieben. »Wer ist Iffy?«, bohrte sie und markierte ihren Mann mit stechendem Blick. »Die Iphigenia, meinst du? Die Iffy, wie wir sie alle nennen, das ist unsere neue Sachbearbeiterin. Sie schreibt auch meine Kostennoten und ist für die Buchhaltung und das Dokumentenmanagement zuständig.« – »Seid ihr zu dritt in die Bar gegangen?« Luis nickte. »Ja, Robert, Iffy und ich. Und nach zwei Bierchen sind wir drei wieder aufgebrochen und ich bin mit Iffy zur U-Bahn gegangen. Am U-Bahnhof Marienplatz habe ich mich von Iffy getrennt.« Dass er Iffy noch zu ihrer S-Bahn in Richtung Unterföhring begleitet hatte und in angeregter Unterhaltung die Ankunft ihres Zuges in Richtung Flughafen abgewartet hatte, verschwieg Luis.

In Lisas Kopf arbeitete es. Ob Iffy hübsch ist? Doch ihr brannte eine andere Frage unter den Nägeln. »Warum hast du mir denn keine WhatsApp geschickt?« – »Das wollte ich ja!« Beschwichtigend legte Luis seine Hand auf Lisas Arm. »Wir sind alle etwas abrupt aufgebrochen. Mein Handy habe ich in meiner Schreibtischschublade vergessen. Und anrufen über das Festnetz kann man heute, da es keine öffentlichen Fernsprecher mehr gibt, auch nicht. Hast du dir große Sorgen gemacht?« – »Und wie! Du meldest dich doch sonst immer, wenn es später wird.« Als Zeichen ihrer Versöhnung legte Lisa ihren Kopf an Luis' Schulter. »Das mit heute Abend tut mir wirklich leid. Das ist mir so was von peinlich! Ich habe mich über mich selbst geärgert. Ich wollte dir eine WhatsApp schreiben und hatte mein Handy im Büro vergessen. So ein Mist!«, grummelte Luis. »Dabei habe ich nicht einmal viel getrunken.« Das stimmte sogar, denn während des Umtrunks hatte er immer wieder nach der hübschen jungen Frau mit griechischen Wurzeln, den langen braunen Haaren und den großen, ausdrucksstarken Augen Ausschau gehalten. Diesmal hatte er nicht nach der nächsten vollen Sektflasche, sondern nach Iffy Ausschau gehalten. Und wie es schien, blieb seine Charmeattacke nicht ohne Erfolg …

»Nun zieh dich aus. Du bist überarbeitet und bist deswegen in der S-Bahn eingeschlafen. Du hast den Schlaf bitter nötig, denn morgen ist erst Freitag!« – »Wieso? Ich habe mir doch schon in der S-Bahn eine Mütze Schlaf reingezogen«, witzelte Luis gut gelaunt. »Ja, aber der ist bestimmt nicht so erholsam wie der Schlaf in deinem Bett.« Luis verließ die Bettkante und stand auf, um die Kleidung gegen seinen Pyjama zu tauschen. Er ging danach ins Bad, putzte die Zähne und spülte ausgiebig mit einer grünen Mundspülung »Cool mint mild« zur Bekämpfung der Bakterien und zur Reduzierung von Zahnbelag. Luis schätzte vor allem die erfrischende Wirkung. Auch hoffte er, seine Fahne, die sich aus dem Cocktail von Sekt, Bier und Weinbrand aufgebaut hatte, damit beseitigen zu können.

Nach zwei sehr erfolgreichen Mandantengesprächen, deren stattliches Vermögen und die entsprechenden

Mieteinnahmen hohe Kostennoten versprachen, war er gut gelaunt kurz nach vier in den Konferenzraum der Steuerkanzlei gegangen und hatte sich zu Iphigenia, der neuen Sachbearbeiterin gesetzt. Er hatte sich mit ihr über ihre Arbeit unterhalten, sie gefragt, ob sie sich in ihrem Team wohlfühle und sich mit persönlichem Interesse nach ihren Geschwistern und Großeltern in Griechenland erkundigt. Als er seinen Urlaub mit Lisa auf Kreta erwähnte und voll Lob von diesen Tagen in Iphigenias Heimat schwärmte, hatte er die Türe zu Iphigenias Herz einen Spalt weit geöffnet.

Den entscheidenden Schritt hatte Luis auf dem Bahnsteig der S-Bahn am Marienplatz vollzogen. Seine Einladung an Iphigenia, wieder einmal nach der Arbeit mit ihm auf einen Drink zu gehen, hatte die junge Frau mit einem strahlenden Lächeln beantwortet. »Gerne!«, waren ihre letzten Worte, bevor sie in die S-Bahn zum Flughafen einstieg.

Mit dem Gedanken an die Begegnung mit Iffy legte sich Luis ins Bett und fiel mit einem beseligenden Gefühl in einen tiefen Schlaf.

16

Triffst du dich wieder einmal mit deiner Freundin Simone zum Essen?«, fragte Odo und warf seiner Frau Fiona einen erwartungsvollen Blick zu. Etwas verdutzt blickte Fiona vom Frühstücksteller auf. »Ihr habt euch doch ewig lang nicht mehr gesehen?«, legte Odo nach. »Ja, das stimmt. Du hast recht. Mir kommt es fast vor, als hätten wir uns etwas aus den Augen verloren.« Das lag auch daran, dass Odo und Fiona nur noch sehr selten in den Klub *Cindy* gingen, und genau dorthin ging Simone oft, wenn es ihr Flugplan zuließ. Außerdem hatten Fiona und Odo ein neues Stammlokal ganz in der Nähe des Römers gefunden. Dorthin verschlug es sie gelegentlich. Ein Lokal, in dem Simone nicht verkehrte. »Willst du sie nicht wieder einmal treffen?«, ermunterte Odo seine Frau. »Die nächste Woche ist schlecht, da sind unsere Kollegen aus London bei uns!« – »Wie lange sind die bei euch?«, bohrte Odo, denn er hatte ein weiteres Date mit Afra im Visier. Als er von seiner Frau die Sätze hörte: »Mittwoch und Donnerstag. Da gibt es abends auch noch einen Imbiss und Programm. Das heißt, dass es Mittwoch- und Donnerstagabend spät wird«, präzisierte Simone noch. Odo freute sich und fasste den Entschluss, nach dem Frühstück Afra eine WhatsApp zu senden. In Gedanken sah er sich wieder auf ihrem Motorrad sitzend dem gemeinsamen Liebesspiel in Afras Schlafzimmer entgegenflitzen. Schon der Gedanke, Afra in ihrer schwarzen Lederjacke zu umfangen, stimulierte seine sexuellen Fantasien.

Fiona riss ihn aus seinen Träumen, als sie ihn an die gemeinsame Wochenendplanung erinnerte. »Am Samstag haben wir dann Oper, und am Sonntag haben wir unsere Eltern zum Mittagessen eingeladen! Als Dankeschön für die Überlassung ihrer Opernkarten aus dem Abonnement.«

Das hatte Odo völlig vergessen. Das Wiedersehen mit Afra, die belebende Fahrt auf Afras Motorrad und der erneute Liebestaumel in Afras Bett hatten eine Seite in Odo zum Klingen gebracht, die ihn mit neuem Leben erfüllte und unbekannte Fantasien in ihm weckte.

Die feinsinnige, kunstliebende Fiona hatte Odo in die Welt der Gemälde und der Musik eingeführt. In unregelmäßigen Abständen nahm sie Odo zu Vernissagen mit und gelegentlich begleitete er sie auch in die Oper. Fionas Eltern hatten beide ein Abonnement für die Frankfurter Oper. Manchmal wurde Fiona von ihrer Mutter eingeladen, sie auf der Grundlage dieses Abonnements in die Oper zu begleiten. Es kam auch vor, dass Fionas Eltern beide Karten ihrer Tochter und ihrem Schwiegersohn überließen. Genau dieser Fall trat nun am kommenden Wochenende ein.

Odo fiel durch Fionas Hinweis völlig aus den Wolken. Er fasste sich aber rasch und mimte Interesse: »Schön! Was gibt es denn in der Oper?« – »*Don Giovanni von Mozart.*« Odo, der in punkto Opern nicht sehr bewandert war, fragte neugierig nach: »Ist das eine lustige Oper, wird das ein heiterer Abend?« – »Nein, das ist ein eher schwerer Mozart. In dieser Oper setzt sich Mozart mit der Figur seines Vaters auseinander. Nun, wenn du leichte Musik bevorzugst, dann könnten wir in den *Barbier von Sevilla* gehen. Sie spielen ihn ab Neujahr.« – »Ist der auch von Mozart?« Fiona lachte. »Nein, der Barbier von Sevilla ist von Rossini.«

Nach einer Pause hakte Fiona nach: »Du hast doch neulich gesagt, dass du keinen Weihnachtswunsch hast. Ein Opernführer, wäre das ein Weihnachtswunsch für dich? Es gibt ihn auch als E-book.« Odo lachte kurz auf. »Danke für das Angebot. Wohl eher nicht. Bis jetzt hat es mir stets gereicht, wenn du mir auf dem Weg in die Oper den Inhalt der Handlung erklärt hast.«

Doch, Odo hatte einen Weihnachtswunsch. »Eine schwarze Motorrad-Lederjacke wie sie Afra hat. Das Motorrad kaufe ich mir dann von der Weihnachtsgratifikation«, träumte er. Doch er wusste nicht recht, wie er Fiona seinen Traum von einem eigenen Motorrad nahebringen sollte. Es war auch fraglich, ob Fiona sich hinter ihm auf das Motorrad setzen würde. Und ob sie bereit war, die Freude an der Erfahrung von Fahrtwind und Abenteuer mit ihm zu teilen.

»In die Oper wird Fiona damit nicht fahren. Das weiß ich heute schon. Mit ihren eleganten Kleidern setzt sie sich lieber in ein Taxi.«

Zum ersten Mal kam es Odo vor, als lebte Fiona bei ihren Lieblingsfreizeitaktivitäten in einer gänzlich anderen Welt als er. Nahm sie ihn zu Vernissagen, Konzerten oder in die Oper mit, blieb er doch stets nur ein Gast, ein Besucher aus einer anderen Welt. Daran änderte auch die Tatsache nichts, dass er durch Fiona auch schon mit einigen Galeristen und Kunsthändlern ins Gespräch gekommen war und sie ihn persönlich, mit seinem Vornamen, begrüssten. Es gab keinen Zweifel: Mit seiner interessierten, wissbegierigen Art, in der er auf die Kunsthändler zuging, war er ein geschätzter

Gesprächspartner. Und war auf Vernissagen in Begleitung seiner kunstsinnigen Frau Fiona stets willkommen.

Als Journalist hatte Odo gelernt, bei jedem Gesprächspartner gezielt zweckdienliche Fragen zu stellen und interessiert zuzuhören. Es entsprach auch seinem erlernten Beruf, weiterführende Fragen zu stellen, Hintergrundwissen zu sichern. Dennoch bewegte sich ein Gespräch mit einem Galeristen auf einer anderen Ebene als ein Interview mit einem Sozialpolitiker oder einem Städteplaner. Die Welt der Politik und der Wirtschaft waren Odo vertraut. In Kunst und Musik bewegte er sich auf unbekanntem Terrain und so wirkten seine weiterführenden Fragen oft etwas unsicher, fast linkisch. Selbst dann, wenn er dem Gesprächspartner mit großem Interesse entgegentrat.

17

Freitagmorgen, und Lisa und Luis saßen bei einer Tasse Kaffee. Luis hatte nach seiner nächtlichen Rundfahrt mit der S-Bahn gut geschlafen. Er war zwar noch etwas müde, als ihn Lisa nach ihrer Morgentoilette weckte, doch er fühlte sich frisch und frei von Kopfschmerzen. »Guten Morgen Schatz. Es ist Freitag, und jetzt mache ich mir einen Kaffee. Trinkst du eine Tasse Kaffee mit mir?« Luis bejahte und stand auf.

Normalerweise ließ Lisa ihren Mann ausschlafen, denn er hatte einen anderen Tagesrhythmus als sie und begann mit seiner Arbeit in der Steuerkanzlei erst um 9 Uhr. Im Regelfall blieb er bis 17 Uhr 30 in der Kanzlei, sodass er seine Wohnung in Buchenau spätestens zum Wetterbericht der Tagesschau erreichte. Doch heute wollte Lisa mit ihrem Mann noch reden, bevor sie sich auf das Rad setzte und zum Kindergarten fuhr.

»Wie fühlst du dich denn?«, forschte Lisa und sah ihren Mann von unten an, als sie einander gegenübersaßen. »Gut. Okay, ich wäre gerne noch im Bett geblieben, aber ich habe bemerkt, dass du mit mir noch reden willst.« Lisa nickte zur Bestätigung. Sie antwortete nicht gleich, und es schien, als ob sie die passenden Worte suchte. »Sag mal, wie viel hast du gestern getrunken?« – »Auf der Feier? Zwei Gläser Sekt. Das habe ich dir doch schon gesagt!« Luis hob die Augenbrauen, dann betonte er fast beschwörend: »Ich habe einfach etwas zu viele Termine momentan. Bei drei Mandanten, zwei am Vormittag und einen am Nachmittag, fehlt mir hinterher die Zeit, die Unterlagen zu sichten und die einzelnen Erklärungen zu bearbeiten. Es waren mit einem Mal so viele, die einen Termin bei mir haben wollten.« Um Lisas vorwurfsvollen Blick aufzulösen, witzelte er: »Weißt du, ich glaube, meine Mandanten wollen noch bevor sie auf die Wiesn gehen, eine lästige Bürgerpflicht loswerden! Ich kann mir gut vorstellen, dass der eine oder der andere in Richtung Theresienwiese loszieht, nachdem er bei mir war!« Aus einer gewissen Ratlosigkeit zog Luis die Schultern nach oben.

Luis lachte schmunzelnd vor sich hin, doch er konnte damit Lisa nicht aufhalten. »Warum empfängst du drei Mandanten täglich, wo du doch neben den Mandantengesprächen nur zwei Steuererklärungen pro Tag bearbeiten kannst?« Lisas Ton wurde vorwurfsvoll. »Wer um Himmels willen zwingt dich denn dazu? Warum lässt du dich auf so etwas ein?«

Luis wiegelte mit einer verlegenen Kopfbewegung ab. »Ich sehe ja ein, dass ich mich etwas übernommen habe. Ich mache das in Zukunft nicht mehr. Aber zu streng solltest du mit mir nicht sein. Schließlich ist das mein Job, von dem wir ganz gut leben!« Fast flehend beschwor ihn Lisa: »Aber wenn du dann ausfällst, so wie gestern, ist das auch kein Leben mehr. Weder für dich noch für mich!«

Beschwichtigend legte Luis seine Hand auf Lisas Arm: »Schon gut, du hast ja recht. Und Sekt gibt es bei uns in der Kanzlei sonst nur vor Weihnachten. Oder bei Geburtstagen.«

Luis war froh, dass Lisa nicht mehr auf den gestrigen Absacker zurückkam. Das ersparte ihm einige Lügen, auch was seinen gestrigen Weg vom Büro nach Hause betraf. Die drei Bier in der Bar und der Weinbrand, den er nach der Verabschiedung von Iphigenia am Marienplatz noch gekauft hatte, hätten den wahren Grund für sein Einschlafen in der S-Bahn aufgedeckt. Es war nicht die viele Arbeit gewesen.

Lisa war aufgestanden und zog sich ihre Jacke über. »Schau zu, dass du heute nüchtern bist, wenn du nach Hause kommst. Vergiss nicht, dass wir am Samstag mit deinen Brüdern auf das Oktoberfest wollen!«

»Viel lieber würde ich mit Iffy auf die Wiesn gehen«, sinnierte Luis. Wieder erschien Iffys Gesicht mit den ausdrucksstarken dunklen Augen vor seinem geistigen Auge.

An die sorgenvollen Blicke seiner Schwägerin Susanne beim letzten Treffen im Hirschgarten dachte er nicht mehr.

18

Nicole und Daniel Maier saßen beim Frühstück. Daniel hatte eben ein Stück Appenzeller Käse abgeschnitten und mit der Gabel auf seinen Teller gelegt, als ihn seine Frau an das bevorstehende Oktoberfest erinnerte. »Susanne hat mich per WhatsApp gefragt, ob wir am Samstag auf die Wiesn mitgehen wollen. Ich habe ihr noch nicht geantwortet, da ich erst mit dir darüber reden wollte. Was hältst du von Susannes Vorschlag?« Daniel blickte von seinem Frühstücksteller auf und blickte seine Frau nachdenklich an. »Am zweiten Wiesnwochenende? Denke daran, das ist das Italiener Wochenende, was meinst du, wie voll es da auf der Theresienwiese ist.« Nicole nickte. »Darum hat Susanne vorgeschlagen, uns schon vor 10 Uhr zu treffen.« Daniel lachte. »Plant Susanne ein Weißbierfrühstück? Ich glaube kaum, dass es das im Festzelt gibt.«

Daniel gab dieses Gesprächsthema auf und widmete sich der Vollkornsemmel, die er erst mit scharfem Senf bestrich und danach mit mehreren Streifen Appenzeller Käse belegte. Danach führte er die belegte Vollkornsemmel zum Mund und biss hinein. Er nickte wohlgefällig und urteilte dann: »Wir sollten öfters mit Appenzeller Käse aus der Schweiz frühstücken. Der kommt auf einer Vollkornsemmel wunderbar zur Geltung!« Nicole griff das Thema Wiesnbesuch erneut auf. »Was soll ich jetzt Susanne antworten?« – »Zehn Uhr finde ich etwas zu früh für die Einkehr im Festzelt. Da bringe ich noch nichts herunter. Aber ich sehe ein, je früher wir ins Festzelt gehen, desto leichter finden wir

Plätze.« – »Vielleicht frühstücken wir am Samstag nur mit Kaffee? Dann hast du nach der ersten Maß sicher Hunger!« Daniel deutete mit seinen Händen eine Frage an, indem er beide inneren Handflächen offen zeigte. »Vielleicht lieber halb elf?«, schlug er als Kompromiss vor.

»Wer kommt denn alles?« – »Alle deine Söhne, die in München und Umgebung leben. Mit ihren Frauen. Und Niklas bringt noch einen Corpsstudenten mit!« – »Na dann wird es wohl zünftig!«

»Da habe ich weniger Sorgen. Aber ich bin schon gespannt, wie das mit Luis wird!« – »Ach so, du meinst, er geht auch am Samstag wieder lieber in die Steuerkanzlei? Und das ausgerechnet während der Wicsnzeit?«

Nicole schluckte. Nein, diese Befürchtung hegte Nicole nicht. Insgeheim bewunderte sie ihren Sohn Luis, den Steuerberater. Aber ihr war aufgefallen, dass Luis nicht nur hart und viel arbeitete, sondern auch dem Alkohol gerne zusprach. Beim letztjährigen Oktoberfest war er so stark alkoholisiert gewesen, dass ihn Aaron und Susanne gegen Ende ihres Besuchs zum Taxi bringen mussten. »Nach Buchenau hinter Fürstenfeldbruck. Das hat sicher ein Heidengeld gekostet!«, hatte damals Nicole sorgenvoll angemerkt. Doch ihr Mann hatte diesen Vorfall bagatellisiert. »Wer hart arbeitet, darf auch gscheit trinken. Jetzt fährt er mit dem Taxi nach Hause, legt sich dort ins Bett und schläft seinen Rausch aus. Und am Montag ist er wieder nüchtern.«

Dem war aber nicht so. Schon kurz hinter Fürstenfeldbruck entdeckte er am Straßenrand ein Wirtshaus mit Garten, hieß den Fahrer anhalten und machte Anstalten, beim *Grünen Baum* noch einzukehren. Doch Lisa, die vorne im

Taxi saß, setzte sich durch und wies den Fahrer an, weiter-
zufahren.

Luis ließ sich daheim wie ein Sack auf sein Bett fallen und
fiel augenblicklich in einen tiefen, traumlosen Schlaf. Doch
zur Tagesschau kam er wieder zu Bewusstsein. Und setzte
sich kurz danach mit einer Literflasche Württemberger Rotwein zu Lisa ins Wohnzimmer.

19

Lisa kam heute erst kurz nach sechs Uhr abends nach Hause. Nachdem der letzte Zögling von seiner Mama abgeholt worden war, hatte sie noch an einer Besprechung teilnehmen müssen, die die Leiterin des Kindergartens kurzfristig anberaumt hatte. Auf dem Nachhauseweg hatte sie noch Station in der Apotheke und bei Super gemacht.

Nachdem sie die Einkäufe in der Wohnung verstaut hatte, setzte sich Lisa mit einem Glas Mineralwasser auf den Balkon und sah nachdenklich in die untergehende Sonne.

Lisa trank das Glas leer, griff nach dem Handy und schrieb ihrem Mann per WhattsApp: »Bin eben vom Einkaufen zurückgekommen und sitze auf dem Balkon. Ich erwarte dich! Wann kommst du? Bis dann LG Lisa«

Als die Tagesschau im Ersten Programm zu Ende war, wurde Lisa unruhig. Sie begann, nach dem Grund für Luis' Abwesenheit zu forschen. Doch sie konnte dem Chatroom nur entnehmen, dass ihr Mann ihre WhatsApp gelesen hatte. Eine Entschuldigung für seine Verspätung suchte sie vergeblich.

Sie wollte ihrem Mann eben eine neue WhatsApp mit der flehenden Bitte: »Mensch Luis, ich mache mir Sorgen! Wo steckst Du bloß?«, schreiben, als sie hörte, wie ihr Mann die Wohnungstüre öffnete und den Flur betrat. Mit einem Seufzer der Erleichterung gab sie ihre Position auf dem Sofa auf und steuerte auf ihren Mann zu. Doch als sie ihm erleichtert ihre Arme um den Hals gelegt hatte, wich sie erschrocken zurück. Wieder der bekannte Geruch von Alkohol! Doch der Grundton war diesmal nicht Rotwein, sondern Bier.

Lisa zog ihre Stirn in Falten. Wut und Ärger ergriffen sie, und es platzte aus ihr hervor: »Kommst du jetzt im Wochentakt besoffen nach Hause! Was war denn heute der Grund für dein Saufen?! Ich erwarte eine ehrliche Antwort von dir!« Sie machte kehrt und setzte sich wieder auf das Sofa.

Luis blieb nichts anderes übrig, als seiner Frau reumütig zu folgen. Ihm war der Verlauf des Nachmittags dieses 2. Oktobers peinlich. Wie hatte er nur auf Roberts Vorschlag eingehen können?

Alles hatte harmlos und verheißungsvoll, ja verlockend begonnen. Nach der Mittagspause war sein Kollege Robert auf der Schwelle seines Büros erschienen und hatte gefragt: »Gehst du heute mit auf die Wiesn? Heute ist Ultimo für uns, denn morgen ist Feiertag und am 4. beginnt das Wochenende. Als Kollegen haben wir dieses Jahr das letzte Mal die Gelegenheit, den Nachmittag mit einem Wiesnbummel ausklingen zu lassen.« Fragend hatte er Luis dabei angesehen. Luis' Zögern war ihm nicht verborgen geblieben, denn mit einem Augenzwinkern legte Robert nach: »Die Iffy hat auch zugesagt!« Das war Musik für Luis' Ohren gewesen. »Wir gehen auch schon um drei Uhr, sodass du abends bis zur Tagesschau zu Hause bist!«

Gut gelaunt hatte das Kleeblatt bestehend aus Robert, Iffy und Luis gegen vier Uhr die Festwiese erreicht und direkt die Hauptstrasse mit den Festzelten angesteuert. Die

Schaustellerstrasse mit den Fahrgeschäften hatten sie sich diesmal geschenkt. Und schon saß er der hübschen Iffy und Robert gegenüber und seine Augen versanken in Iffys hübschem Gesicht. Immer wieder hatte er sie angelächelt, mit ihr geflirtet und ihr auch zugeprostet. Er hatte eine Riesenbreze spendiert, und nach der zweiten Maß, schon etwas müde nach einem Tag mit mehreren Mandantengesprächen, gegen 6 Uhr abends an den Aufbruch gedacht. Als kurz danach Robert den Weg auf die Toilette angetreten hatte, packte er die Gelegenheit beim Schopf und fragte Iffy, ob er sie noch bis zur S-Bahn begleiten dürfe? Was er dann hörte, wirkte wie eine Keule: »Danke Luis, das ist lieb. Aber heute Nacht bleibe ich bei Robert. Das erspart mir den weiten Weg nach Unterföhring!«

Als dann Robert von der Toilette zurückkam, bemerkte er Iffys verliebten Blick in Roberts Augen.

Zu sehr hatte er geflirtet und seine Augen in Iffys ausdrucksstarken braunen Augen versenkt und dabei übersehen, wie sich Iffy immer enger an Roberts Oberkörper geschmiegt hatte.

Mit einem Mal wurde ihm bewusst, dass eben eine Illusion zerbrochen war.

Luis blieb nichts übrig, als das Feld zu räumen und allein den Weg zur U-Bahn anzutreten. Verletzt und frustriert hatte er sich am Stachus in die S 4 nach Geltendorf gesetzt.

Diesmal war er vor lauter Frust und Wut im Bauch nicht eingescchlafen.

Die zerstörte Illusion einer Liaison mit der hübschen jungen Griechin behielt Luis für sich. Dass er sich in diesem

Augenblick wie ein gehörnter Ehemann gefühlt hatte, konnte und wollte er Lisa gegenüber nicht eingestehen. Wohl beichtete er ihr den Abstecher auf die Wiesn und die zwei Maß Bier. Den Weinbrand hatte Lisa auch ohne sein Geständnis wahrgenommen. Und als er sein Geständnis abgelegt hatte, fühlte er sich mit einem Mal wieder ganz nüchtern.

20

Aaron und Susanne hatten Luis und Lisa zu einem gemeinsamen Ausflug in den Süden Münchens eingeladen. Aaron hatte vorgeschlagen, eine kleine Wanderung von der Kreuzstsraße nach Aying zu machen. Am Ziel ihrer kleinen Wanderung wollten sie in einer Dorfgaststätte auf eine zünftige Brotzeit einkehren. Als Lisa abends ihren Mann Luis mit diesem Vorschlag überfallen hatte, war er verblüfft. Ja, er fühlte sich etwas überrumpelt. »Wie kommt Aaron dazu, mit mir in die bekannte Brauereigaststätte in Aying zu gehen? Will er mich bei einer Bierprobe dabeihaben?« Als Luis über das Ziel ihrer Wanderung nachdachte und er das Vorhaben unter diesem Gesichtspunkt zusehends wohlwollender bewertete, fühlte er sich sogar ein wenig geschmeichelt.

Aber wieso mit uns? Und wieso jetzt? Luis wusste, dass Aaron und Susanne einen besonders intensiven Kontakt zu Nicole und Daniel hielten. Mit seinen Eltern war sein ältester Bruder schon zu der Zeit, als er noch Pfarrer war, oft und gerne wandern gegangen. Aarons und Susannes Vorschlag war doch sehr überraschend gekommen und hatte wie ein Blitz aus heiterem Himmel eingeschlagen.

Angesichts des wunderbaren spätsommerlichen Wetters und der Aussicht, eine bekannte Brauereigaststätte kennenzulernen, stimmte Luis schließlich zu. Er war bereit, dafür sogar seinen Kanzleisamstag zu opfern.

Nachdem er Lisa zugestimmt hatte, erklärte diese: »Dann gehe ich jetzt rüber und gebe Susanne Bescheid!«

Als Lisa sich zum Telefonieren mit Susanne in das Schlafzimmer zurückgezogen hatte, fiel ihm ein, dass in den letzten
Wochen Lisa öfters längere Telefonate mit Susanne geführt
hatte. Erst jetzt wurde ihm dieser Umstand bewusst. Lisa
hatte in ihrer Schwägerin Susanne nicht nur eine Freundin,
sondern sogar eine Verbündete gefunden. Das sollte Luis
bald zu spüren bekommen.

Während der gemeinsamen Wanderung hatte sich Susanne
zu ihm gesellt und sie waren gut die Hälfte des Weges Seite
an Seite gegangen. In ihrer feinfühligen, interessierten Art
hatte Susanne es geschafft, sich mit Luis auch über seinen
Umgang mit Alkohol zu unterhalten. »Hast du nicht auch
schon einmal darüber nachgedacht, warum du immer wieder so exzessiv hinlangst?«

Luis hatte zugegeben, dass er im letzten Jahr täglich
getrunken hatte. »Und wenn ich mir mal vorgenommen
hatte, jetzt mache ich mal einen Tag Pause – das hat nicht
funktioniert. Entweder habe ich am Bahnhofskiosk auf dem
Heimweg noch Munition gekauft, oder ich bin zu Hause
in den Keller gegangen und mit einer Literflasche Rotwein
zum Fernsehabend ins Wohnzimmer gekommen.«

Ganz leise und nachdenklich hatte er dann zu Susanne
die Worte gehaucht: »Und am Morgen danach, mit einem
schweren Kopf und Entzugserscheinungen, habe ich zu mir
gesagt: »Luis, du Trottel!«

Susanne hatte genickt und ergänzt: »Du hast gemerkt,
dass du so nicht weitermachen kannst. Du brauchst
Hilfe.«

Danach hatte ihm Susanne die Selbsthilfeorganisation
der *Anonymen Alkoholiker* vorgestellt und eine Gruppe

erwähnt, die ganz in der Nähe seiner Kanzlei ihre *Meetings* hielt.

Genz zerknirscht hatte Luis sich bereiterklärt, es damit mal zu versuchen.

Und heute Donnerstagabend hatte er sich aufgerafft und das Meeting angesteuert, das Susanne ihm vorgeschlagen hatte.

Er hatte wortlos einen leeren Platz gesucht und aus einer Mischung aus Unsicherheit und Neugierde die Gesichter der anderen Männer und Frauen gescannt, die nach und nach die anderen Plätze des Tischkreises belegten. Der ältere Herr, der oben an der Tischrunde saß, hatte ihm zugelächelt und dann gefragt: »Kennst du AA schon oder bist du neu?« Luis hatte gestanden, dass dies sein erster Kontakt mit den *Anonymen Alkoholikern* war.

Um das Meeting zu eröffnen, schlug der ältere Herr, der Luis so freundlich zugenickt hatte, mit der flachen Hand auf die Glocke, die vor ihm stand. »Ich bin Armin, ich bin Alkoholiker. Ich werde das heutige Meeting halten und begrüße euch alle. Zu Beginn des Meetings werde ich die Präambel der *Anonymen Alkoholiker* vorlesen. Die Präambel sagt, was wir sind und was wir nicht sind.« Armin griff nach einem kleinen Kärtchen, das vor ihm lag. Mit lauter Stimme las er vor: »*Anonyme Alkoholiker sind eine Gemeinschaft von Menschen, die miteinander ihre Erfahrung, Kraft und Hoffnung teilen, um ihr gemeinsames Problem zu lösen und anderen zur Genesung vom Alkoholismus zu verhelfen. Die einzige*

*Voraussetzung für die Zugehörigkeit ist der Wunsch, mit
dem Trinken aufzuhören.*

*Die Gemeinschaft kennt keine Mitgliedsbeiträge oder Ge-
bühren, sie erhält sich durch eigene Spenden. Die Gemeinschaft AA ist mit keiner Sekte, Konfession, Partei, Orga-
nisation oder Institution verbunden; sie will sich weder an
öffentlichen Debatten beteiligen noch zu irgendwelchen
Streitfragen Stellung nehmen. Unser Hauptzweck ist, nüchtern zu bleiben und anderen Alkoholikern zur Nüchternheit
zu verhelfen.«*

Armin legte das Kärtchen wieder vor sich hin und ließ
seinen Blick in die Runde gleiten. »Hat jemand etwas auf
dem Herzen, das er gleich zu Beginn loswerden möchte?«

Es gab keine Wortmeldungen. Armin fuhr fort: »Bei den
Anonymen Alkoholikern haben wir ein *12-Schritte-Pro-
gramm.* Anhand dieser *Zwölf Schritte* werfen wir einen
Blick auf unser eigenes Leben, unsere Erfahrungen mit dem
Trinken und auf die Zeit, in der wir ein neues Leben ohne
Alkohol begonnen haben.

Wir reden uns nur mit dem Vornamen an. Es ist völlig
egal, was wir für Berufe erlernt haben, wer wir sind oder
was wir haben. Jeder ist bei uns willkommen, egal ob arm
oder reich, egal ob gläubig oder Atheist. Über alles kannst
du bei uns reden. Wir sind aber keine Therapeuten. Wenn
du eine psychische Störung hast, ist für die Behandlung
ein Psychotherapeut oder ein Psychiater zuständig. Wenn
du finanzielle Probleme hast, ist für dieses Problem der
Schuldnerberater zuständig. Doch wenn du merkst, dass du
mit dem Trinken Probleme hast, dann bist du bei uns goldrichtig. Bei uns am Tisch sind Jahrzehnte Trinkerfahrung

versammelt. Aber ebenso Jahrzehnte eines Lebens ohne Alkohol.«

Armin machte eine Pause. Danach blickte er Luis an. »Da du heute neu bei uns bist, beginnen wir mit dem ersten Schritt. Du, Luis, kannst dich jederzeit melden, wenn du etwas sagen möchtest. Du kannst auch Fragen stellen. Du wirst gleich sehen, jeder, der sich bei uns zu Wort meldet, spricht nur über seine eigenen Erfahrungen. Wir nehmen nicht Stellung zu dem, was andere sagen. Wir diskutieren nicht, sondern reden nur von unseren eigenen Erfahrungen.« Armin machte eine Pause, dann fuhr er fort: »Darum lese ich jetzt den ersten Schritt vor: *Wir gaben zu, dass wir dem Alkohol gegenüber machtlos sind – und unser Leben nicht mehr meistern konnten.* Die erste Tradition lautet: *Unser gemeinsames Wohlergehen sollte an erster Stelle stehen; die Genesung des Einzelnen beruht auf der Einigkeit der Anonymen Alkoholiker.*«

Erwartungsvoll blickte Armin in die Runde: »Wer möchte beginnen?«

Ein Endvierziger, der neben Luis saß, meldete sich. »Ich bin Erwin, Alkoholiker. Als ich meine Ausbildung beendet hatte und meine erste Stelle in einem Vorort von München angetreten hatte, ging ich am Nachmittag, auf dem Heimweg immer zum Bahnhofskiosk und habe mir dort eine Flasche Bier gekauft. Ich habe mir die Flasche stets aufmachen lassen und habe sie auf der Fahrt zum Marienplatz, wo ich umsteigen musste, leergetrunken. Ich habe die Entspannung, die mir die Flasche Bier geschenkt hat, immer sehr genossen. Damals lebte ich noch allein und konnte meine Freundin immer nur am Wochenende sehen. Ich habe auf dem Heimweg Brotzeit eingekauft, stets auch zwei oder drei Flaschen Bier. Zuhause habe ich es mir dann auf dem Sofa gemütlich gemacht und dabei habe ich auch Brotzeit gemacht. Die zwei oder drei Flaschen Bier waren immer rasch leergetrunken, was mich auf die Idee brachte, statt Bier zur Brotzeit Rotwein zu kaufen. Das war auch wegen der Entsorgung des Leerguts praktischer. Ich habe mir stets eine Literflasche mit Schraubverschluss gekauft. Anfangs habe ich abends nur die halbe Flasche getrunken, aber nach den ersten Wochen habe ich mir dann jeden Abend eine Flasche Rotwein reingezogen. Und am Wochenende, mit meiner Frau, sind wir auch immer eingekehrt. Meine Frau ist ein echtes Münchner Kindl und hat selbst auch gerne Bier getrunken. Oft haben wir uns mit Freunden in einem Biergarten verabredet und das war meist eine feucht-fröhliche Sache. Meine Frau hat Sitzfleisch und hat lachend und scherzend mitgehalten. Mir ist erst später aufgefallen, dass meine Frau in geselliger Runde sehr heiter und ausgelassen wurde. Aber mehr als zwei Bier hat sie nie getrunken, und auf der Wiesn nur eine Maß. Das war bei mir und meinen Spezln anders. Unter vier Hellen lag ich nie. Ich bin von diesen Biergartennachmittagen immer angetrunken nach Hause gekommen. Wenn ich müde war, habe ich mich dann oft bald auf das Bett gelegt und bin ruck-zuck eingeschlafen. Meist bin ich nach zwei oder drei Stunden Schlaf wieder wach geworden, konnte dann aber nicht mehr einschlafen. Ich habe mich im Bett hin und her gewälzt, fand aber keinen Schlaf mehr. Stattdessen spürte ich, wie mein Herz in der Brust hämmerte. Dann fiel mir der Rotwein ein, der im Flaschenregal in der Küche bereitlag. Dann bin ich mitten in der Nacht aufgestanden, habe die Flasche geöffnet und sie dann leergetrunken. Falls kein Wein da war, habe ich mich am Wodka aus der Hausbar bedient. Danach konnte ich wieder schlafen. Aber in der Früh war ich nicht ausgeruht, sondern verkatert. So kam es, dass ich am Montagmorgen öfters am Kiosk im U-Bahnhof Station gemacht habe, und dieser morgendliche Muntermacher wurde bald zu einem Ritual. Anfangs habe ich mich mit dem Flachmann hinter der Kleidertonne versteckt und dort getrunken. Das wurde mir am Ende zu blöde und am Schluss habe ich den Weinbrand im Sitzen unten am Bahnsteig getrunken. Ob ich anderen mit meiner ungewöhnlichen Art zu frühstücken auffalle, war mir egal. Während der Arbeit kreisten meine Gedanken oft schon um das Feierabendbier, das ich wieder am Kiosk des S-Bahnhofs kaufen wollte. Und plötzlich wurde mir bewusst, wie sehr ich den Alkohol brauchte, um funktionieren zu können. Ich habe gemerkt, dass ich mit dem Alkohol ein Problem habe.« Erwin machte eine Pause. »Ein Freund gab mir den Tipp mit den *Anonymen Alkoholikern.* So bin ich eines Abends hierhergekommen und habe mich auf Anhieb wohlgefühlt. In vielem, was ich hier im Meeting hörte, habe ich mich wiedererkannt. Und seit dem zweiten Meeting musste ich nicht mehr trinken. Ich fühle mich seither richtig wohl und frei.«

Der Chairman bedankte sich bei Erwin für seinen Beitrag. Danach sah er Luis fragend an. »Möchtest du etwas fragen oder möchtest du von dir erzählen?« Etwas unsicher gab Luis zu. »Nein, ich habe keine Frage. Aber die Geschichte mit der abendlichen Literflasche Rotwein könnte von mir sein!«

21

Susanne war gespannt wie ein Flitzebogen, und es fiel ihr schwer, die Spannung länger zu ertragen. Bei ihrem letzten Telefonat mit ihrer Schwägerin Lisa, deren Vertraute, ja Freundin sie mittlerweile geworden war, hatte diese ihr ganz aufgeregt mitgeteilt, dass Luis just an jenem Abend zum ersten Mal bei den *Anonymen Alkoholkern* war. »Das ist doch großartig, Lisa, vielleicht ist das Luis' erster Schritt in ein neues Leben. Wer weiß, vielleicht fängt damit auch ein neues Kapitel in eurer Ehe an!« Etwas ungläubig hatte Lisa erst mal nur geschluckt ob so viel ungebrochenem Optimismus. Zaghaft kamen ihr die Worte aus dem Mund: »Du glaubst, dass Luis ein neuer Mensch wird, wenn er zu AA geht? Glaubst du wirklich daran, dass jemand nach dem ersten Meeting bei AA mit dem Trinken aufhören kann?«

Ja, Susanne glaubte fest daran, dass so etwas möglich ist. Über Aaron hatte sie mehr zufällig auf dem Pfarrfest ein Mitglied des Pfarrgemeinderats kennengelernt, einen humorvollen und charmanten Endfünfziger und dessen Ehefrau. Susanne hatte sich gleich mit ihm verstanden und hätte sich gerne zu ihm und seiner Frau gesetzt, wenn ein Platz auf der Holzbank frei gewesen wäre. Das war leider nicht der Fall. Außerdem war sie mit Aaron auf dem Weg ins Pfarrhaus. Dort wollte Aaron ihr aus seiner persönlichen Bibliothek ein Taschenbuch über Autogenes Training zeigen. Danach, beim gemeinsamen Kaffeetrinken, war das Gespräch auf die Begegnung mit dem netten Herrn gekommen, und Aaron hatte ihr anvertraut, dass M. trockener Alkoholiker war. »Kennst du ihn schon aus der Zeit, da er noch getrunken hat?« Aaron hatte genickt und kurz gelacht. »Und ob. Auf allen Pfarrfesten war er immer der letzte, der das Fest verließ. Er hatte Sitzfleisch bis zum Ende. Er blieb, solange es noch Bier oder Wein gab.« Aaron machte eine Pause. »Und dann geschah etwas, das ich selbst nicht für möglich gehalten habe. Er ging zu den *Anonymen Alkoholikern*, und nach dem ersten Meeting musste er nicht mehr trinken. Er wurde trocken und begann ein neues Leben. Ein Jahr später kandidierte er mit Erfolg für den Pfarrgemeinderat. Mittlerweile engagiert er sich auch in der Kirchenverwaltung.«

Diesen lebenden Beweis hatte Susanne vor Augen, als sie Lisa Hoffnung gemacht hatte.

Mittlerweile war genau eine Woche vergangen seit jenem Telefonat, in dem sie von Luis' erstem Meeting erfahren hatte. Es war ganz gegen Susannes zurückhaltende Art, ihre Freundin nach dem Erfolg des ersten Meetings auszufragen. Doch sie fühlte sich durch all das Leid, das Lisa vor ihr wegen der Trinkerei ihres Mannes ausgebreitet hatte, selbst zutiefst betroffen. Sie gehörte der gleichen Familie an, in die sie als Letzte eingeheiratet hatte.

Susanne hielt es nicht mehr aus und griff zu ihrem Handy.

Sie brauchte gar nicht zu fragen, denn als sich Lisa meldete, sprudelte es aus ihr hervor: »Stell dir vor, Luis war doch letzte Woche bei den *Anonymen Alkoholikern*. Und seither trinkt er nicht mehr!« – »Gratuliere! Da bist du sicher erleichtert!« – »Ich bin unendlich glücklich und dankbar. Irgendwie kann ich es immer noch nicht so recht glauben. Aber nachdem er heute wieder ins Meeting gegangen ist, glaube ich fest daran, dass ihm die Selbsthilfegruppe guttut. Als ich ihn letzte Woche fragte, wie es war, hat er immer wieder betont, wie wohl er sich in dieser Gruppe gefühlt hat. *So nette Menschen. Ich merkte schon nach einer Stunde: Hier bin ich richtig.*«

Im Verlauf des Gesprächs begründete Susanne ihre starke Zuversicht. »Weißt du, ich habe auf unserer gemeinsamen Wanderung gemerkt, wie sehr Luis unter seiner Trinkerei gelitten hat. Er hat zugegeben, dass er nicht um des Genusses willen trinkt, wie du und ich das im Biergarten machen. Er hat zugegeben, dass er trinken muss, weil sein Körper den Stoff braucht. Dass er Entzugserscheinungen bekommt, wenn er länger keinen Stoff zu sich nimmt.«

Lisa hatte das bestätigt. »Er schlief ja nachts immer nur in kurzen Abschnitten. Dazwischen stand er auf und ging an die Hausbar. Erst danach konnte er wieder einschlafen.«

Nach einer Pause ergänzte Susanne. »Er hat mir auf unserer Wanderung gestanden, dass er nicht mehr ohne Stoff leben kann. Dass der Alkohol sein Leben bestimmt. Und er sagte mir, dass er so nicht mehr weiterleben kann. Und das hat er seinen neuen Freunden bei AA auch gestanden. Genauso, wie es der erste Schritt des Programms ausdrückt. Warte mal, ich hole das Kärtchen mit den Zwölf Schritten und den Zwölf Traditionen. Der erste Schritt lautet: *Wir gaben zu, dass wir dem Alkohol gegenüber machtlos sind – und unser Leben nicht mehr meistern konnten.* Diesen Schritt hat dein Mann jetzt getan. Ich wünsche euch weiterhin alles Gute und drücke Luis fest die Daumen, dass es so bleibt!«

Kurz nach dem Ende des Gesprächs mit Susanne hörte Lisa ihren Mann an der Wohnungstüre sperren. Rasch erhob sie sich und eilte in den Flur. Sie küsste ihren Mann, danach sah sie ihn mit erwartungsvollem Blick an. »Wie war es?« Luis nickte gutgelaunt. »Wir haben ein schönes Meeting gehabt. Das ist wirklich eine nette Gruppe.« Gut gelaunt fügte er hinzu. »Ich freue mich schon auf das nächste Meeting.«

22

Jonas hatte sich mit zwei Kolleginnen vom Gymnasium Augsburg zum Mittagessen verabredet. Sibylle gehörte wie er zur Fachschaft Mathematik und unterrichtete wie Jonas auch Physik in der Oberstufe des Gymnasiums. Ihre Freundin Elke jedoch unterrichtete Englisch und Französisch. Nachdem sie dem Kellner ihre Wünsche in die Küche mitgegeben hatten, fragte Sibylle ihre Freundin Elke: »Freust du dich schon auf dein Sabbatjahr?«

Mit einem Leuchten in den Augen antwortete Elke: »Oh ja. Endlich wieder mehr Zeit für das Klavierspielen. Das kommt während des Schuljahrs einfach zu kurz. Auch in der unterrichtsfreien Zeit bleibt wegen der Korrekturarbeiten nur wenig Zeit, neue Stücke einzustudieren. Wenn ich die Korrekturen mal unterbreche, habe ich nicht genug Muße, mich in neue Stücke einzuarbeiten. Oft bin ich dann schon zu erschöpft, mich auf Neues einzulassen. Ich bin dann nicht mehr frisch genug, konzentriert die neuen Stücke einzustudieren.«

Jonas war Elkes Ausführungen aufmerksam gefolgt. Er sah Elke ungläubig an, als er befand: »Also ich teile mir die Schulferien immer in zwei Hälften. In der ersten Woche korrigiere ich die Schulaufgaben, die ich nach Hause genommen habe. Die zweite Hälfte ist dann meine Erholungsphase. Da fahre ich mit Amelie meist in Urlaub. Wieso brauchst du denn so lange für deine Korrekturarbeiten?« – »Sprachen korrigieren sich nicht so einfach wie Mathe oder Physik. Ein Teil der Schulaufgabe besteht in der Mediation.

Das ist gelenkte Textproduktion. Der Schüler formuliert ein Ereignis oder ein Erlebnis mit eigenen Worten. Dabei muss ich beim Korrigieren oft prüfen, ob man das, was er schreibt, so sagen kann. Diese Überprüfung ist gerade in Englisch nicht immer einfach. Dann gibt es bei der Textproduktion noch das Problem der Wiederholungsfehler. Ich bin immer froh, wenn ich mit der Korrektur der Schulaufgaben fertig bin. Dann sind meist auch die Schulferien zu Ende.«

Der Kellner brachte das Essen. Eine Weile erstarb das Gespräch. Sibylle war es, die den Gesprächsfaden wieder aufgriff, indem sie ihre Freundin fragte: »Und nimmst du während des Sabbaticals wieder Klavierstunden?« – »Ja, zwei Mal pro Woche. Ich möchte meine Leidenschaft weiter perfektionieren. Je leichter mir das Spielen fällt, desto mehr Freude habe ich am Flügel.«

Jetzt wandte sich Sibylle an Jonas: »Was ist eigentlich mit dir, Jonas, sparst du dir auch ein Sabbatical an?«

Da fiel Jonas das Gespräch mit Amelie ein, die seinen Gedanken, ein Sabbatjahr zu nehmen, mit den Schlagwörtern »Bummeln und Gammeln« abgetan hatte. Auch sein Vorschlag, mit Amelie zusammen eine Weltreise zu unternehmen, hatte Amelie verworfen. Amelie war zu ehrgeizig und zu sehr auf ihre Tätigkeit als Anlageberaterin vermögender Privatkunden fixiert. Ihre tägliche Arbeit verrichtete sie mit Engagement und Herzblut.

Jonas legte für einen Moment Gabel und Messer auf den Teller.

»Daraus wird leider nichts. Amelie zieht nicht mit. Wir haben uns darauf geeinigt, uns für unsere Urlaubsreisen ein paar besondere Höhepunkte auszusuchen. Immerhin wollen wir in den Sommerferien an einer Rundreise durch Südafrika teilnehmen. Krüger Nationalpark, Safari im Addo Elephant-Nationalpark, Garden Route, Kap der Guten Hoffnung, Kapstadt.« – »Oh!«, entfiel es Sibylle.

Jonas griff wieder nach Messer und Gabel und wandte sich erneut seiner Pizza zu. Für ihn hatte sich das Thema Sabbatical noch aus einem anderen Grund erledigt, der nichts mit Amelies Ablehnung zu tun hatte. Sein Sohn Niklas war Student. Und auch Linus studierte. Vanessa hatte sich durchgesetzt. Jonas steuerte mehrere hundert Euro monatlich zu Linus' Studium bei.

Zwei Söhne im Studium, das sprach gegen ein Sabbatjahr. Doch dieses Gegenargument konnte Jonas nicht anführen.

Jonas hatte sich mit seiner Situation abgefunden. Er würde sich nie ein Sabbatjahr leisten können. Dafür hatte er allerdings zwei Söhne, die beide studierten. Das erfüllte ihn mit einer inneren Befriedigung, ja mit Stolz. Denn beide hatten bislang alle Zwischenprüfungen erfolgreich abgelegt und mit guten Noten bestanden.

23

Fiona und Odo standen beide in der Küche und widmeten ihre ganze Aufmerksamkeit den erforderlichen Griffen für die Zubereitung eines erweiterten Frühstücks. Während Odo zwei Platten für den sonntäglichen Brunch herrichtete und mit Gurkensticks dekorierte, die eine Platte mit Lachs, die andere mit Käse belegte, schob Fiona vier Brötchen zum Aufbacken in den Ofen. Zwei Dinkelbrötchen und zwei Weizenbrötchen. »Nimm ruhig auch die Aprikosenmarmelade mit herein, du weißt, ich esse als letztes stets ein halbes Brötchen mit Butter und Marmelade.« Odo trug die beiden Platten ins Wohnzimmer. Als letztes holte er Butter, Kren und Aprikosenmarmelade in der Küche.

Danach setzte er sich an den Esszimmertisch. Fiona warf einen Blick auf die Uhr am Ofen, kam zu ihrem Mann ins Wohnzimmer und setzte sich zu ihm. »Es dauert noch elf Minuten!«, verkündete sie. Sie wechselte das Thema und sah Odo fragend an. »Meine Eltern können nächsten Sonntag nicht in die Oper. Wie du weißt, sind sie ab Mittwoch im Urlaub. Mein Vater möchte wissen, ob wir an ihrer Stelle mit den Karten aus dem Abonnement in die Oper gehen wollen oder ob er die Karten zurückgeben soll.« Odo hob die Augenbrauen und sah nun seinerseits ganz neugierig in Fionas Gesicht. »Was gibt es denn?« – »La Traviata von Giuseppe Verdi. Alfredo aus der besseren Gesellschaft verliebt sich in die schwindsüchtige Kurtisane Violetta Valéry. Sein Vater missbilligt diese ungleiche Verbindung, aus der

Violetta Valéry sich am Schluss zurückzieht. Im Traum von der wahren, großen Liebe stirbt Violetta Valéry arm, krank und einsam. Diese sehr erfolgreiche Oper Verdis hielt der damaligen bürgerlichen Gesellschaft einen Spiegel ihrer verlogenen Moral vor.« Fiona machte eine Pause. »So gesehen ist es eine sehr gesellschaftskritische Oper. Das deutet schon der Titel der Oper an. *La Traviata* heißt auf Deutsch *Die vom Weg Abgekommene.* Das Thema müsste dich doch eigentlich ansprechen, Odo?«

Ihr Mann runzelte die Stirn. »Aber einen großen Gegenwartsbezug sehe ich hier nicht.« Odo wollte seine Meinung noch begründen, doch ein unüberhörbarer Piepston rief Fiona in die Küche.

Als Odo sein erstes Dinkelbrötchen halbiert hatte, fand er: »Nachdem wir letzten Samstag auf einem Konzert waren, würde ich eigentlich lieber wieder einmal mit dir tanzen gehen. So wie früher. Einfach mal abends losziehen, Jeans und Lederjacke anziehen und ab ins *Cindy*. In die Rhythmen der Musik mit Leib und Seele eintauchen, tanzen, sich frei und unbeschwert fühlen, den Alltag hinter uns lassen ...«

Für einen Moment schweiften Odos Gedanken zurück in die Zeit vor seiner Beziehung zu Fiona. In jene Phase, in der er noch als Teilzeitjournalist ein Zimmer in einer Wohngemeinschaft gemietet hatte. Da war er gelegentlich sogar unter der Woche abends noch in ein einen Klub losgezogen. Und hatte freitags oft Afra getroffen, die er wiederholt spätabends nach Hause begleitete hatte, wo sich beide in Afras Bett dem Rausch der Sinne hingegeben hatten. Ja, das waren freie, unbeschwerte Zeiten gewesen.

Odo griff nach seinem Kaffeetopf und hob ihn

nachdenklich an seine Lippen. Im Stillen dachte er: »Letzte Woche Schubert und Bruckner, nächsten Sonntag Verdi – wenn ich dauernd in die Musik des 19. Jahrhunderts eintauche, dann werde ich schneller alt.«

Mit Entsetzen hatte er heute beim Kämmen nach der Morgentoilette erste graue Strähnen in seinem Haar wahrgenommen. Das hatte Odo kurz nachdenklich gemacht. Doch rasch hatte er den Gedanken an das eigene Alter verdrängt. Doch Fionas Frage konfrontierte ihn wieder mit der Frage des Älterwerdens. »Hast du dir mal das Opernpublikum genauer angesehen?«, gab er Fiona zurück. »Nun ja, so ein Opernabend ist doch etwas Herrliches, alle haben sich schön gemacht und sind gespannt auf die Inszenierung, alle tauchen ein in eine festliche, ja feierliche Atmosphäre …«

Odo lachte kurz auf. Er dachte: »Einmal im Klub die Arme um Afra legen, sie an sich ziehen, ihr schweres, orientalisches Parfum in sich aufnehmen, die Lippen zu Afras Mund führen, sich dem gemeinsamen Spiel der Lippen hingeben … Das ist nicht festlich, sondern elektrisierend. Das belebt mich! Eine euphorisierende Ouvertüre zu einem Taumel der Leidenschaft im Rausch aller Sinne.«

Nach einem Moment des Verweilens in seinen intimsten Erinnerungen fand Odo zurück in die Gegenwart. Zu seinem Gespräch mit Fiona über den Besuch einer Opernaufführung.

Mit einem ernsten Blick fixierte er Fiona. Leise, mit einem nachdenklichen Ton in seiner Stimme, meinte er: »Hast du dich mal vom Platz aus umgesehen und dir überlegt, wie das Durchschnittsalter der Opernliebhaber ist? So ein

Opernbesuch, das ist doch eine *Ü 65 Veranstaltung*. Wenn nicht gar *Ü 70!* So alt fühle ich mich noch lange nicht. Darum möchte ich wieder einmal zum Tanzen ins *Cindy*. Unbedingt!«

Fiona schwieg. Schließlich folgerte sie: »Schade, sehr schade! *La Traviata* ist wirklich eine wunderschöne Oper Verdis. Also soll Papa die Karten aus dem Abonnement zurückgeben. Nächstes Wochenende nicht Verdi, sondern *Cindy*!«

Dankbar lächelte Odo Fiona an. »Freitagabend ins *Cindy*?« – »Okay.«

24

Samstagvormittag, kurz vor halb neun Uhr. Luis hatte eben seinen Kaffeetopf leergetrunken. Ein letztes Mal führte er jetzt seinen Löffel in den Joghurtbecher und kratzte die Reste seines Früchtejoghurts zusammen. Er schleckte den Löffel ab, legte ihn zurück auf den Unterteller, sah seine Frau an und fand: »Ich breche dann mal auf. Wir treffen uns um halb zwei an der Mariensäule!« – »Wie besprochen. Du hast heute wirklich nur einen Mandanten?« – »Ja. Das reicht für heute. Der Nachmittag gehört dann uns.«

Selig lächelte Lisa in sich hinein. Seit Jahren lag heute zum ersten Mal wieder ein gemeinsamer Stadtbummel mit ihrem Mann vor ihr. Sie freute sich wie ein Schneekönig auf den bevorstehenden Bummel mit ihrem Mann durch die Münchner Innenstadt. Was sie besonders glücklich gemacht hatte, war die Tatsache, dass die Initiative dazu von ihrem Mann ausgegangen war. Sie hatte nicht um seine Unterstützung beim Kauf einiger neuer Teile der Herbst- und Wintergarderobe bitten und betteln müssen. Nein! Luis hatte den Vorschlag gemacht: »Wenn du dir ein paar neue Stücke aus der Herbst- und Winterkollektion aussuchen willst, unterstütze ich dich dabei! Ich gehe mit dir in die Modeabteilung und berate dich beim Kauf. Willst du mich am Samstagmittag nach der Arbeit treffen?« Lisa hatte erst ihren Ohren nicht getraut, als sie diese Frage aus dem Mund ihres Mannes hörte. Die heutige Verabredung an der Mariensäule mit ihrem Mann hatte sie in eine euphorische Stimmung versetzt.

Seit langem freute sie sich heute wieder auf das gemeinsame Wochenende.

Seit Luis mit dem Trinken aufgehört hatte, konnte sie einige unerwartete Veränderungen an ihrem Mann beobachten. Er kam viel früher als bisher nach Hause. War beim Eintreten in die Wohnung nicht übellaunig und angetrunken, so dass man ihm am besten aus dem Weg ging, ihn gewähren ließ. Nein: Luis nahm seine Frau wieder in die Arme, küsste sie und erkundigte sich nach besonderen Begebenheiten ihres Arbeitstages. Er nahm wieder Anteil an ihrem Alltag als Erzieherin im Kindergarten. Und den Abend verbrachte er bei Lisa. Vorbei die Zeit, als er in seinem Arbeitszimmer unter dem Vorwand verschwand, Steuerakten zu bearbeiten. In Wirklichkeit googelte er im Internet und leerte nebenbei eine Literflasche Rotwein.

Lisa begleitete ihren Mann zur Türe, wo er sich nach einem Abschiedskuss von ihr trennte. Er war schon im Stiegenhaus, als er sich noch einmal umdrehte und Lisa zurief: »Ich freue mich auf dich heute Mittag!« – »Ich auch.« Beschwingt und überglücklich machte sich Lisa daran, das Frühstücksgeschirr in die Küche zu tragen und wegzuräumen.

»Über diese Entwicklung muss ich Susanne berichten«, beschloss Lisa und holte ihr Handy.

Als Lisa und Luis kurz vor vier Uhr wieder die Fußgängerzone in der Neuhauser Straße betraten, trug Luis zwei Tragetaschen und auch Lisas Leinenbeutel, den sie über den Arm gehängt hatte, deutete auf einen erfolgreichen

Einkaufsbummel hin. Ein Paar Stiefeletten, ein blau-weißer Rock und ein wattierter Wintermantel vervollständigten nun Lisas Garderobe. »Hör zu, Lisa, gleich um die Ecke, in der Sonnenstraße, gibt es in der ersten Etage ein bekanntes China-Restaurant. Ich habe dort für 16 Uhr 30 einen Tisch für uns zwei reserviert. Wir sind zwar etwas zu früh, aber ich gehe davon aus, dass wir trotzdem schon willkommen geheißen werden. Was hältst du davon?« – »Oh, du bist heute aber großzügig!«, fand Lisa und strahlte ihren Mann an.

Nachdem sie Suppe und ein Hauptgericht bestellt hatten, bedankte sich Lisa nochmals bei ihrem Mann. »Danke, dass du mich so gut beraten hast. Und danke auch, dass du alles bezahlt hast. Ich hätte doch wenigstens die Stiefeletten übernehmen können!« – »Ausgeschlossen, jetzt war ich mal wieder dran. Das habe ich gerne gemacht.« Luis griff nach Lisas Händen. Seine Augen versanken in Lisas Augen, die ihn glücklich anstrahlten. Nachdenklich gab er zu: »Wie lange habe ich nichts mehr für dich gekauft! In den letzten Jahren war mir jeder Stadtgang ein Dorn im Auge, vor allem wenn es um Anschaffungen oder um Mode ging.«

Es war zum Christkindlmarkt, als beide zum letzten Mal gemeinsam nach München gefahren waren. Kaum am Marienplatz angekommen, steuerte Luis den nächstgelegenen Stand an und kaufte sich ein Bier und einen Hotdog. Nach dem zweiten Bier überredete ihn Lisa, den einzelnen Verkaufsbuden entlangzuflanieren und mit Mühe konnte sie ihn noch zur Stadtkrippe von Reinhold Zellner im Innenhof des Rathauses ziehen. Luis warf nur einen oberflächlichen Blick auf dieses Kunstwerk und drängte in ein benachbartes Lokal. Es folgte eine feuchtfröhliche Einkehr um die Ecke. Lisas Wunsch, noch das Weihnachtsdorf im Kaiserhof der Residenz zu besuchen, hatte Luis unwirsch abgetan.

Der Weg bis zur Residenz war ihm damals allerdings zu weit gewesen. Bequemer war es, beim Kellner noch ein weiteres Bier in Auftrag zu geben.

Doch mittlerweile lebte Luis ohne Alkohol und nahm auch wieder Anteil an Dingen, die seine Frau beschäftigten.

Er überlegte, ob er sich wieder für einen Sprachkurs Italienisch anmelden sollte. Als sie noch getrennt in München gelebt hatten, war er einmal wöchentlich abends in eine Sprachenschule nach Schwabing gegangen.

Als er Lisa seine Überlegungen zu einem Sprachkurs Italienisch mitteilte, zeigte sich Lisa ganz begeistert von seinem Vorschlag. »Das war damals am Mittwochabend in Schwabing, nicht wahr?« – »Ja, und ich bin danach meist noch mit anderen aus dem Kurs auf eine Pizza gegangen. Aber ich werde mal schauen, ob es in Buchenau oder in Fürstenfeldbruck einen passenden Kurs gibt. Dann bist du abends nicht so lange allein, bis ich nach Hause komme.« – »Ja, das fände ich toll, mach das!«, ermunterte ihn Lisa.

25

Ganz beschwingt fuhr Odo mit der U-Bahn an seinen Arbeitsplatz in der Zentrale der Deutschen Bundesbank. Er freute sich auf die bevorstehende Begegnung mit Studenten der Goethe-Universität Frankfurt. Um 10 Uhr 30 sollte er im Pressesaal eine Gruppe von Studenten mit Mitgliedern des akademischen Lehrkörpers der Universität Frankfurt empfangen und einen Vortrag über die Aufgaben und Tätigkeitsfelder der Deutschen Bundesbank halten. Ein besonderer Schwerpunkt des Vortrags war heute die Begrenzung des Geldmengenwachstums in Zeiten hoher Inflation durch Bundesbank und Europäische Zentralbank. Diesen Vortrag hatte er vor längerer Zeit schon einmal gehalten, doch Odo hatte den Text gestern Nachmittag noch einmal durchgelesen und um einige aktuelle Bezüge erweitert. Er war schon gespannt auf die Fragen der Studenten und Studentinnen der Volkswirtschaftslehre. Er staunte immer wieder über das Interesse und die gut durchdachten Fragen der Studenten. Er stellte fest, dass das Studium den angehenden Volkswirten einen fundierten Blick auf wirtschaftliche Zusammenhänge eröffnet hatte. Offenbar waren die Mitglieder des Lehrkörpers – Professoren und Dozenten – in der Lage, profunde Zusammenhänge gut verständlich zu vermitteln. Die Professoren und Dozenten hatten offenbar nicht nur eine hohe fachliche Kompetenz, sondern waren auch gute Vermittler ihrer Fachkenntnisse. Ausgezeichnete Lehrer ihres Fachgebiets.

Odo hatte sich mit hoher Motivation und persönlichem Engagement in die neue Aufgabe eingearbeitet. Die Arbeit lag ihm, und er empfand ein besonderes Vergnügen, im Gegensatz zu seiner früheren Tätigkeit als Journalist jetzt eine konträre Rolle innezuhaben. Früher war er als Redakteur bei einem Medienkonzern unter den Journalisten und Journalistinnen im Saal gesessen und hatte Fragen formuliert und im Plenum vorgetragen. Jetzt saß er den Journalisten und Journalistinnen gegenüber auf einem Podest und beantwortete deren Fragen. Als Pressereferent war er jetzt der erste Ansprechpartner der Deutschen Bundesbank für die Medienvertreter.

Über diesen Rollentausch, der durch seinen Stellenwechsel zur Deutschen Bundesbank erfolgt war, freute er sich immer wieder. Erkannte er im Saal einen seiner ehemaligen Kollegen, weckte diese Art des Wiedersehens in ihm ein tiefes Gefühl von Freude und Dankbarkeit. Ja, er hatte es zu etwas gebracht.

Auf das bevorstehende Wochenende freute er sich. Fiona hatte zugestimmt, mit ihm zum Tanzen ins *Cindy* zu gehen und noch am gleichen Abend war Odo auf die Idee gekommen, Afra ihr Vorhaben, am Freitagabend ins *Cindy* zu gehen, mitzuteilen. Afra hatte umgehend geantwortet: »Bin auch da! Ich freue mich auf dich! LG Afra.« Ob Afra sowieso ihr Wochenende im *Cindy* begann oder ob sie seinetwegen zustoßen wollte, konnte er ihren Worten nicht entnehmen. Die quirlige und nimmersatte Afra schlug noch in anderen Klubs regelmäßig auf.

Fiona hatte ihrerseits an ihre Freundin Simone gedacht. Es war Simone, seine Vermieterin gewesen, die ihn damals im

Cindy mit Fiona bekanntgemacht hatte. Darüber wollte Fiona mit Odo noch sprechen.

Nachdem Odo Fiona abends von seinem Arbeitstag in der Deutschen Bundesbank berichtet hatte, lenkte Fiona ihre Gedanken auf das kommende Wochenende. »Ich habe mir überlegt, ob ich mich mit Fiona auf einen kleinen Imbiss am Freitagabend verabrede, bevor wir zusammen ins *Cindy* aufbrechen. Da wir uns länger nicht getroffen haben, hat gewiss jeder von uns einiges zu berichten. Simone und ich könnten am Freitag wieder mal so richtig klönen.« Mit einem Lächeln auf den Lippen leitete sie die entscheidende Frage ein: »Da wirst du ja nicht unbedingt mit von der Partie sein wollen, oder?«

Odo lachte. »Nein nein, plausche du erst mal mit Simone. Hauptsache, du bringst sie danach mit ins *Cindy*.«

Als Odo spätabends Afra per WhatsApp mittteilte, dass er gegen 10 Uhr abends im *Cindy* sein werde, fragte Afra zurück: »Es ist doch Freitag, und du machst sicher früher Schluss. Willst du mich zu Hause abholen? Wir könnten noch etwas trinken. Zeit für uns haben wir dann auch reichlich. Wann kommst du?« Odo sagte zu. Er wollte sich nach der Arbeit Zeit für sie nehmen. »Ich freue mich auf das Zusammenkommen!«, schloss er.

26

Susanne hatte nach der Frühschicht im Krankenhaus noch eine Stippvisite bei ihrer Oma im Altenheim gemacht. Sie besuchte Ihre Oma meistens am Dienstagnachmittag. Doch seit dem Wochenende lag Oma Huber mit leichtem Fieber und einer saftigen Erkältung im Bett, und es drängte sie innerlich, auch heute Freitag nach ihrer Oma zu sehen. Als sie ihre Oma bei Betreten des Zimmers im Sessel sitzend vorfand, fiel eine Last von ihr ab. Sichtlich erleichtert beschleunigte sie ihre Schritte und fiel Oma Huber um den Hals. »Wie schön, dass du das Bett verlassen konntest. Seit wann bist du denn wieder auf?« – »Seit gestern Nachmittag. Der Husten hat nachgelassen und ich fühle mich wieder kräftiger. Doch sag, liebe Susanne, wie ist es denn bei dir?« – »Heute bin ich geschafft. Richtig müde. Drei Neuzugänge, zwei Frischoperierte und eine Entlassung am gleichen Vormittag ist eine schöne Leistung. Sonst geht es mir gut. Und nachher treffe ich Aaron beim Italiener zum Essen.« – »Dann grüße Aaron schön von mir. Gibt es sonst noch Neuigkeiten bei euch beiden?« Susanne schüttelte den Kopf. »Nein, weder Neuigkeiten noch Überraschungen.«

Susanne ahnte, dass hinter den »Neuigkeiten«, nach denen Oma Huber sich erkundigte, auch unausgesprochen die Frage nach einem Urenkelkind steckte.

Susanne ging darauf nicht ein, denn sie war weder bereit noch willens, anderen Mitgliedern ihrer Familie ihre Entscheidung darzulegen und zu begründen.

Susanne und Aaron hatten sich damit abgefunden, dass

ihre Ehe kinderlos blieb. Eine Behandlung in einer Kinderwunschklinik kam für sie unter diesen Bedingungen nicht in Frage.

Susanne verabschiedete sich bald und versicherte ihrer Oma: »Am nächsten Dienstag besuche ich dich wieder.«

Draußen auf dem Flur entschloss sich Susanne, erst noch einen doppelten Kaffee in der Cafeteria zu trinken. Als sie vor der Kaffeetasse saß, seufzte sie. »So geschafft, wie ich mich heute fühle, würde ich jetzt lieber nach Hause gehen und mich mal für zwei Stunden ins Bett legen.« Schon überlegte sie, ob sie per WhatsApp Aaron die Verschiebung des gemeinsamen Essens vorschlagen sollte.

Doch als sie den doppelten Kaffee ausgetrunken hatte, fühlte sie sich wieder besser. Mit neuen Kräften stand sie auf und machte sich auf den Weg zur Bushaltestelle.

Erwartungsvoll betrat sie den kleinen Italiener, in dem sie zum Essen verabredet waren. Sie ließ ihre Augen über die einzelnen Tische gleiten und suchte mit intensiven Blicken alle Winkel ab. Sie konnte Aaron nicht sehen und blieb unschlüssig stehen. Ein Kellner trat an sie heran und fragte »Signora, posso aiutarLa?« – »Wir haben eine Reservierung für Maier, zwei Personen.« – »Certo, Signora, venga con me.«

Offenbar war der Kellner über die bevorstehende Reservierung im Bilde. Ohne nachzusehen, führte er Susanne an einen etwas abgeschirmten Platz in einer Ecke, die sie zuvor nicht hatte einsehen können. Tatsächlich! Aaron saß mit dem Rücken zur Wand und blickte auf das Display seines Handys. Als er aufsah und Susanne erblickte, strahlte er und erhob sich freudig erregt. Er griff nach dem Handy, gab seinen Platz auf, kam Susanne entgegen und küsste sie. »Wie schön, dass wir uns hier treffen. Ich überlasse dir meinen Platz an der Wand. So hast du einen schönen Überblick über dieses nette Lokal.« Aaron nahm Susanne den Mantel ab und ging damit zur Garderobe. Danach nahm er den Platz gegenüber der Wand ein.

Nachdem sie die Speisekarten studiert hatten, berichtete Susanne von ihrem Krankenbesuch und danach erwähnte sie kurz, dass sie nach dem Besuch bei ihrer Lieblingsoma noch einen doppelten Kaffee in der Cafeteria des Altenheims getrunken hatte. »Weißt du, ich war rechtschaffen müde von dem anstrengenden Vormittag auf der Station.« Danach lächelte sie Aaron an. »Kannst du dich noch an unser erstes gemeinsames Kaffeetrinken erinnern?« Aaron nickte und zog die Mundwinkel in die Breite. »Ja, als wäre es gestern gewesen. Es war in der Cafeteria des Altenheims.« Susanne strahlte Aaron an. »Du hast damals Kaffee getrunken und ein Stück Käsekuchen vor dir stehen gehabt.« – »Das weißt du noch so genau?« Susanne nickte. Aaron dachte: »Dann muss ich auf Susanne doch einen nachhaltigen Eindruck gemacht haben, wenn sie auch das mit dem Käsekuchen noch weiß. Normalerweise bestelle ich mir eine Linzer Schnitte oder ein Stück Aprikosenkuchen. Den Aprikosenkuchen gab es leider nur selten.« – »Das nächste Kaffeetrinken war dann bei dir im Pfarrhaus, nach dem Pfarrfest im Oktober.«

Eine Weile überließen sich Susanne und Aaron ihren Erinnerungen an die erste Zeit ihres Kennenlernens. Mit einer nachdenklichen Bemerkung durchbrach Susanne ihr Sinnen. »Und da du dich für mich entschieden hast, musstest du deinen Beruf an den Nagel hängen. Hast du diesen Schritt nie bereut? Immerhin bist du deiner ursprünglichen Berufung untreu geworden!«

»Ich habe meine ursprüngliche Entscheidung, die ich im Pastoralkurs getroffen hatte, auf den Prüfstand gestellt. Ich habe es mir nicht leicht gemacht, ich habe im Gebet Gott um die richtige Entscheidung gebeten. Ich habe mit mir gerungen. Es wäre viel einfacher gewesen, mich von dir etwas zurückzuziehen, ein wenig Abstand zu schaffen und dich zum Beispiel in den Bibelkreis einzuladen oder dich für den Pfarrgemeinderat zu gewinnen. Auf lose Art und Weise, völlig legitim wären wir im Kontakt geblieben und hätten uns oft sehen können. Ja, wir hätten uns regelmäßig persönlich austauschen können, wie unter guten Freunden. Zum Beispiel in der Cafeteria des Altenheims zwei Mal im Monat Kaffee miteinander trinken.« – »Und wir hätten uns per Whatsapp regelmäßig schreiben können …« ergänzte Susanne.

Aaron verzog den Mund und wog seinen Kopf hin und her. »Es wäre für mich als ehelos lebender Priester allerdings grenzwertig gewesen, dir regelmäßig meine Sorgen und Nöte mitzuteilen. Du wärst für mich Schritt für Schritt Teil meines Lebens geworden, und ich hätte, ohne mir dessen bewusst zu sein, mein Herz immer mehr für dich geöffnet. Aber recht bald war mir klar, dass ich starke Gefühle für dich empfand.«

Aaron machte eine Pause. »Mir wurde bewusst, dass das zu meinem bisherigen Lebensentwurf nicht passt. Ich habe mich angesichts der starken Gefühle für dich entschieden und bin der Stimme meines Herzens gefolgt.«

Aaron lächelte seine Frau an. Seine Augen versanken in Susannes Augen. Mit fester Stimme bekräftigte er: »Jetzt kann ich deine Frage abschließend beantworten. Nein, meinen Schritt, das Priestertum aufzugeben und dich zu heiraten, bereue ich nicht. Ich habe auf die Stimme des Herzens gehört und habe die neue Berufung dankbar angenommen. Wir haben uns gefunden und uns durch die Eheschließung für einen gemeinsamen Lebensweg miteinander entschieden. Das ist unsere gemeinsame Bestimmung.«

27

Seitdem sein unehelicher Sohn Linus in München Volkswirtschaftslehre studierte, hatte ihn Jonas zusammen mit seinem Sohn Niklas in unregelmäßigen Abständen in den frühen Abendstunden auf ein Bier eingeladen. Im Verlauf des dritten Semesters war daraus ein Jour fixe geworden und von da an fanden diese gemeinsamen Abende in regelmäßigen Abständen jeden zweiten Monat statt. Die äußere Klammer für die Einladung der beiden war ihre persönliche Freundschaft und die Zugehörigkeit beider zum gleichen studentischen Corps. Nachdem Niklas zwei Semester lang selbst auf dem Corpshaus in einer der Studentenbuden gewohnt hatte, war er im dritten Studienjahr wieder von dort ausgezogen und in sein Zimmer in der elterlichen Wohnung zurückgekehrt. Im Hinblick auf die bevorstehenden Prüfungen zog er es vor, sich wieder etwas vom Betrieb auf dem Corpshaus zurückzuziehen und sich in Ruhe auf die Prüfungen vorzubereiten.

Jonas verfolgte mit Interesse Linus' Studium der Volkswirtschaftslehre. Nachdem Linus Jonas einen Überblick über die bevorstehenden Prüfungen zum Bachelor gegeben hatte, überraschte ihn Linus mit der Nachricht, dass beim nächsten Jour fixe in zwei Monaten Anfang Dezember seine Mutter Vanessa nach einem Besuch des Münchner Christkindlmarktes zustoßen würde. Diese Botschaft versetzte Jonas in eine freudige Erregung und weckte seine Fantasie. Sogleich erschien ihm Vanessa, und mit einem Mal war es ihm, als säße Vanessa neben ihm im Auto auf der Fahrt von Freiham an das Augsburger Gymnasium.

Seit Jahren hatte er Vanessa nicht mehr gesehen. War sie immer noch so humorvoll, heiter und von einem unverwüstlichen Optimismus beseelt? Oder hatte die Arbeit, die Mehrfachbelastung als Gymnasiallehrerin, Ehefrau und Mutter, verbunden mit den häuslichen Pflichten, Spuren hinterlassen? War sie vielleicht desillusioniert oder gar frustriert über die Unlust vieler Schüler und hatten diese Erfahrungen ihre Einstellung zum Beruf verändert?

Als seine Gedanken wieder zurück in die kleine Pizzeria fanden, fixierte er Linus und fragte nachdenklich: »Wie geht es denn deiner Mutter, Linus? Leidet sie unter ihrer Mehrfachbelastung?« Vanessas WhatsApps hatte Jonas entnommen, dass Vanessa mittlerweile die Fachbetreuung in Englisch angetragen worden war. Mit dem Hintergedanken im Kopf, durch diese zusätzliche Verantwortung, eine große Fachschaft zu leiten, ihrem Ziel, einmal Mitarbeiterin im Direktorat mit einem eigenen Büro zu werden, hatte Vanessa zugestimmt.

»Was möchtest du hören?«, vergewisserte sich Linus. »Interessiert dich das Berufliche oder das Private?« – »Beides«, antwortete Jonas. »Nun ja, der Fachbetreuer bedeutet natürlich viel Mehrarbeit bei einer nur geringen Entlastung. Andererseits hat sie mittlerweile reichlich Zeit. Seit Ostern beschäftigen wir in Straubing eine Haushaltshilfe, die auch die Wäsche macht. Und seit Papa im Stadtrat ist, ist sie auch abends oft allein. Die beiden sehen sich manchmal nur zum Frühstück.«

Das mit den politischen Ambitionen Linus' Ziehvater war neu für Jonas. Dass es Ludwig und Vanessa finanziell sehr gut ging, das hatte Jonas am Rande mitbekommen. Als Rechtsanwalt und Notar verdiente Ludwig prächtig, und Vanessa war Tobias beim Zuschuss für Linus' Studium entgegengekommen. Seither beteiligte er sich nur noch mit einem kleinen Beitrag an den Kosten von Linus' Ausbildung. Die Grundstückspreise in Niederbayern waren viel tiefer als in München, die Lebenshaltungskosten waren niedriger und auch die Wege waren kürzer. Das bedeutete keinesfalls, dass Honoratioren, politische und wirtschaftliche Entscheidungsträger mehr Zeit zu Hause bei Frau und Kind verbrachten. Ganz im Gegenteil! Wer als studierter Mann in Straubing etwas auf sich hielt, suchte im Ortsverband einer politischen Partei, im Rotary-Club, in einem Verein oder bei den Freimaurern Anschluss an Gleichgesinnte und einen Ort, vorhandene Beziehungen zu erweitern und Teil neuer Netzwerke zu werden. Und das geschah vornehmlich abends, nach getaner Arbeit in ihrem erlernten Beruf. Meist in einem Neben- oder Hinterzimmer eines gehobenen Speiselokals. Und dauerte meist bis tief in die Nacht.

Als Stadtkind, der immer nur die unpersönliche, anonyme Atmosphäre einer Großstadt in sich aufgenommen hatte, hatte Jonas keine Ahnung von der Bedeutung persönlicher Netzwerke und informeller Strukturen wie jene in Städten wie Straubing oder Deggendorf. Verließ Jonas seinen Arbeitsplatz oder ging er abends in München aus, tauchte er in die Anonymität der Großstadt ein. Da war keiner, der ihn zur Begrüßung in die Arme nahm oder ihn Schulter klopfend aufmunterte. Keine Geborgenheit in einer Gruppe von Freunden oder Gleichgesinnten.

»Ist Vanessas beruflicher Ehrgeiz eine Art Kompensation für die politische Karriere ihres Mannes?«, überlegte Jonas auf dem Nachhauseweg nach dem Jour fixe. »Komisch auch, dass sie nie erwähnt hat, dass ihr Mann Ludwig in die Politik gegangen ist. Und was wollte Linus mit der Bemerkung andeuten, dass Vanessa jetzt reichlich Zeit hat?«

Jonas beschloss, Niklas mal über Vanessas Ehe mit Ludwig auszufragen. War seine einstige Geliebte Vanessa mit ihrem Mann noch glücklich? Leider hatte sich sein Sohn nach dem Jour fixe von ihm verabschiedet. Er wollte mit Linus noch auf das Verbindungshaus gehen, und wer weiß, wann er sich von dort heute Nacht losreißen würde. Er wollte doch auf die bevorstehenden Prüfungen lernen!? Doch sein Sohn Niklas hatte in gemütlicher Runde Sitzfleisch, und mehr als einmal war er nach einer Veranstaltung über Nacht geblieben und erst frühmorgens mit einer der ersten U-Bahnen nach Hause gekommen.

Jedenfalls konnte Jonas Niklas über Vanessa heute Abend nicht mehr ausfragen. Er musste sich bis morgen gedulden.

Auch das Verbindungswesen wie es in Corps, Burschenschaften oder katholischen Studentenverbindungen gepflegt wurde, war Jonas fremd. Aus diesem Grund vermisste er Beziehungen zu Gleichgesinnten nicht, und er war auch nicht auf die Idee gekommen, sich im Personalrat oder in einer politischen Partei zu engagieren.

Jonas lebte für seinen Beruf und für seine Familie, für Amelie und Niklas. Und freute sich über zwei ausgedehnte Urlaubsreisen, die ihm neue Horizonte eröffneten und wunderbare Erlebnisse vermittelten. Das Unterrichten erfüllte ihn mit Freude und er hatte sich damit arrangiert, dass er im Grunde genommen zwei Arbeitsplätze hatte: sein Gymnasium in Augsburg und sein Arbeitszimmer in der Vierzimmerwohnung in Freiham. Wobei er nachmittags, wenn er noch allein zu Hause war, gerne auch im Wohnzimmer korrigierte. Im Sommer gelegentlich auch auf dem Balkon.

Stets freute er sich, wenn Amelie nach Hause kam und sie ihm Gesellschaft leistete. Hörte er seine Frau im Flur die Wohnungstüre aufsperren, war das für Jonas das Signal, die begonnene Arbeit zu unterbrechen und Zeit mit ihr zu verbringen. Die beste Gelegenheit für den persönlichen Austausch dazu bot die abendliche Brotzeit im Wohnzimmer. So wenig Jonas über den Lehrstoff berichtete, den er seinen Schülern zu vermitteln versuchte, so wenig erfuhr er über die Anlagestrategien und Ziele der vermögenden Privatkunden, die Amelie im Verlauf des Arbeitstages beraten hatte. Doch durch das gemeinsame Mittagessen Amelies in der Personalkantine ihrer Bank mit Amanda und Sophia erfuhr er allerhand Privates von ihren Freundinnen. Dazu zählte auch Intimes, etwa die chronische Untreue von Sophias Ehemann. Amelie erstattete kenntnisreich detaillierten Bericht von dem, was Sophia ihr anvertraut hatte, sah danach mit einem forschenden Blick in Jonas' Augen und fragte ihn, wie er dieses Verhalten beurteile. Als Jonas daraufhin trocken meinte, Sophia täte ihm leid, so etwas hätte sie als Ehefrau nicht verdient, gab sich Amelie mit diesem Urteil nicht zufrieden. Mit zusammengezogenen Augenbrauen bohrte Amelie nach und gab entrüstet von sich: »Ist das alles, was dir zu diesem Ehebruch einfällt?« Jonas spürte, dass Amelie von ihm ein hartes Urteil erwartete, eine scharfe Missbilligung des geschilderten ehebrecherischen Treibens, eines Tuns mit seinen Lügen und Heimlichkeiten, dessen er sich durch das frühere Verhältnis mit Vanessa selbst eingestehen musste.

Es war, als sei die Untreue Sophias Ehemann das Exempel, durch das sie ihren Ehemann nachträglich anklagen wollte. »Wenn er die Untreue Sophias Ehemann verurteilt, muss er mit diesem Urteil auch sein eigenes Verhältnis mit Vanessa nachträglich missbilligen!«, unterstellte Amelie.

Persönliche Freundschaften, wie seine Frau sie unterhielt, pflegte Jonas keine. Der alltägliche Kontakt mit Kolleginnen und Kollegen im Lehrerzimmer in Augsburg war eher sach- bzw. fallbezogen. Gesprächsthema konnte ein Vorfall in einer Schulklasse sein, oder der Klassleiter erkundigte sich nach den Leistungen eines bestimmten Schülers, dessen Versetzung zum Schuljahresende aufgrund von mangelhaften Leistungen gefährdet erschien. Wohl unterhielten einige Kolleginnen und Kollegen feste Verabredungen für den regelmäßigen Gang zum Italiener oder zum Griechen, doch seit Vanessa sich von ihm zurückgezogen hatte, war Jonas an privaten Beziehungen zu anderen Mitgliedern des Kollegiums nichts mehr gelegen.

Doch jetzt, auf dem Heimweg vom gemütlichen Jour fixe, lebte in ihm wieder die Erinnerung an die kostbare Fahrgemeinschaft mit Vanessa auf, an sein Verhältnis mit ihr.

28

Seit Luis ein neues Leben ohne Alkohol begonnen hatte, arbeitete er nur noch an den Dienstagen im Homeoffice. Gut ausgeruht verließ er an den anderen Werktagen seine Wohnung und erreichte den Bahnsteig zum Zug Richtung Marienplatz ohne den obligaten Einkauf am Bahnhofskiosk und dem Umweg hinter die Kleidertonne gegenüber dem Eingang des Bahnhofsgebäudes.

War das Wetter gut, bummelte Luis gut gelaunt auf dem Bahnsteig in Buchenau auf und ab, blickte in die Umgebung und nahm die Morgendämmerung in sich auf. Das war eine neue Erfahrung. So bewusst, mit persönlicher Anteilnahme und einer inneren Neugier auf all das, was, sich seinen Augen darbot, war er in alkoholisiertem Zustand nie auf dem Bahnsteig gestanden. Ja, manchmal dachte er sogar ganz selig: »Wie viel schöner ist das Leben doch jetzt, da ich nicht mehr trinke!« Hatte er einen Fensterplatz ergattern können und setzte sich der Zug in Bewegung, fuhr er entspannt in den neuen Arbeitstag und er freute sich auf den Kontakt mit den Mandanten und die Gespräche mit den Kollegen und den Mitarbeiterinnen im Sekretariat.

Auch heute Mittwoch war Luis kurz vor halb acht Uhr gut gelaunt in Richtung Bushaltestelle aufgebrochen. »Heute wird wieder ein langer Tag«, sinnierte er und scannte mit seinen Augen die Straße in jener Richtung ab, aus der der Regionalbus zum S-Bahnhof Buchenau kommen und ihn mitnehmen würde. Der heutige Mittwoch war lang nicht wegen Mehrarbeit und Überstunden, denn diese vermied Luis mittlerweile konsequent. Seit er die Meetings der Anonymen Alkoholiker besuchte, hatte er seinen Arbeitszeiten Grenzen gesetzt und seinem Leben eine feste Struktur verliehen. Termine mit Mandanten vereinbarte er nur noch für den ersten und den dritten Samstag eines jeden Monats. Den zweiten und vierten Samstag hielt sich Luis für gemeinsame Unternehmungen mit Lisa frei.

Der Grund für seine späte Heimkehr heute Abend war der Aufbaukurs I in Italienisch. Seit Mitte September besuchte er wieder wie in alten Zeiten jeden Mittwoch den Italienischkurs. Ob er danach noch zum Nudel- oder Pizzaessen in das benachbarte Lokal mitgehen würde, wollte er spontan entscheiden. Aber auf jeden Fall würde er vor dem Verlassen seines Büros Lisa eine WhatsApp senden und ihr den ungefähren Zeitpunkt seiner Heimkehr mitteilen.

In privaten Dingen hatte sein Leben wieder feste Formen bekommen und er war wieder zuverlässig und pünktlich.

Das Geräusch des einfahrenden Zuges riss ihn aus seinen Überlegungen zurück auf den Bahnsteig. Rasch stieg er ein und er schätzte sich glücklich, noch einen freien Fensterplatz in Fahrtrichtung entdeckt zu haben. Als der Zug die Fahrtgeschwindigkeit erreicht hatte, griff er in die Tasche seines Sakkos und zog das Vokabelheft heraus, in das er fortlaufend neue Vokabeln und gebräuchliche Wendungen zum Lernen und zur Wiederholung eintrug. Er deckte die linke Spalte ab und überprüfte, ob er die neuen Vokabeln schon aus seinem Gedächtnis abrufen konnte. Als er die Neueinträge durchgearbeitet hatte, entfaltete er ein DIN-A4-Blatt, das voller Vokabeln und Wendungen war. Er las das Blatt bis zur Mitte durch, danach faltete er den Bogen wieder und legte ihn zurück in das Vokabelheft. Er steckte das Vokabelheft zurück in sein Sakko und träumte versonnen zum Fenster hinaus.

Seit er nicht mehr trank, hatte auch der Sprachkurs Italienisch einen anderen Stellenwert bekommen. Als er sich vor vielen Jahren in der Sprachenschule für den Kurs eingeschrieben hatte, war das mehr aus einer Laune heraus geschehen. Beruflich war er auf Italienischkenntnisse nicht angewiesen, und die Sommerurlaube führten ihn und Lisa nach Griechenland und auf die Kanaren. Dort verständigte er sich auf Englisch, und das hatte stets bestens funktioniert.

Als er im Anfängerkurs war, hatte er noch allein gelebt und der Kurs und das anschließende Pizzaessen mit den anderen Kursteilnehmerinnen und Kursteilnehmern fühlten sich an wie ein kleiner Höhepunkt in der Mitte der Arbeitswoche. Nicht das Italienischlernen, sondern die mit dem Kurs verbundenen Kontakte und die gesellige Runde danach beim Italiener um die Ecke standen im Mittelpunkt seines Interesses.

Das war jetzt anders. Luis hatte den Ehrgeiz, noch eine neue Sprache zu lernen und das Gelernte auch im Land im Gespräch mit den Menschen anzuwenden. Ihm war klar, dass er nicht nur die schriftlichen Hausaufgaben machen musste, sondern auch das Gelernte durch ständiges Wiederholen sich immer wieder einprägen musste. Mittlerweile besuchte er den Kurs um der Sprache willen und um Gelerntes zu vertiefen.

Eifer und Fleiß beim Erlernen der neuen Sprache

vermittelten Sicherheit in der Anwendung des Gelernten und schenkten Freude über das Erreichte.

Luis' Leben nahm in kleinen Schritten eine neue Form an. Er entdeckte Neues, für das er sich bewusst entschied und gewann völlig neue Erfahrungen und Einsichten.

Nachdem Luis sein Büro erreicht hatte, fuhr er sein Notebook hoch und überflog zu Beginn seiner Arbeit die neuen E-Mails. Als erstes stieß er auf eine Mail mit dem Betreff: »Vorweihnächtliche Feier«. Er lächelte kurz, dann las er weiter. Es war die übliche Einladung für den Donnerstagabend nach dem zweiten Adventssonntag. Vorgesehen war ein kurzer Umtrunk für alle im Konferenzraum der Kanzlei. Bei dieser Gelegenheit gab es nach einer kurzen Rede des Leiters der Steuerkanzlei für jeden ein Kuvert mit einem Einkaufsgutschein und ein Glas Sekt oder Orangensaft. Danach das vorweihnächtliche Essen in einem benachbarten Lokal. Ohne weitere Ansprache, doch in Begleitung von reichlich Alkohol.

In Luis keimten gemischte Gefühle auf, als er an die letzten vorweihnächtlichen Feiern mit Kolleginnen und Kollegen aus der Kanzlei zurückdachte. Er hatte dem Alkohol reichlich zugesprochen, und er war nicht der einzige gewesen, der am Tag danach verkatert aufgestanden war.

Er schob das Notebook nach vorne und blickte kurz zur Decke. »Soll ich mir das wirklich antun?« Die andere Frage, die ihn nicht losließ, lautete: »Was sage ich bloß, warum ich keinen Alkohol mehr trinke? Mit einem Glas Orangensaft in der Hand anderen zuzuprosten, das mag ja noch hingehen. Aber beim Hauptgang beim Mineralwasser zu bleiben, das verlangt eine Begründung. Ein ehrliches Wort.«

Auf dem Weg abends nach Hause hatte er noch einen anderen Einfall. Es war eine Art Ausweg aus einem Dilemma. »Ich könnte Donnerstag und Freitag ins Homeoffice gehen. Und für Donnerstagnachmittag einen anderen privaten Termin vorschieben. Ein Termin beim Kardiologen zum Beispiel.«

Doch je länger er die einzelnen Aspekte gegeneinander abwog, desto mehr wurde ihm klar, dass nur ein ehrliches, klärendes Wort ihn weiterbringen konnte. »Ich bleibe beim Mineralwasser. Das schmeckt mir genauso gut wie Bier oder Wein. Und es ist besser für mich so.«

Dass er mit Alkohol nicht umgehen konnte, dass er dem Alkohol gegenüber machtlos war, hatte Luis im ersten Schritt des Programms der *Anonymen Alkoholiker* zugegeben. Dass er dem Alkohol gegenüber machtlos war, das war seine persönliche Erfahrung, seine ganz persönliche Einsicht, zu der er gekommen war, die jedoch Außenstehende nichts anging.

Anhänger vegetarischer und veganer Ernährung beanspruchten auch das Recht auf ihren eigenen Lebensstil und blieben ihrer Maxime treu. Auch dann, wenn andere deren Entscheidung nicht nachvollzogen. Oder sie gar belächelten.

Diese Erfahrung hatte Luis schon öfters machen müssen. Als er einmal einen grünen Tee in einem Wirtsgarten zum Schnitzel bestellte, bemerkte Hanni, die Kellnerin ungläubig »Wie gibt es denn so was!«

29

Am Tag nach dem Jour fixe hatte Jonas seinen Sohn Niklas auf Vanessa angesprochen. Doch dieser konnte auch nicht mehr mitteilen, als Jonas schon wusste. »Ja, sein Vater hat vor einigen Jahren die Politik entdeckt. Er ist im Stadtrat, und er hofft, es noch weiterzubringen. Er träumt davon, eines Tages für seine Partei einen Sitz im Bundestag zu erringen. Aber in den Bundestag wollen noch andere in seiner Partei!«, hatte Niklas bemerkt und danach gelacht. Jonas löcherte weiter: »Wie geht es Vanessa damit, dass er an den meisten Abenden der Woche nicht zu Hause ist?« – »Das weiß ich nicht, am besten du fragst Linus bei unserem nächsten Jour fixe.«

Doch so lange wollte Jonas nicht warten. Er beschloss, Vanessa bei Gelegenheit selbst zu fragen. Immerhin hatte er einen Anlass, die Verbindung mit ihr wieder aufzunehmen: ihre Teilnahme am nächsten Jour fixe.

Er griff nach seinem Handy und begann, im Chatroom zu schreiben. »Hallo Vanessa, Linus sagte mir gestern, du wärst beim nächsten Jour fixe Anfang Dezember mit von der Partie. Das finde ich schön.« Jonas machte eine Pause. Er wollte auf den Busch klopfen und Vanessas Antwort entnehmen, wie es um ihre Ehe mit Ludwig bestellt war. Aber er konnte schlecht mit der plumpen Frage aufwarten: »Liebt ihr euch noch? Fühlst du dich angesichts der vielen Ämter Ludwigs manchmal von ihm vernachlässigt? Bist du viel allein?«

Eine ganze Weile suchte Jonas nach einem geeigneten Einstieg in diese Frage. Schließlich wählte er eine offene Frage, deren Beantwortung vielleicht doch einen Hinweis auf den Zustand Vanessas Ehe mit Ludwig geben könnte: »Begleitet dich Ludwig nach München? Wäre schön, wenn er auch an unserem gemeinsamen Essen teilnehmen könnte.«

Er beendete die WhatsApp mit den Worten: »Liebe Grüße, ich freue mich auf ein Wiedersehen mit Dir, Vanessa!« Jonas legte das Handy auf seinen Schreibtisch und war gespannt auf Vanessas Antwort. »Vielleicht kann ich mich mit Vanessa noch vor dem gemeinsamen Essen verabreden. Zu einem kurzen Bummel über den Christkindlmarkt und zu einem Glas Wein.« Ja, Jonas war wirklich gespannt wie ein Flitzebogen auf das Wiedersehen mit seiner ehemaligen Geliebten. »Ob sie noch immer so hübsch, dem Leben zugewandt und unternehmungslustig ist wie damals, während der Zeit unserer Fahrgemeinschaft, als wir ein Liebespaar waren?«, überlegte Jonas.

Es war kurz vor halb zehn Uhr abends, als Vanessa seine WhatsApp beantwortete. »Hallo Jonas, entschuldige, dass ich mir mit der Antwort so lange Zeit gelassen habe. Heute Abend hatte ich noch eine Onlinesprechstunde mit einem Elternpaar, danach habe ich mich an einer Kollegstufenschulaufgabe festgebissen. Ludwig ist noch beim Schützenverein und wird vor Mitternacht nicht zurückfinden. Darum habe ich jetzt Zeit für Dich.

Ich habe mich sehr darüber gefreut, von Dir zu hören. Es kommt mir vor, dass wir uns etwas aus den Augen verloren haben. Ich finde es großartig, dass Du mit Deinen Söhnen einen Stammtisch gegründet hast! Linus schwärmt immer von diesen Stammtischen mit Dir und Niklas.

Ich finde es auch gut, dass Ihr nicht so lange und bis gegen Mitternacht zusammenklebt, wie das bei Ludwigs Zusammenkünften der Fall ist.

Ich freue mich auf das Wiedersehen mit Dir. Ludwig hat für diesen Abend andere Pläne und lässt Dich schön grüßen. LG Vanessa«

Dass Vanessa ihren gemeinsamen Jour fixe »Stammtisch« nannte, hatte Jonas zum Lachen gebracht. Er amüsierte sich über diesen Blick Vanessas auf ihre regelmäßigen Treffen. »Ja, eine vertraute, eingeschworene Gemeinschaft sind wir drei schon!«, fand Jonas.

Vanessas Antwort entnahm Jonas, dass Ludwig seine Frau abends oft wegen gesellschaftlicher Verpflichtungen und geselligen Zusammenkünften allein ließ. Ob Vanessa in ihrer Ehe noch glücklich war, blieb unbeantwortet. »Das ist wohl davon abhängig, wie viel Freiraum die beiden sich zugestehen. Was für Erwartungen die beiden an ihre Ehe haben.«

Nach einer Pause resümierte Niklas: »Amelie würde so etwas bei mir nicht zulassen. Sie erwartet, dass ich nach getaner Arbeit Zeit mit ihr verbringe. Auch dann, wenn wir nur schweigend nebeneinandersitzend in die Glotze gucken.«

Abends, während des Fernsehfilms, den Amelie vor-geschlagen hatte, verweilten Jonas’ Gedanken bei den Äußerungen Vanessas über die gesellschaftlichen Ver-pflichtungen ihres Mannes. »Ich bin ja im Vergleich zu

Ludwig ein Waisenknabe, wenn ich allabendlich neben meiner Frau im Wohnzimmer sitze und mich dem Fernsehprogramm widme.« Und ihm war fast, als würde ihm etwas von dem fehlen, was Ludwig in Hülle und Fülle hatte: Kontakte, die über die Familie und das berufliche Umfeld hinausgingen. »Vielleicht sollte ich auch in einen Verein eintreten? Dann hätte ich ab und an einen Abend mit Freunden aus dem Verein?«, sinnierte er. »Wer könnte der Mörder sein?«, unterbrach Amelie sein Grübeln.

Auf diese Frage musste Jonas passen.

Auf die Frage nach den Freundschaften hatte Jonas keine Antwort. Aber diese Frage ließ ihn nicht mehr los.

30

Odo wurde durch das lang anhaltende Geräusch einer Hupe wach. Verschlafen blinzelte er in Richtung Fionas Bett. Die Bettdecke war zurückgeschlagen und das Bett war leer. Fiona war schon aufgestanden und machte sich mit den Vorbereitungen des samstäglichen Brunches zu schaffen. Schlaftrunken wandte sich Odo zum Nachttisch auf seiner Seite um und griff nach seinem Handy. Es war 9 Uhr 35. Er ließ sich nochmals auf das Kopfkissen fallen und streckte seine Arme in die Höhe. »Zeit aufzustehen«, murmelte er vor sich hin, richtete sich auf und setzte sich mit einem Ruck auf die Bettkante.

Er hatte lange geschlafen, und er hatte die Ruhe und Entspannung nach dem gestrigen Freitag in sich aufgenommen wie ausgetrocknetes Erdreich den Regen. Da er gestern wenig getrunken hatte, fühlte er sich munter und frisch.

Es war ein ereignisreicher Freitagnachmittag und eine erlebnisreiche Nacht gewesen. Am Freitagnachmittag war er Afras Einladung gefolgt und seine nur leicht bekleidete Gastgeberin hatte ihn nach einem Glas Sekt in ihr Schlafzimmer gezogen. Nach einem ersten Höhepunkt war er in Afras Armen liegen geblieben und nach einer anstrengenden Woche mit etlichen Überstunden bald eingeschlafen. Kurz vor acht Uhr abends weckten ihn Afras Hände, die sein Glied stimulierten. Als Afras Zunge seine Eichel streichelte und bald darauf ihr Mund seine Männlichkeit aufnahmen, dauerte es nicht mehr lange, bis sich Afra mit gespreizten

Beinen über ihn beugte und sein steifes Glied in rhythmischen Bewegungen in ihren Schoß einführte.

Doch nach dem zweiten Höhepunkt hörte er bald Afras Aufforderung: »Du musst dich langsam auf den Weg ins *Cindy* machen. Damit Fiona und Simone nicht auf dumme Gedanken kommen, können wir nicht zu zweit im *Cindy* aufschlagen. Ich komme darum mit dem Roller nach. Du musst vor Fiona dort sein, an der Bar sitzen und auf deine Frau warten. Die begrüßt du dann stürmisch, als hätte sie dir sehr gefehlt!« Ein schelmisches Grinsen erschien auf Afras Gesicht. »Für den Rest des Abends und die Nacht hast du dann Fiona. Vielleicht verwöhnt dich auch deine Frau, sobald ihr zu Hause seid!«

So war es dann auch gekommen. Es war allerdings Fiona, die ihn an der Theke des *Cindy* stürmisch begrüßt hatte. Sie hatte ihn an sich gezogen, ihn geküsst und mit ihrem Zungenspiel eine Andeutung auf ihre sinnlichen Erwartungen für diese Nacht in ihm hinterlassen. Er hatte fast ausschließlich mit Fiona getanzt und nur wenig Gelegenheiten gehabt, sich mit Simone zu unterhalten. In einer Pause des DJs hatte er Simone ins Ohr geflüstert: »Wir sollten uns mal an einem ruhigeren Ort wiedersehen. Ich fände es schön, etwas mit dir zu klönen!« Simone hatte genickt und zustimmend ergänzt: »Ja, das machen wir!«

Zu Hause in der Wohnung ließ Fiona rasch ihre Kleidung fallen, bot ihm ihre Lippen zum Liebesspiel und zog ihn in ihr Bett. Odo folgte dieser Einladung willenlos und ohne rechte Lust. Er konnte nicht anders, denn jetzt war es seine Frau, die ihr Recht geltend machte.

Es folgte eine zärtliche und innige Begegnung. Mit streichelnden Händen entdeckte jeder den Körper des anderen und die Erregung wuchs. Fiona und Odo wurden eins, und als Odo danach sich in Fionas Arme fallen ließ, empfand er ein tief empfundenes Gefühl der Geborgenheit. Er fühlte sich zutiefst angenommen, ja, bei Fiona angekommen.

Als Odo auf der Bettkante sitzend den gestrigen Freitagabend Revue passieren ließ und sich der Tragweite seines Tuns bewusst wurde, war er leicht irritiert. Er konnte es fast nicht glauben, aber es war geschehen. Er hatte am Nachmittag und am frühen Abend zwei Mal mit Afra geschlafen, und dann, nach dem Abend im Klub, hatte er sich Fiona hingegeben. Doch wie verschieden waren die einzelnen Liebesakte, und wie gegensätzlich die Gefühle, die sie in ihm hinterlassen hatten!

Die spontane und erlebnishungrige Afra folgte impulsiv dem Reiz des Augenblicks. Was Zerstreuung und Lust versprach, zog Afra magisch an. Für neue Liebesabenteuer war die sinnliche junge Frau mit den blauen Augen und den langen schwarzen Haaren leicht zu gewinnen. Und Afra ließ sich gerne verwöhnen und überließ sich dem Rausch der Sinne, dessen Befriedigung süchtig machte, nach mehr verlangte … Ohne feste Absicht, ohne Gedanken an Bindung und feste Beziehung gab sie sich her, gab der Versuchung nach, kostete den Augenblick mit all ihren Sinnen aus.

Gestern hatte er sich bei Afra dem Rausch des Liebesspiels überlassen. In schnellen, orgiastischen Bewegungen waren beide in die Ekstase verfallen. Rasch hatten sie den Höhepunkt erreicht, und danach hatte sich Odo erschöpft auf das Laken neben Afra fallen lassen. Wie betäubt war er nach einer Pause aus diesem Rausch aufgestanden, hatte sich von Afra getrennt, sich auf den Weg zu seiner Frau in den Klub gemacht und mit ihr getanzt. Zu Hause dann hatte ihn Fiona in all ihrer Zärtlichkeit angenommen. Sanft hatte ihn Fiona liebkost und sich ihm hingebungsvoll geschenkt. Ihn ihr ganzes Ja, ihre uneingeschränkte Liebe und Geborgenheit spüren lassen.

Lange war er in Fionas Armen liegen geblieben. Fiona hatte ihn zärtlich angesehen und ihm über die Wangen gestreichelt. »Schön ist es mit dir!«, waren ihre Worte

Ja, es war schön mit Fionas, und ein tiefes Gefühl des Glücks und der Geborgenheit erfüllte Odo.

Odo fühlte sich zutiefst angenommen, und es war ihm, als wäre er angekommen.

31

Am Samstagvormittag saßen Vanessa und ihr Mann Ludwig beim Frühstück. Als Ludwig sein Cornetto mit Aprikosenmarmelade aufgegessen hatte, sah er vom Teller auf und blickte neugierig in Vanessas Gesicht. »Du fährst also am Dienstag zu deinem Sohn rauf nach München?« Vanessa schien sich über Ludwigs Interesse zu freuen. Sie sah ihn von unten an und lächelte. »Ja. Ich fahre gleich nach der Schule ins Parkhaus und gehe von dort zum Bahnhof. Da ich mit dem Unterricht nach der fünften Stunde fertig bin, kann ich mit dem Zug um 12.53 Uhr abfahren. So bin ich noch vor halb vier in München.« – »Und was sind deine Pläne?« Ludwig zog seine Augenbrauen hoch. »Theatinerstraße oder Maximilianstraße zum Shoppen?« Sein breites Grinsen deutete an, dass er die beiden Vorschläge nicht ernst meinte. »Du weißt doch, dass ich mal in das große Warenhaus am Marienplatz wollte. Und gemächlich über den Christkindlmarkt bummeln.« Vanessa machte eine Pause. Sie hob ihren Kopf und erklärte mit Bestimmtheit: »Ich werde auch Jonas treffen. Er hat sich bereit erklärt, mit mir über den Christkindlmarkt zu bummeln.«

Ludwig nickte. »Finde ich gut. Ihr habt euch schon lange nicht mehr gesehen! Freust du dich auf ein Wiedersehen mit Jonas?«, löcherte Ludwig und zog erneut die Augenbrauen hoch.

Ja, Vanessa freute sich über das bevorstehende Wiedersehen mit ihrem ehemaligen Liebhaber Jonas, dem Vater ihres Sohnes Linus. Sehr sogar. Es gab keine bestimmten

Erwartungen, die sie mit dem Wiedersehen verband. Aber sie hatte viel erlebt, und über die eine oder andere Erfahrung, die sie zutiefst verletzt hatte, wünschte sie sich mit Jonas auszutauschen. Sie hoffte, in einem vertraulichen Gespräch wieder in jene Zweisamkeit eintauchen zu können, die sich in der geschützten Umgebung ihrer Fahrgemeinschaft auf dem Weg in die Arbeit oder zurück nach Hause entwickelt hatte. Trotz ihrer über 20 Jahre bestehenden Ehe mit Ludwig hatte sie im Rückblick auf ihr Leben das Gefühl gewonnen, dass es für sie keinen Menschen gab, dem sie jemals so nahegekommen war, der sie so gut verstand wie Jonas. Mit keiner der Freundinnen, die Vanessa in Straubing gewonnen hatte, war sie so vertraut, dass sie ihnen ihren Schmerz, ihre Wut und ihre Enttäuschung über Ludwig anvertrauen wollte. Dagegen sprach der mehr kumpelhafte Ton des Umgangs in dieser Mädelsclique, in die Vanessa aufgenommen worden war. Da ging es nach den ersten Gläsern Sekt recht schnell hoch her. Es wurde gelacht und gekichert, und Vanessa wurde oft mit einem kleinen Stoß gepufft. Die Umarmungen drückten weniger persönliche Nähe und Vertrautheit aus als Übermut und Heiterkeit.

Vanessa konnte sich unter diesen Umständen schlecht vorstellen, ihr Herz einem Mitglied dieser Mädelsclique auszuschütten, denn sie befürchtete, ihre persönlichen Nöte würden zum Gegenstand von Tratsch und würden alsbald in Straubing die Runde machen.

Die wehmütige Erinnerung an die persönliche Vertrautheit, die durch die Fahrgemeinschaft mit Jonas in ihrer Zeit in München entstanden war, die Erkenntnis, in Jonas einen echten Vertrauten gefunden zu haben, war Vanessa in letzter Zeit wieder schmerzlich bewusst geworden.

Sie antworte darum nur mittelbar auf Ludwigs Frage, ob sie sich auf das Wiedersehen mit Jonas freue: »Vor allem bin ich gespannt, wie er sich entwickelt hat.«

Das war nicht die volle Wahrheit. In Wirklichkeit freute sich Vanessa sehr auf das Wiedersehen mit Jonas. Dem Dienstagnachmittag, für den sie sich an der Mariensäule auf dem Münchner Marienplatz mit Jonas verabredet hatten, fieberte Vanessa regelrecht entgegen.

32

Wollen wir Freitagabend mal zusammen über den Christkindlmarkt gehen?«, fragte Susanne und sah Aaron erwartungsvoll an. »Das ist eine großartige Idee, gerne. Bei uns gibt es in der Arbeit keine vorweihnächtliche Feier, und die Umgebung um das Motorama stimmt nicht wirklich auf Weihnachten ein, sieht man vom Weihnachtsmarkt am Weißenburger Platz ab. Da bin ich letztes Jahr mal mit einigen Kolleginnen und Kollegen auf einen Glühwein hingegangen. Der Weihnachtsmarkt am Weißenburger Platz ist wirklich sehenswert. Seinen besonderen Zauber bekommt er durch die kreisrunde Form des Platzes im Franzosenviertel in der Nähe des Ostbahnhofs.« – »Das klingt vielversprechend. Willst du mir den Platz mal zeigen?« – »Ja, liebend gerne. Die Thüringer Bratwürste gibt es dort auch!« Aaron lachte.

Aaron war auch als Theologe ein bodenständiger Mensch geblieben. Vor allem, was Essen und Trinken betraf. Er war kein Feinschmecker. Vielmehr sprach ihn gutbürgerliche Hausmannskost an, mitunter gerne auch herzhaft und deftig. Und er liebte Würste in jeder Form. Beginnend bei der Münchner Weißwurst in Begleitung von süßem Senf und einer frisch aus dem Ofen stammenden Breze über Wollwürste zu Schweinswürstchen auf Sauerkraut. Am allermeisten brachten dicke Bratwürste sein Herz zum Singen. Rostbratwürste, Thüringer Bratwürste oder Kalbsbratwürste zum Beispiel. Die letztgenannten waren zwar etwas dünner und er entdeckte sie nur selten auf der Speisekarte.

»Weißt du, ich wollte am Freitagnachmittag mal einige Abteilungen des großen Kaufhauses am Marienplatz durchmachen. Vielleicht finde ich noch passende Geschenke für Nicole und Daniel. Danach könnten wir uns an der Mariensäule treffen.«

Aaron stimmte liebend gerne zu. Er freute sich darüber, gemächlich am Arm seiner Frau über den Christkindlmarkt zu bummeln und die Weihnachtsdekorationen, die in einigen Buden zum Verkauf angeboten wurden, zu studieren. Und als kleinen Höhepunkt des Besuchs sich eine Thüringer in der Semmel mit scharfem Senf zu Gemüt zu führen. Abschließend erwähnte er noch eine besondere Attraktion. »Was wir aber unbedingt in der Adventszeit auch anschauen sollten, ist das Weihnachtsdorf im Kaiserhof der Residenz. Dort herrscht eine einzigartige Atmosphäre und der ganze Innenhof der Residenz verbreitet eine einmalige Ausstrahlung. Das können wir aber gerne auch mal extra machen. Zum Beispiel an einem Sonntag. In diesem Fall fahren wir mit der U-Bahn bis Odeonsplatz und bummeln dann an der Feldherrenhalle vorbei durch die Residenzstraße.«

Im Weihachtsdorf in der Münchner Residenz gab es seit 2015 einen intim wirkenden Markt aus Almhütten, die in der Mitte von einer Pyramide aus Holz überragt wurden. Zum ersten Mal hatte Aaron eine solche sich drehende Pyramide in Augsburg gesehen. Es hatte Aaron fasziniert, wie die Holzflügel der Pyramide sich drehten und unten die bunten Figuren an seinen Augen vorbeizogen. Er konnte sich kaum davon losreißen. Immer wieder hatten seine Augen die dargestellten Gestalten verfolgt.

33

Jonas freute sich wie ein Schneekönig auf das Wiedersehen mit Vanessa am 10. Dezember. Er hatte seiner Frau gegenüber erwähnt, dass Vanessa am Nachmittag mit dem Zug nach München fahren würde, um Weihnachtseinkäufe zu machen. Und aus diesem Anlass wollte sie auch ihren Sohn treffen. Was hatte näher gelegen als sie zum Jour fixe einzuladen, oder, wie Vanessa sich ausgedrückt hatte, zum »Stammtisch«? Vanessa in diesem äußeren Rahmen zu treffen, schien Jonas unverdächtig. Vanessa besuchte ihren Sohn und nahm ausnahmsweise an ihrem Jour fixe teil. Außerdem kam Jonas ein glücklicher Zufall zu Hilfe: Ebenfalls auf den späten Dienstagnachmittag fiel Amelies Weihnachtsfeier in der Bank, einem Höhepunkt für alle Mitarbeiter und leitenden Angestellten eines der größten Geldhäuser am Platz. Amelie war also aufgeräumt, und in Gedanken bereits bei diesem gediegenen Event ihrer Bank. Während Amelie sich mit ihren beiden Freundinnen Amanda und Sophia verabredete, um gemeinsam zu dieser festlichen Veranstaltung mit anschließendem Dinner zu gehen, besprach Jonas mit seiner ehemaligen Geliebten die Eckpunkte ihres Aufenthalts in München. Er wollte Vanessa um 15.37 am Zug aus Plattling abholen, mit ihr zum Marienplatz fahren und sie danach in einem Café auf einen Wiedersehensdrink einladen. In seiner Fantasie sah er sich auch schon Arm in Arm an der Seite von Vanessa über den Christkindlmarkt schlendern und den Weihnachtsschmuck bewundern. Danach würden sie sich für eine Stunde trennen. Vanessa wollte die einzelnen Abteilungen des großen Warenhauses in der Kaufinger Straße durcharbeiten, während Jonas sich den Viktualienmarkt und die große Buchhandlung am Marienplatz vornehmen wollte. In der Schmuckabteilung im Parterre des Warenhauses wollte er danach Vanessa wieder treffen und sie zum Jour fixe abholen. Linus würde direkt vom Verbindunghaus kommen, sein Sohn Niklas von der Uni.

In einer inneren Hochstimmung stand Jonas eine Viertelstunde zu früh am Dienstagnachmittag in der kalten Bahnhofshalle und wartete auf den Zug aus Niederbayern. Die Temperaturen waren seit dem Wochenende gefallen und mittlerweile nur noch leicht über Null Grad. Da Jonas sich angesichts der Kälte nicht setzen wollte, blieb ihm nichts anderes übrig, als sich mit bedächtigen Schritten die Füße zu vertreten. Auf und ab gehen, mal in Richtung Bahnsteigsende, danach zurück in Richtung Bahnhofshalle.

Als der Zug eingefahren war, dauerte es nicht lange, bis er Vanessa aussteigen sah. Freudig erregt ging er auf sie zu, zog sie an sich, und begrüßte sie mit den Worten: »Endlich!« Vanessa lächelte ihn an und antwortete: »Grüß dich Jonas, schön dass du mich abholst.« Vanessas verhaltene Begrüßung irritierte Jonas.

Ihr Willkommen schien sich auf das Geleit zu beziehen, das er Vanessa auf ihrem Weg in die Stadt angeboten hatte. Jonas schluckte kurz, überspielte seine Enttäuschung, indem er sich nach dem Verlauf ihrer Reise erkundigte. »Wie war die Fahrt?« – »Lange, zwei Stunden dauert das von Straubing bis nach München. Eine rechte Bummelei war das!«, fand Vanessa. Etwas verbindlicher klangen ihre

Worte: »Ist doch schön, dass wir uns wieder einmal persönlich austauschen können.«

Als sie die 5. Etage des Cafés mit dem Blick auf den Marienplatz erreicht hatten, fanden Vanessa und Jonas einen Fensterplatz mit Blick auf das Rathaus. Fasziniert blickte Vanessa hinunter auf die Mariensäule und die geschmückten Buden des Christkindlmarktes. »Einen wunderschönen Platz hast du für uns ausgesucht, Jonas, danke!«, bemerkte Vanessa gut gelaunt. »Ich wusste gar nichts von diesem Café mit dem fantastischen Panoramablick.« –»Ja, da haben wir Glück gehabt. Es gibt ja noch den Wintergarten mit dem Blick auf den Turm des Alten Peter und in Richtung der Alpen, aber ich finde diesen Teil des Lokals schöner.«

Als die Kellnerin die Bestellung entgegengenommen hatte, sah Vanessa mit einem herausfordernden Blick in Jonas Gesicht. »Jetzt erzähl du erst mal, was es Neues in deinem Leben gibt seit unserem letzten Treffen! Ich bin gespannt, was sich bei Dir getan hat!«

Jonas schluckte. Über große Veränderungen konnte er nicht berichten. Seine Frau Amelie hatte seinen Wunsch nach einem Sabbatjahr mit abwertenden Bemerkungen disqualifiziert. Das hatte Jonas tief gekränkt, zumal solche Sabbatjahre in seinem Kollegium am Gymnasium in Augsburg mittlerweile fast selbstverständlich waren. Er war frustriert. Doch das Urteil seiner Frau zum Thema einer beruflichen Auszeit war so hart und eindeutig gewesen, dass er resignierte und den Mut verlor. Amelie war auch nicht bereit gewesen, über eine gemeinsame Auszeit nachzudenken. Seine Frau war schon länger Stellvertretende Leiterin der Abteilung *Anlageberatung und Vermögensverwaltung für vermögende Kunden*, lebte für ihren Beruf, der sie innerlich ausfüllte und pflegte intensiven privaten Kontakt zu ihren Freundinnen Amanda und Sophia. Amelie lebte sparsam, wirkte in ihrer Art etwas hausbacken und hatte weder besondere geistige Interessen noch Neigungen oder Hobbys, denen sie ihre freie Zeit schenkte. Ihr Leben war gleichförmig und konzentrierte sich schwerpunktmäßig auf den Beruf, den Haushalt, ihre Familie und ihre beiden Freundinnen, mit denen sie nicht nur zusammen in die Kantine ging, sondern auch abends gelegentlich noch per WhatsApp chattete.

Seit Jonas Vanessa über den Christkindlmarkt geführt hatte und sie zu zweit vor einigen Auslagen mit kunsthandwerklichem Weihnachtsschmuck stehengeblieben waren und sich darüber unterhalten hatten, war Vanessa lebhafter und temperamentvoller geworden. Und als Vanessa ihm eben ein süßes Lächeln geschenkt hatte, bevor sie durch ihre Frage Anteil an Jonas Leben nahm, schien es Jonas, als wäre mit einem Mal wieder die vertraute Atmosphäre aus der Zeit ihrer Fahrgemeinschaft zum Leben erwacht.

»Weißt du, Vanessa, viel hat sich nicht verändert, seit du dich Ludwig zugewandt hast und dich nach Straubing hast versetzen lassen. Im Grunde genommen verläuft mein Leben in vorgezeichneten Bahnen. Das Sabbatjahr hat mir meine Frau madig gemacht, bevor ich einen Antrag stellen konnte. Außer einigen teuren Urlaubsreisen haben wir uns nichts geleistet. Aber selbst ein Highlight wie eine teure Kreuzfahrt in die Südsee verblasst durch die Rückkehr in den Alltag und die Herausforderungen des Berufs zu einer bloßen Erinnerung. Ich finde, Reisen und Urlaube verbessern unser Leben nicht nachhaltig. Sie verändern unser Leben überhaupt nicht und sind keine Komponenten eines erfüllten Lebens. Zum Glück haben wir beide unsere Berufe, wobei ich glaube, dass Amelie mehr für ihre Beratungsgespräche mit vermögenden Kunden brennt als ich für meine Physik- und Mathestunden vor den Schülern. Wenn ich so auf unser Leben schaue und mir dabei unsere beiden Berufe wegdenke: Da gibt es kaum Quellen von Wohlbefinden oder persönlicher Erfüllung. Durch die Routine, die alljährliche Wiederkehr des immer Gleichen ist mein Leben schal, ja langweilig geworden. Irgendwie bin ich zutiefst frustriert.«

Jonas schwieg und senkte seinen Blick. »So schlimm?«, fragte Vanessa nachdenklich. »Na ja, nicht ganz. Bei meiner Bilanz habe ich meine beiden Söhne und den Kontakt zu ihnen vergessen!« Jonas Gesicht hellte sich auf. »Siehst du, und es ist doch auch spannend zu sehen, wie aus Kindern Studenten werden, erwachsene junge Menschen, die dabei sind, an ihrer Zukunft zu arbeiten.« – »Ja, Linus und Niklas bauen an ihrer Zukunft, sie sind Schöpfer ihres Glücks!«, urteilte Vanessa und strahlte Jonas an. »Denk an die Prüfungen, die beide bis heute erfolgreich bestanden haben! Das sollte dich doch mit Freude erfüllen, Jonas, findest du nicht?«

Jonas lächelte still in sich hinein. Er nickte. »Daran denke ich viel zu wenig. Auch unser regelmäßiger Jour fixe ist jedes Mal ein Höhepunkt der besonderen Art für mich! Ein richtiges Highlight!« Jonas lächelte zufrieden in sich hinein.

»Dann hast du ja einen Stammtisch, auf den du dich regelmäßig freuen kannst!«, fand Vanessa.

Das Gespräch riss ab, Vanessa schwieg und starrte reglos vor sich hin. Vorsichtig tastete Jonas sich an Vanessas Leben in Straubing heran. »Linus erwähnte, dass du abends oft allein bist. Hat Ludwig mehrere Stammtische?« – »Stammtische, wenn es nur das wäre.« Vanessas Gesicht nahm einen harten, verbissenen Zug an. »Stammtisch!?«, höhnte sie. »Stadtrat, Ortsverband der Partei, Schützenverein und Rotary-Club, und bei einigen dieser Gremien hängt neben den regelmäßigen Treffen, Sitzungen, Schießübungen und so weiter noch so viel zusätzlich dran.« – »An wie vielen Abenden der Woche ist Ludwig denn weg?« – »Frag lieber, ob er abends überhaupt noch bei mir ist!«, stieß Vanessa aus. Ihr Gesicht hatte einen verbitterten Zug angenommen. »Nun ja, die Rotarier treffen sich wöchentlich in ihrem Klublokal. Dabei wird erwartet, dass jedes Mitglied wenigstens 50 % der Meetings besucht. Bei der Partei gibt es einen Stammtisch alle vierzehn Tage, und beim Schützenverein gibt es jeweils regelmäßig am Donnerstagabend die Möglichkeit, zum Schießen zu gehen. Auch da folgt auf das sportliche Training die Zeche bei Bier, Wein und Plausch. Vor Mitternacht kommt Ludwig da nicht nach Hause. Das sind schon mal zwei Abendtermine in der ersten und drei Abendtermine in der zweiten Woche. Außerdem ist Ludwig bei seinem Schützenverein, der sich stolz *Kgl. priv. Schützengilde Straubing* nennt Schriftführer im Schützenmeisteramt. Das bedeutet zusätzlich Mehrarbeit, die Ludwig meist am Samstag erledigt.« Vanessa machte eine Pause und seufzte. Sie fuhr fort: »«Weißt du, Jonas, dass er so oft abends weg ist, damit könnte ich noch klarkommen. Aber die Mitgliedschaft in einem Verein bringt Verpflichtungen mit sich und zieht Arbeit nach sich, die dann wie beim

Amt des Schriftführers am Wochenende erledigt werden muss. Und wenn ich am Samstag dann einen Ausflug oder einen Stadtbummel in Regensburg vorschlage, zieht er nicht recht, windet sich heraus. Er zieht es am Samstag lieber vor, die Sitzungsprotokolle zu schreiben und danach im Garten zu sitzen. Außerdem: wenn jemand so ehrgeizig wie mein Mann ist, dann strebt er natürlich nach Höherem. Ludwig hat sich in den Kopf gesetzt, Schützenmeister zu werden.« »Und was ist mit seinen politischen Ambitionen?« – »Da reicht ihm für den Moment sein Mandat als Stadtrat. Aber wer weiß, was ihm in der Politik noch für Flausen einfallen!«

Jonas hatte aufmerksam zugehört. Vanessa fühlte sich von ihrem ehrgeizigen Mann, der so gerne neue Beziehungen knüpfte und ein privates Netzwerk aufbaute, vernachlässigt. Ohne Zweifel hatte sie einen tüchtigen Mann geheiratet, der gutes Geld nach Hause brachte und ihr gegenüber großzügig war. Der in den letzten Jahren auch gesellschaftliche Reputation gewonnen hatte. Aber in seinem Leben hatte Vanessa nur einen Platz in der zweiten oder dritten Reihe. In ihrer Ehe vermisste sie Wärme und die persönliche Nähe ihres Mannes. »Du fühlst dich oft allein gelassen in deiner Ehe?« Vanessa schluckte. Resigniert fand sie die Worte: »Von meiner Ehe mit Ludwig hätte ich mir mehr erwartet.«

34

Das gemeinsame Essen zu viert verlief in einer entspannten und heiteren Atmosphäre. Nach dem ernsten und deprimierenden Bericht über die Verfassung ihrer Ehe war Vanessa wieder von der unbeschwerten Fröhlichkeit und dem Optimismus beseelt, die Jonas aus der Zeit ihrer Fahrgemeinschaft kannte. Vanessas unerschütterliches Vertrauen in das Leben, ihre zupackende Art, Herausforderungen und Prüfungen anzugehen, hatte Jonas immer imponiert. Vanessa war zusehends zu neuem Leben erwacht und hatte Linus ausgiebig nach den Prüfungen des Wintersemesters ausgefragt und wollte von ihrem Sohn auch erfahren, ob er genug Ruhe auf seiner Bude im Verbindungshaus zum Lernen habe. Auch für Niklas' Studienverlauf interessierte sie sich und stellte ihm einige gezielte Fragen, die ihr persönliches Interesse verrieten.

Um Viertel vor neun rüstete Vanessa zum Aufbruch. Jonas wollte sie zum Regionalexpress nach Passau begleiten, mit dem sie bis Plattling fahren konnte. Von dort würde sie mit der Regionalbahn weiter nach Straubing fahren.

Als sich Jonas und Vanessa am Bahnsteig gegenüberstanden, bedankte sich Vanessa für die Einladung. Sie lächelte Jonas an und sagte: »Der Nachmittag mit dir hat mir gutgetan.« – »Ich habe die Zeit mit dir auch genossen. Als du so ganz offen von dir erzählt hast, war das wie damals, als wir uns im Auto während der Fahrt über ganz Persönliches unterhalten haben. Wir sind uns wieder nähergekommen.

Das fand ich schön.« Vanessa senkte den Blick, dann gestand sie mit einem erzwungenen Lächeln auf den Lippen: »Bloß habe ich dir damals nicht so viel Ernstes und Trauriges erzählt. Aber ich fände es schön, wenn wir uns wieder über unsere ganz persönlichen Probleme und Nöte austauschen würden. Das haben wir jahrelang nicht mehr getan.«

Nachdem sie sich zur Verabschiedung umarmt hatten, wandte sich Vanessa dem Regionalexpress zu. Bevor sie ihren Fuß auf die Treppe des Einstiegs setzte, drehte sie sich nochmals zu Jonas um und er hörte die Worte: »Gell, wir schreiben uns!«

Während der Fahrt mit der U-Bahn in Richtung Pasing dachte Jonas über das Gespräch am Bahnsteig nach. »Was für Erwartungen verbindet Vanessa mit den Chats, die wir uns jetzt öfters schreiben werden?« Ihm war klar, dass durch die wechselseitigen Berichte aus ihrem Alltag, durch den Austausch ihrer Erfahrungen und Gefühle wieder persönliche Nähe und Vertrautheit entstehen würde. »Wir werden uns mit Sicherheit wieder näherkommen, das freut mich.«

Jonas wurde sich bewusst, dass die Distanziertheit, die kühle Sachlichkeit, mit der sie nach ihrer schmerzhaften Trennung am Telefon miteinander Dinge besprochen hatten, die ihr gemeinsames Kind Linus betrafen, seit heute Nachmittag überwunden war. Ihm war aber auch klar, dass er Vanessa nicht zurückgewinnen konnte, nicht zurückgewinnen wollte. Er hatte vor sich und seiner Frau seinen Ehebruch, aus dem Linus hervorgegangen war, eingestanden und sich wieder voll Amelie zugewandt. Er wollte ihr die Treue halten, mit ihr alt werden.

»Ein Neuanfang mit Vanessa wird das nicht!«, hielt Jonas nachdenklich fest.

35

12 Jahre später

»Ich hole jetzt Odo und Fiona von der Bahn ab und bringe sie danach zu Nicole!« Bereits in seine winterharte beige Daunenjacke gepackt, die schwarzen Lederhandschuhe in der Hand, zeigte sich Aaron zum Abschied seiner Frau Susanne unter dem Türrahmen des Wohnzimmers, bevor er sich zum Gehen wandte. »Willst du nicht noch deine Mütze aufsetzen? Am Bahnhof ist es um diese Jahreszeit empfindlich kalt.« – »Die habe ich in meiner Tasche!«, versicherte Aaron und verschwand im Stiegenhaus.

Draußen empfing ihn ein bitterkalter Januarabend. Der Schnee unter seinen Schuhen knirschte. Auf dem Weg zur Bushaltestelle ließ Aaron die letzten drei Wochen Revue passieren. An Heiligabend noch war er bei Daniel und Nicole gewesen, hatte mit seinen Eltern und mit seinem Bruder Jonas und dessen Frau Amelie und Niklas Wiener Würstel und Kartoffelsalat gegessen. Vor der Bescherung hatte er die Weihnachtsgeschichte aus dem Lukasevangelium vorgelesen. So, wie er es seit sechzehn Jahren immer getan hatte. All die vielen Jahre zuvor war er Heiligabend weder bei seinen Eltern noch bei seiner Frau gewesen, denn da war er noch Pfarrer einer katholischen Kirchengemeinde im Süden Münchens gewesen. Und hatte damit Heiligabend Dienst und feierte mit den Gläubigen in seiner Kirche das Hochfest der Geburt des Herrn. Es war in der Christmette, in der er als Zelebrant die Weihnachtsgeschichte aus dem

Lukasevangelium vortrug. Mit lauter Stimme, hinter dem Mikrofon, am Ambo stehend, dem Lesepult seiner Kirche.

Völlig überraschend hatte Daniel einen Tag vor Silvester einen Herzinfarkt erlitten. Es war sein zweiter, und leider hatte sein Herz nicht mehr die Kraft gehabt, länger zu schlagen. Kurz nach Neujahr verstarb Daniel im Alter von 90 Jahren.

»Eigentlich ein schönes Alter«, hatten Mitglieder und Freunde seiner Familie geurteilt. Wie oft waren Aaron diese Worte zugetragen worden. Leichthin gesagt, als Trost, um das Unausweichliche erträglicher zu machen? Oder war damit gemeint: »Er konnte auf ein langes, erfülltes Leben zurückblicken?«

»Eigentlich ein schönes Alter.« Über die tiefere Bedeutung dieses so leichthin daher gesagten Satzes hatte Aaron noch nicht nachgedacht. Vor dem Ausgang des Krematoriums zu einem Mitglied der Trauerfamilie gesprochen, war der Satz möglicherweise als Ausdruck des Trostes gemeint.

Als Aaron die Nachricht von Daniels Tod erhalten hatte, befiel ihn ein starker Schmerz. Zutiefst getroffen, fast benommen hatte er einen Stuhl gesucht, auf dem er zusammensank. Als er zu Hause im Wohnzimmer saß, ließ er seinen Gefühlen freien Lauf und ließ seine Tränen zu. Der Tod seines Vaters war ein großer persönlicher Verlust.

Er hatte ein inniges Verhältnis zu seinem Vater gehabt und war von allen vier Brüdern derjenige, der ihn in den letzten Jahren am häufigsten besucht hatte. Mit Susanne und Nicole hatten sie vor einigen Jahren gelegentlich kleine Wanderungen unternommen.

Jetzt konnte er ihn nicht mehr besuchen, mit ihm im Garten sitzen und plaudern. Er hatte seinen Vater geliebt, hatte seine strengen Ansichten mit Milde und Geduld ertragen. Vor allem: Er war dankbar für alles, was ihm sein Vater ermöglicht hatte. Jetzt galt es, in Würde Abschied zu nehmen. Dazu zählten für Aaron die Vorbereitungen des Requiems und ein gescheiter Leichenschmaus.

Was jetzt kommen würde, überließ er der Güte Gottes. Aaron hatte einen starken, unerschütterlichen Glauben. Er glaubte, dass Gott in Jesus Christus allen Menschen die Botschaft seiner väterlichen Liebe offenbart hatte und alle Menschen zu einem neuen Leben berufen hatte. Und er glaubte fest daran, dass am Ende seines Lebens Gott auf ihn wartete.

Aaron glaubte nicht nur an Jesu Botschaft und an seine Auferweckung aus dem Tod durch Gott, sondern auch daran, dass Gott ihn durch sein Leben führte. In der Bergpredigt, im sechsten Kapitel des Matthäusevangeliums, hatte er eine seiner liebsten Stellen in der Bibel entdeckt:

»Deswegen sage ich euch: Sorgt euch nicht um euer Leben, was ihr essen oder trinken sollt, noch um euren Leib, was ihr anziehen sollt! Ist nicht das Leben mehr als die Nahrung und der Leib mehr als die Kleidung? 26 Seht euch die Vögel des Himmels an: Sie säen nicht, sie ernten nicht und sammeln keine Vorräte in Scheunen; euer himmlischer Vater ernährt sie. Seid ihr nicht viel mehr wert als sie? 27 Wer von euch kann mit all seiner Sorge sein Leben auch nur um eine kleine Spanne verlängern? 28 Und was sorgt ihr euch um eure Kleidung? Lernt von den Lilien des Feldes, wie sie wachsen: Sie arbeiten nicht und spinnen nicht. 29 Doch ich sage euch: Selbst Salomo war in all seiner Pracht nicht gekleidet wie eine von ihnen. 30 Wenn aber Gott schon das Gras so kleidet, das heute auf dem Feld steht und morgen in den Ofen geworfen wird, wie viel mehr dann euch, ihr Kleingläubigen! 31 Macht euch also keine Sorgen und fragt nicht: Was sollen wir essen? Was sollen wir trinken? Was sollen wir anziehen? 32 Denn nach alldem streben die Heiden. Euer himmlischer Vater weiß, dass ihr das alles braucht.«

Um die Befriedigung der alltäglichen Bedürfnisse hatte sich Aaron nie Sorgen gemacht. Und dazu hatte er auch zu keinem Zeitpunkt seines Lebens einen Anlass gehabt. Als die Erzbischöfliche Finanzkammer die monatlichen Überweisungen eingestellt hatte, da half Susanne ihm weiter. Und es hatte nicht lange gedauert, bis er wieder bei der Landeshauptstadt München in Lohn und Brot kam. Er war froh und dankbar für die Stelle bei der Münchner Stadtbibliothek, die ihm angeboten worden war und freute sich, dass er in seiner täglichen Arbeit den Spuren seiner Leidenschaft folgen konnte: seiner Liebe zu den Büchern.

Nach dem Ende seines Dienstes als Pfarrer, als Verkündiger der Botschaft von Jesu Christi, als Spender der Sakramente und als Seelsorger, war er einer neuen Berufung gefolgt.

Wenn Aaron gelegentlich, mit Mitte 60, auf sein Leben zurückschaute, erfüllte ihn eine tiefe Dankbarkeit. Er hatte mit der aktiven Unterstützung seiner Eltern ein wunderbares und hochinteressantes Studium absolvieren dürfen, war mit Liebe und Eifer als junger Seelsorger auf die Menschen zugegangen. Später hatte er zusehends die Schattenseiten seiner Aufgaben und Lasten als Pfarrer und Leiter eines Pfarrverbands kennengelernt, sie mit Sorgfalt und Gewissenhaftigkeit getragen, durchgestanden und eine Lebensform ausgehalten, die ihn an seine Grenzen brachte.

Durch die aufkeimende Liebe zu Susanne bewertete er seinen Dienst als Pfarrer und Leiter eines Pfarrverbandes in einem neuen Licht. Und gelangte zu der Einsicht: Ich kann so nicht weitermachen, denn ich verliere mich selbst an mein Amt! Ich gehe drauf, wenn ich nicht auf die Stimme meines Herzens höre. Ich verfehle den Sinn meines Lebens, wenn ich bis zur Erschöpfung funktioniere und abends vereinsamt in mein Bett sinke. Und Susanne nebenbei als Freundin oder Geliebte heimlich zu treffen, das lehnte er innerlich ab. Auf zwei Gleisen wollte er nicht fahren. Aaron wollte sich selbst, seiner Kirche und auch Susanne gegenüber ehrlich sein. Aaron war ein gradliniger und offener Mensch. Er fasste den Entschluss, seiner ursprünglichen Berufung nicht mehr zu folgen.

Aaron hatte sich bewusst für Susanne entschieden und um Entpflichtung vom priesterlichen Dienst gebeten. Es war eine Entscheidung aus Liebe gewesen. Doch nicht allein aus Gefühl. Er hatte sich für die Ehe mit Susanne entschieden. Für eine neue Lebensform, eine andere Berufung.

36

Die kleine Trauergemeinde hatte sich aufgelöst, und alle machten sich auf den Heimweg von Daniels Verabschiedung und dem anschließenden Leichenschmaus.

Als Lisa und Luis in der S-Bahn nach Buchenau saßen, fragte Luis seine Frau: »Wie fandest du die Feier der Verabschiedung?« – »Ich fand sie schön und würdig. Ein Satz des Pfarrers hat mir besonders gefallen. *So groß ist Gottes Liebe, dass er uns auch im Tod nicht aus seiner Hand fallen lässt.* Das fand ich tröstlich und es macht mir Hoffnung.« – »Und ich war überrascht, dass der Geistliche auch uns Kinder namentlich erwähnt hat. Dadurch, dass er auch lobend erwähnt hat, was aus uns geworden ist, bekam die Vita meines Vaters eine sehr persönliche Note. Ich frage mich nur, wer von meinen Brüdern auf diese Idee gekommen ist?« – »Susanne sagte mir, dass sie und Aaron zur Besprechung der Trauerfeier zum Geistlichen ins Pfarrhaus gefahren seien. So wie ich Susanne kenne, trägt das Aarons Handschrift. Diese individuelle, persönliche Note.«

Nach einer Weile ergänzte Luis: »Ich bin schon froh, dass Susanne und Aaron zugesagt haben, sich jetzt um Mama zu kümmern. Wir sind in Buchenau doch etwas ab vom Schuss.« Lisa machte eine abwägende Bewegung mit ihrem Kopf. »Aber wir sind nicht aus der Welt. Du fährst schließlich jeden Tag mit der S-Bahn zur Arbeit in die Kanzlei. Vielleicht besuchen wir Nicole mal am Wochenende? Wenn Du möchtest, nach deinem Kanzleisamstag?« – »Ja, gerne, wenn du willst, kannst du schon vorausgehen und ich komme nach. Wir könnten Nicole zum Essen ausführen.«

Eine Weile schwiegen beide. Luis dachte über die letzten Besuche bei seinem Vater nach. In der letzten Phase seiner Trinkerzeit war das Verhältnis zwischen ihm und seinem Vater angespannt gewesen. Seine Krankheit hatte beide, Daniel und Nicole belastet, es hatte sie verzweifelt, ratlos gemacht. Das letzte Weihnachten, bevor er mit dem Trinken aufgehört hatte, hatte Nicole Lisa gegenüber durchblicken lassen, dass es Daniel am liebsten wäre, wenn er an Weihnachten nicht zu ihnen käme. Nicole hatte Lisa gebeten, mäßigend auf ihn einzureden. »Vielleicht schafft es Luis, mal an Weihnachten nicht zu trinken!«, hatte sie Lisa unter Tränen gesagt.

Aber Lisas Ermahnungen waren fruchtlos gewesen. Nach außen hin hatte Luis versprochen, erst nach dem Besuch bei seinen Eltern zur Flasche zu greifen. Aber schon vor dem Aufbruch, noch im Flur ihrer Wohnung hatte Lisa Luis' Fahne wahrgenommen. Luis gab sich charmant und gut gelaunt, aber jeder, der ihn besser kannte, musste den Schluss ziehen, dass er wieder getrunken hatte.

Als er dann zu den Anonymen Alkoholikern gefunden hatte, waren seine Eltern sehr erleichtert. Als sie bemerkten, dass er nicht mehr trank, wurde ihr beiderseitiger Umgang wieder unbeschwert, wie in alten Zeiten. Sein Vater lobte ihn für seine Entscheidung, fortan ein Leben in den *Zwölf Schritten* zu führen und das erste Glas stehen zu lassen. Anerkennend hatte Daniel die Worte gefunden: »Da kannst du stolz auf dich sein, Luis. Es gibt nur wenige, die den Weg aus der Sucht finden.«

Auf den qualvollen Entzug, den er unter Schwitzen,

Zittern, Herzrasen, innerer Unruhe und Schlaflosigkeit geschafft hatte, folgte nach den ersten Wochen der Abstinenz eine Phase der Euphorie. Es war ein schönes Gefühl, wenn er abends beim Schlafengehen feststellen konnte: »Ich habe wieder einen Tag ohne Alkohol geschafft. Auch wenn ich nicht alles erreicht habe und einiges in Zukunft besser machen möchte: Ich bin auf der sicheren Seite.« Und wenn er morgens aufwachte, ausgeschlafen und mit klarem Kopf, nahm er sich vor: »Nur für heute möchte ich nicht trinken.«

»Das erste Glas stehen lassen!« Diese Maxime unterstrichen einige AA-Freunde mit einem anschaulichen Bild. Sie verglichen das erste Glas mit einer Lokomotive, die einen Menschen auf dem Bahngleis überfährt. »Die Lokomotive bringt dich um, nicht der letzte Wagen!« Darum kam es darauf an, das erste Glas stehen zu lassen.

Nach einigen früheren Trinkpausen hatte Luis erfahren, dass mit dem ersten Schluck Alkohol bei einem Rückfall das alte Spiel wieder von vorne losging. Auf das eine Glas folgten weitere Gläser, dann die nächste Flasche. Der Körper gierte nach dem Stoff, und der alte Kreislauf von Nachschub besorgen, Trinken ohne Maß und Entsorgen der leeren Flaschen kam wieder in Gang. Ein anderer AA-Freund hatte die Losung verbreitet: »Ein Glas ist schwieriger als kein Glas!« Für Luis war klar: »Ich will nicht mehr in diese Hölle. Das möchte ich nicht noch einmal durchleben müssen.« Die Maxime: »Das erste Glas stehen lassen!« war für Luis das oberste Gebot seines neuen Lebens geworden. Auch im Angesicht von Problemen, unangenehmen Schwierigkeiten, Enttäuschungen und Ärger war der Griff zur Flasche für Luis keine Lösung. Ein anderer AA-Freund meinte dazu: »Du kannst Probleme und

Sorgen nicht mit Alkohol ertränken, denn Probleme können schwimmen.«

Nach der ersten Euphorie über das Leben ohne Alkohol hatte Luis nüchtern festgestellt, dass ein Leben ohne die Abhängigkeit vom Stoff zwar schöner, aber nicht einfacher ist. Im Verlauf der Jahre hatte sich Luis eine persönliche Werkzeugkiste mit Maximen zurechtgelegt, auf die er gerne zurückgriff. Eine dieser Maximen lautete: »Ich bin der wichtigste Mensch in meinem Leben. Ich bin für mein eigenes Leben verantwortlich. Ich erschaffe mir meine Wirklichkeit durch mein Denken, mein Fühlen, Sprechen und Handeln. Positive Gedanken erzeugen positive Gefühle.« Luis hatte erfahren, wie wichtig eine positive Einstellung ist. Dazu fiel ihm ein spanisches Sprichwort ein: »El que con buen ánimo acomete su trabajo, tiene hecho la mitad.« – »Wer gut gelaunt seine Arbeit anpackt, der hat die Hälfte geschafft.«

Luis hatte gemerkt: »Wenn ich jeden neuen Tag als Geschenk und als Herausforderung sehe, auf meine Fähigkeiten und Stärken setze und bereit bin, etwas daraus zu machen, dann fällt mir vieles leichter, als wenn ich die Arbeit und die täglichen Erledigungen nur als Last sehe.«

Eine weitere Maxime lautete: »Wie ich über mich selbst, die Mitmenschen und das Leben denke, so fühle ich mich.«

Er hatte auch gemerkt, wie wichtig es ist, sich selbst positiv zu sehen. »Selbstachtung, Selbstwertschätzung und Selbstliebe sind der Schlüssel zum Reich der Fülle«, hatte er bei dem Psychologen und Coach Robert Betz gelesen.

Luis hatte außerdem gelernt, sein Glück zu planen. »Wie wir leben, was wir tun, das wirkt sich auf mein persönliches Wohlbefinden aus.«

Vor allem hatte sich Luis einen anderen Umgang mit sich

selbst angewöhnt. Er achtete stärker auf seine eigenen Bedürfnisse, lernte, auch einmal »Nein!« zu sagen und wurde
geduldiger mit sich selbst. Klappte etwas nicht auf Anhieb,
gab er sich selbst die Chance, es noch einmal zu versuchen.
Luis wurde zufriedener, ausgeglichener. Und mit seiner Frau
Lisa verbrachte er mehr Zeit. Plante schon unter der Woche
gemeinsame Unternehmungen für das Wochenende mit
Lisa, denen er in freudiger Erwartung entgegensah.

Es kam Luis vor, als wäre sein Leben ohne Alkohol rei-
cher geworden. Unter Stoff hatte er vieles nicht gesehen
oder beachtet: das Singen der Vögel, wenn er das Haus
verließ, das Knospen der Sträucher, kleine Blümchen am
Wegesrand, der blaue Himmel über ihm. Dinge, die ihm
früher verborgen geblieben waren. Er lernte, in kleinen,
unscheinbaren Dingen das Wunderbare zu sehen, verweilte,
staunte und freute sich darüber.

37

Diesmal hatte Jonas das neue Jahr ohne gute Vorsätze begonnen. Einige Herzensanliegen hatte er bereits im alten Jahr in Angriff genommen.

An seiner Schule in Augsburg gab es einen *Arbeitskreis Schach*. Seit Beginn des neuen Schuljahres war Jonas Mitglied dieses Arbeitskreises. Nach einer theoretischen Einführung Ende September begannen die Teilnehmer im Wochenrhythmus, alle gegeneinander zu spielen. Die jeweiligen Gewinner einer einzelnen Partie qualifizierten sich für die Aufstiegsrunde und durften in der nächsten Runde weiter gegeneinander antreten. Im Dezember des vergangenen Jahres hatten sich zwei Spieler für die Siegerpartie qualifiziert. Das Spiel mit anschließender Siegerehrung sollte Ende Januar stattfinden.

Jonas hatte als Neuling auf diesem Gebiet darauf verzichtet, an dieser schulinternen Meisterschaft teilzunehmen.

Das neue Schuljahr hatte noch weitere Möglichkeiten eröffnet, bestehende Kontakte zu vertiefen. Zwei Kollegen hatten den *Treff Ü 60* gegründet. *Treff Ü 60* war kein Klub für tanzverrückte Seniorinnen und Senioren, sondern ein Stammtisch, der alle zwei Monate am letzten Donnerstag der ungeraden Monate in einem Lokal unweit des Augsburger Hauptbahnhofs stattfand. Die Initiatoren wollten damit für die Kollegen, die den letzten Abschnitt ihres Berufslebens erreicht hatten, eine Plattform bilden, um persönliche Kontakte zu vertiefen und vielleicht aus

Gleichgesinnten Freunde zu machen. Zum Stammtisch waren auch ehemalige Kolleginnen und Kollegen eingeladen.

Gespannt war Jonas im September und im November am Spätnachmittag mit dem Regionalexpress nach Augsburg gefahren. Zwar hatte es Jonas anfänglich etwas Überwindung gekostet, sich um halb fünf Uhr nachmittags ein zweites Mal auf den Weg in Richtung Augsburg zu machen. Doch er freute sich darauf, sich diesmal entspannt in den Regionalexpress zu setzen und sich nach Augsburg bringen zu lassen. Er hatte sein Handy aufgeladen und wollte während der Fahrt etwas Musik hören.

Beim letzten Treffen war er neben Jakob, einem Kollegen aus den Fachschaften Chemie und Biologie zu sitzen gekommen. Auf diese Weise erfuhr er, dass dessen Frau Apothekerin war und dass beide in einem Einfamilienhaus mit Garten in Moosach wohnten. »Aha«, hatte Jonas gut gelaunt gefeixt, das trifft sich doch bestens. Ein freistehendes Einfamilienhaus mit Garten, da baut deine Frau wohl Heilkräuter an, die sie in der Apotheke dann zu homöopathischen Tinkturen verarbeitet, und so verdient sie damit etwas nebenbei dazu?« – »Du wirst es nicht glauben, aber Heilkräuter haben wir tatsächlich in unserem Garten. Und Laura hat tatsächlich damit schon Tinkturen angesetzt. Als Biologe konnte ich das eine oder andere von meinem Fachwissen beisteuern. Aber das war eher ein Experiment für private Zwecke. Mir sind praktische Ergebnisse lieber und deshalb konzentriere ich mich auf den Gemüseanbau. Zwiebeln, Salat, Gurken oder Zucchini und so. In der warmen Jahreszeit macht es mir Freude, die Pflanzen beim Wachstum zu beobachten. Wenn ich von der Schule zurück bin, gehe ich erst durch den Garten und sehe mir die Ergebnisse meiner Aussaat an.« Als Jonas durch gezielte Fragen sein persönliches Interesse am Gemüseanbau durchblicken ließ, forderte ihn Jakob auf: »Weißt du was, am besten du kommst mal nach der Schule oder in den Pfingstferien zu mir. Dann zeige ich dir alles. Und nachher setzen wir uns mit einer Halben oder zwei in die Sonne.« Daraufhin sagte Jonas gerne zu. »Ja, gerne. Das interessiert mich wirklich. Zu Hause war das Gärtnern ja das Hobby meines Vaters, als er in Rente war.«

38

Wieder hatte Luis für Samstagvormittag zwei Mandanten in die Steuerkanzlei bestellt. »Was glaubst du, wann bist du mit der Arbeit fertig?«, fragte Lisa ihren Mann. »Der erste kommt um neun Uhr, und der zweite um halb elf. Ich müsste also um halb ein Uhr mittags fertig sein. Warum fragst du? Möchtest du mit mir am Samstagmittag zum Essen gehen?« Mit hochgezogenen Augenbrauen und einem fragenden Blick fixierte Luis seine Frau. »Ich habe mir überlegt, ob ich am Samstag mal Nicole in ihrem Haus besuche. Auf jeden Fall werde ich nachher mal mit Susanne telefonieren. Sie schaut unter der Woche öfters nach der Arbeit bei ihr vorbei. Vielleicht kann ich eine Besorgung übernehmen, etwas bei *Super* oder im Drogeriemarkt kaufen, was sie benötigt. « Luis nickte nachdenklich. Nach einer Pause meinte er: »Du hast ja recht, wir sollten Mama wieder mal besuchen. Wollen wir uns mittags treffen und sie dann gemeinsam besuchen?« – »Oh, ja gerne! Wir könnten danach in der Pizzeria, die auf dem Weg zur U-Bahn liegt, noch zum Essen gehen. Ich habe eh noch nichts zum Essen eingekauft.« – »Prima Vorschlag, das ist eine gute Idee.« Nach einer Weile schmunzelte er vor sich hin. Mit einem Lächeln im Gesicht wagte er die Frage. »Oder wollen wir uns auf dem Rückweg bei dem Feinkosthaus am Marienhof ein paar Häppchen kaufen? Du isst doch so gerne gefüllte Eier?« – »Das ist ein schöner Gedanke, aber sag, woher kommt deine plötzliche Großzügigkeit?« – »Na ja, die gefüllten Eier, die mit Spargel gefüllten

Schinkenrollen und der Rindfleischsalat mit Bohnen in der rosa Sauce sind allemal billiger als das Essen bei *Da Luigi*. Vergiss nicht, wie teuer die Getränke mittlerweile im Lokal geworden sind. Vor allem, wenn du zwei Gläser Rotwein bestellst!«, spitzte Luis. »Du bist gemein! Dafür esse ich im Restaurant nie eine Suppe, und einen Nachtisch bestelle ich auch nicht!«, protestierte Lisa. »Du hast ja recht. Ich hätte auch nichts dagegen, wenn du ein drittes Glas Rotwein bestellen würdest. Wir können uns das doch allemal leisten!« Wie zur Bekräftigung dieser Ansage schlug Luis mit beiden Händen auf seine Oberschenkel. Dann stand er auf. »Ich hole mir noch ein Glas Wasser. Kann ich dir noch etwas bringen, Lisa?« – »Gerne, zu einem Glas Ginger Ale sage ich nicht nein.« – »Bringe ich dir.« Schon war Luis aufgestanden und steuerte die Küche an.

Seit Luis ein Leben ohne Alkohol führte, hatte er wieder Freude am Essen bekommen. Er erfreute sich an den Kochkünsten seiner Frau und fand Wohlgenuss an den lecker zubereiteten Speisen. Jetzt, in nüchternem Zustand waren die Geschmacksnerven seines Gaumens wieder bereit, alle Nuancen der einzelnen Zutaten wahrzunehmen. Seit Luis ein neues Leben ohne Alkohol begonnen hatte, vernahm seine Frau wieder dankbare Worte und hörte Komplimente für ihre Kochkünste. Außerdem führte er seine Frau wieder regelmäßig zum Essen aus. In der nassen Zeit war er mit seiner Frau auch eingekehrt, doch meist nach der einleitenden Frage: »Gehen wir noch auf einen Drink?« Wobei es bei ihm als Alkoholiker nie bei einem Drink blieb. Und selten genug waren es nur zwei Bier, die Luis sich bringen ließ.

Auch hatte er sich einer Leidenschaft seiner Frau erinnert: gefüllte Eier aus dem Feinkosthaus am Marienhof. War er in Hochstimmung, leistete er für sich von einer anderen Theke in diesem Feinschmeckertempel gefüllte Trüffelleberpastete. Das kam selten vor, meist begnügte er sich mit Fleischpastete im Brotteig. An derselben Theke wurde auch diese Spezialität verkauft. Mit Sauce Cumberland versprach dies eine leckere kleine Brotzeit zu werden.

Die Bereitschaft, für Lisa Geld auszugeben und ihr teure Sachen zu kaufen, seine ursprüngliche Großzügigkeit, die Lisa zum Zeitpunkt der ersten Verliebtheit angenehm aufgefallen war, war wieder erwacht.

Und noch etwas hatte er sich seit der Abwendung vom Alkohol angewöhnt: Er leistete sich selbst auch etwas. Er achtete auf seine Bedürfnisse und Wünsche. Er hatte gelernt, gut zu sich selbst zu sein. Ja zu sich zu sagen, mit all seinen Schwächen, sich selbst zu lieben, zu achten und wertzuschätzen. Das war etwas Neues, eine Haltung, die er sich in der Abstinenz angeeignet hatte.

»Gut, dann rufe ich mal Susanne an«, urteilte Lisa und zog sich zum Telefonieren in das Schlafzimmer zurück.

Nach einer Weile erschien eine nachdenkliche Lisa unter der Wohnzimmertüre. Als sie wieder bei Luis auf dem Sofa Platz genommen hatte, begann sie: »Deine Mama wird vergesslich! Susanne war am Mittwoch bei ihr, und hat bei ihrem Besuch Nicole noch explizit an den Termin beim Internisten erinnert, ihr eingeschärft, dass sie am Donnerstag um 9 Uhr früh zu einem Termin in die Arztpraxis gehen muss. Nicole hat ihr geantwortet, dass sie das wisse und dass sie den Termin auch in ihren Kalender eingetragen habe. Als Susanne sie am Tag danach gefragt hat, ob der Arzt ihr ein neues Rezept ausgestellt habe, fragte sie ganz überrascht: *Welcher Arzt?* Und auf die Frage, ob sie denn beim Arzt gewesen sei, fiel sie aus allen Wolken. Eigentümlich fand Susanne auch, dass sie Mamas Geldbeutel im Kühlschrank fand.«

Luis erschrak über Lisas Bericht. Mit offenem Mund starrte er Lisa an. »Sollte meine Mutter unter Altersdemenz leiden?«, durchzuckte es ihn in seinem Kopf. Er war so betroffen, dass er nicht wusste, was er dazu sagen sollte. Sorgenfalten erschienen auf seiner Stirne, und mit gesenktem Kopf antwortete er nachdenklich: »Das verheißt nichts Gutes. Wir werden Mama Nicole unbedingt am Samstag besuchen. Ich mache mich unverzüglich auf den Weg, sobald ich die Unterlagen zur Steuererklärung meines zweiten Mandanten erhalten und auf Vollständigkeit geprüft habe. Wollen wir uns um halb zwei Uhr am Gleis der U 5 am Odeonsplatz treffen?« – »Ja, unbedingt! Das mit dem Essen entscheiden wir spontan auf dem Rückweg.«

39

Heute verließ Odo seinen Arbeitsplatz früher als sonst und fuhr in die Frankfurter Innenstadt, denn er wollte noch ein Parfum für Fiona kaufen. Die beiden Lieblingsmarken Fionas kannte er, und er wusste auch, von welchem Modeschöpfer sie stammten. Bei dem jeweiligen Namen erschien vor seinem geistigen Auge auch die entsprechende Verpackung. Beratung brauchte er keine, und damit blieb ihm die Qual der Wahl erspart. Er würde also nicht lange in der Drogerieabteilung verweilen und sich bald in die Schlange vor der Kasse einreihen können. Denn er plante, nach dem Kauf des Geschenks noch in der benachbarten Buchhandlung zu schmökern. Er suchte nach einer Anregung für die Lektüre der kommenden Feiertage. Er tauchte beim Lesen gerne in das Lebensgefühl vergangener Zeiten ein und verfolgte mit gespannter Neugier die menschlichen Schicksale der einzelnen Romanfiguren, zum Beispiel während des Kaiserreiches oder der Weimarer Republik. Besonders betroffen machten ihn Familiengeschichten, die in der Zeit des Dritten Reiches spielten. Aber lieber als den Schrecken der Naziherrschaft oder der sozialistischen Diktatur im zweiten deutschen Staat setzte er sich der Atmosphäre einer untergegangenen Welt aus, dem Habsburgerreich. Zahlreiche österreichische Schriftsteller erweckten in ihren Romanen eine längst vergangene Epoche zum Leben.

Gerne las er auch Familiensagas, die verwoben waren mit der Geschichte bekannter Unternehmen. Das schloss aber nicht aus, dass er auch einen Liebes- oder Familienroman las, der in der Gegenwart spielte.

Als er die Filiale der Drogeriekette verlassen hatte, schlenderte er gedankenverloren der Buchhandlung entgegen. Da vernahm er seitlich von sich eine bekannte Stimme. Es war Elisabeth, die Kunsthistorikerin aus seiner ehemaligen Wohngemeinschaft, die ihn mit großen braunen Augen aus ihrem breiten Gesicht fragend ansah. Sie war sich offenbar nicht sicher, ob sie in Odo ihren ehemaligen Mitbewohner von Simones Wohnung vor sich hatte. »Odo, bist du es?« – »Hallo Elisabeth, das ist aber eine nette Überraschung!« Odo hatte Elisabeth auf Anhieb erkannt. »So ein Zufall! Wer hätte das gedacht, dass wir uns nach so langer Zeit in einer so großen Stadt wiedersehen!« Gut gelaunt schob er scherzhaft die Frage nach: »Machst du auch Einkäufe für den Osterhasen?« Daraufhin mussten beide lachen.

Nach einem kurzen Austausch über den Grund ihres Stadtgangs und der Nachfrage nach dem allgemeinen Wohlbefinden schlug Odo vor, das Gespräch in einem benachbarten Lokal fortzusetzen. Als sie sich gegenübersaßen, eröffnete Odo das Gespräch mit der Frage: »Wie lange haben wir uns nicht mehr gesehen?« – »Wann bist du denn bei uns ausgezogen?«, erkundigte sich Elisabeth. Odo nannte das Jahr seines Auszugs, und stellte mit Erstaunen fest: »Das dürften gut und gerne 28 Jahre her sein, als wir uns zum letzten Mal gesehen haben.« Etwas erstaunt über diese Feststellung fragte Odo: »Und du lebst noch immer in Frankfurt?« – »Ich habe jetzt eine eigene kleine Wohnung in Kelsterbach, das liegt im Südwesten von Frankfurt. Gut zu erreichen mit der S 8 oder der S 9. Ich brauche mit der S-Bahn rund 15 Minuten auf dem Weg in die Arbeit. Meistens fahre ich mit dem Rad von meiner Wohnung zum Bahnhof Kelsterbach.« Mit großen Augen hatte Odo Elisabeths Gesicht gemustert und ihr gespannt zugehört. »Und wo arbeitest du, Elisabeth?« Elisabeths Mundwinkel weiteten sich, und mit einem Anflug von Stolz verkündete Elisabeth: »Ich arbeite jetzt im Städel Museum. Ich habe nach mehreren Zwischenstationen vor zwölf Jahren meinen jetzigen Arbeitsvertrag bekommen. Bei meiner Bewerbung hat mir die Tatsache geholfen, dass ich zuvor für mehrere andere Kunstmuseen gearbeitete habe, einmal in München und das andere Mal in Stuttgart. Eine Zeitlang habe ich für ein bedeutendes Auktionshaus Gutachten erstellt. Meine Geduld und meine Beharrlichkeit haben mir geholfen, nicht zu verzweifeln, immer wieder Bewerbungen zu schreiben. Dranzubleiben, nicht aufzugeben.« – »Oh, da gratuliere ich dir, Elisabeth! Dann hast du dein Lebensziel erreicht?« Vergnügt lächelte Elisabeth vor sich hin. »Ja, das hätte ich mir während des Studiums nie träumen lassen! Einen Arbeitsvertrag beim Städtischen Kunstinstitut und der Städtischen Galerie in Frankfurt!« Mit sichtlichem Stolz fuhr Elisabeth fort: »Wir sind ja, wie du sicher weißt, eines der bedeutendsten Kunstmuseen in Deutschland. Unsere Sammlung umfasst rund 3.100 Gemälde vom Mittelalter über die Moderne bis zur Gegenwartskunst. 700 Jahre Kunstgeschichte! Kannst du dir vorstellen, wie glücklich ich war, als ich den Vertrag unterschreiben konnte. Einen unbefristeten Vertrag bei so einem Museum!« – »Ja, da hast du wohl ins Schwarze getroffen! Darauf bist du wohl ein bisschen stolz?«

Elisabeth strahlte Odo mit leuchtenden Augen an. Sie nickte. »Das eigentlich Schöne ist der Gegenstand meiner

Arbeit: Die Malerei des 19. und frühen 20. Jahrhunderts. Der Impressionismus ist geographisch gesehen von seinen Ursprüngen her in Frankreich zu Hause, wo großartige Werke in den Jahren 1860 bis 1880 entstanden. Bedeutende Namen des Impressionismus sind dir sicher bekannt: Edouard Manet, Claude Monet, Edgar Degas, Pierre-Auguste Renoir und Camille Pissaro.

Die Maler des Impressionismus fingen in ihren Kunstwerken vor allem flüchtige Momente ein, dazu verwendeten sie sichtbare Pinselstriche, leuchtende Farben und bildeten die Spannung von Licht und Schatten ab. Eines der bekanntesten Bilder des Impressionismus ist von Claude Monet, der ihm den Titel gab: »Impression, Sonnenaufgang« und entstand im Jahr 1872.

Der deutsche Impressionismus entwickelte sich aus dem Naturalismus und die bekannten Werke deutscher Maler entstanden erst nach 1880, einige sogar erst im 20. Jahrhundert. Zu den bedeutendsten deutschen Impressionisten zählt Max Liebermann. Ein anderer Name dieser Epoche ist der Ostpreuße Lovis Corinth. Er hat in den 80-er Jahren des 19. Jahrhunderts in München gelebt und später in Berlin gewirkt. Der deutsche Impressionismus lebt weniger von kräftigen, leuchtenden Farben und dem Spiel von Licht und Schatten, wie das in den Werken der französischen Impressionisten aus den Jahren 1860 bis 1880 sichtbar wird. Bei den deutschen Impressionisten findest du in deren Werken mildere Farben und eine stärkere zeichnerische Präzision. Und an die Stelle sonnendurchfluteter Himmel treten bewölkte, graue Himmel.« Elisabeth gönnte sich eine Pause und führte ihr Weinglas an den Mund.

Odo hatte Elisabeth gebannt zugehört. Es hätte ihm

nichts ausgemacht, noch länger Elisabeths Vortrag zu lauschen. Die Art, wie sie über ihre Arbeit sprach, verrieten profunde Kenntnis ihres Fachs und Leidenschaft. Es war offensichtlich, dass Elisabeth für ihren Beruf brannte. Es war mehr als ein Beruf, den Elisabeth ausübte. Sie war ihrer Leidenschaft gefolgt und hatte ihre Berufung gefunden.

Nachdem Elisabeth ihr Glas leer getrunken hatte, beugte sie sich vor und sah Odo durch ihre dicken Brillengläser herausfordernd an. »Jetzt habe ich viel von mir erzählt. Doch nun zu dir, Odo. Bist du immer noch Pressereferent bei der Deutschen Bundesbank?« Odo nickte. »Ja. Und ich möchte da bis zu meinem Renteneintritt auch bleiben. Mittlerweile kenne ich mich in der Welt des Geldes, der Finanzen etwas aus. Das habe ich mir durch die Lektüre dutzender Bücher, tausender Seiten, angeeignet. Wie du ja weißt, bin ich studierter Politologe und habe ja als Journalist und Teilzeitredakteur im Bereich »Gesellschaft und Soziales« keine Erfahrungen mit der Finanzwelt besessen, als ich mich beworben habe. Ich vermute, meine Referenzen aus dem Medienhaus, für das ich gearbeitete habe, dürften vielleicht den Ausschlag gegeben haben, dass sie mich genommen haben. Sie hätten bei der Bundesbank ebenso gut einen Bewerber mit einem Master in Volkswirtschaftslehre einstellen können.« – »Das glaube ich nur bedingt. Wegen der vielen Außenkontakte und den Pressekonferenzen bist du für diese Aufgabe doch bestens qualifiziert!«, korrigierte ihn Elisabeth.

Odo machte eine Pause. In Gedanken verweilte er eine Weile bei seiner täglichen Arbeit.

Odo war mit seiner Stellung als Pressereferent bei der Deutschen Bundesbank mehr als zufrieden. Im Hinblick auf seine vorherige Tätigkeit als Teilzeitjournalist und Redakteur bei einem Medienverlag war er unendlich dankbar für die jetzige Aufgabe, die ihn innerlich erfüllte und immer wieder neu sein Wissen und sein Können herausforderten. Aber für den Gegenstand seiner Arbeit, die Welt des Geldes, brannte er nicht. Als er sich bei der Deutschen Bundesbank bewarb, hatte er zunächst nur eine neue Herausforderung gesucht. Und vor allem eines war ihm bei der Stellensuche wichtig gewesen: eine Vollzeitstelle zu finden mit geregelten Dienstzeiten. Und bei seinem neuen Job passten die Rahmenbedingungen und das Materielle. Diese äußeren Umstände hatten ihn bewogen, nach einem erfolgreich absolvierten Vorstellungsgespräch seinen neuen Arbeitsvertrag zu unterschreiben.

Und in der Tat füllte ihn seine Tätigkeit, vor allem das Gespräch mit Einzelnen und der Vortrag vor einem interessierten Publikum aus. Er war Vermittler zwischen der Institution »Deutsche Bundesbank« und einer fragenden, kritischen Öffentlichkeit. Diese Rolle gefiel ihm, ja, es kam ihm so vor, als wäre sie ihm auf den Leib geschnitten. »Hier bin ich richtig«, dachte er gelegentlich, wenn er nach einem anstrengenden Tag abends den Gebäudekomplex der Deutschen Bundesbank in Frankfurt verließ.

»Und Florina, die hat in ihrem Beruf doch auch mit den Finanzmärkten zu tun, habe ich das recht in Erinnerung?«, unterbrach Elisabeth sein Sinnieren. »Du meinst Fiona. Ja, sie ist nach wie vor bei der großen Fondsgesellschaft.« – »Bist du noch mit ihr zusammen?«, wollte Elisabeth wissen. »Ja, wir sind noch zusammen. Verheiratet sogar.« – »Und bist du noch glücklich mit ihr?« Mit einem prüfenden Blick sah Elisabeth schräg von unten zu Odo auf.

Odo war überrascht. Er hatte Elisabeth als eine zurückhaltende, nachdenkliche, wenngleich sehr interessierte Person in Erinnerung. Aber die Elisabeth, die ihm heute Abend gegenübersaß, war viel selbstbewusster, ja couragierter. Nur so konnte er ihre fast provokante Neugier verstehen.

»Weißt du Odo, warum ich frage? Ich habe dich in der Zwischenzeit, das ist vielleicht zehn oder fünfzehn Jahr her, mal in einer Bar gesehen, in die mich mein Chef eingeladen hatte. An deiner Seite war eine attraktive Frau mit schwarzen Haaren, und ich hatte das Gefühl, dass ihr euch sehr nahesteht. Oder küsst du für gewöhnlich deine Begleiterinnen auf den Mund, wenn du sie in der Stadt triffst? Ist das Standard bei dir?«

Odo schluckte. Ertappt! Elisabeth hatte ihn während eines Treffens mit Afra in der Bar beobachtet. Frankfurt war nicht groß, nicht anonym genug, um mit einer anderen Frau in der Öffentlichkeit ungestraft Zärtlichkeiten auszutauschen.

Als Odo sich wieder gefasst hatte, wiegelte er ab: »Ja, das war eine gute Bekannte, mit der ich mich damals ab und an getroffen habe. Aber das ist schon lange vorbei und ich habe sie selbst nicht mehr getroffen.« – »Das muss eine sehr gute Bekannte gewesen sein, mit der du sehr vertraut warst«, spitzte Elisabeth. Darauf bezog Odo keine Stellung. Er schwieg und blickte an Elisabeth vorbei ins Leere.

Odo hatte die Wahrheit gesagt. Afra war Teil seiner Vergangenheit, und er kannte sie schon, bevor Simone ihm ihre Freundin Fiona vorgestellt hatte, seine jetzige Frau. Und er war tatsächlich auch später, als er und Fiona schon ein Paar geworden waren, gelegentlich mit Afra ausgegangen und er hatte nach dem Abend im *Cindy* die Nacht mit Afra verbracht, als Fiona auf Geschäftsreise in London war. Ja, zwei oder drei Mal war er an einem Freitagnachmittag auch bei Afra gewesen und war ihr zum Liebesspiel in ihr Schlafzimmer gefolgt.

Doch je länger diese Dreiecksbeziehung währte, desto unwohler hatte er sich gefühlt. Bis er sich schließlich eingestehen musste, dass allein Fiona ihm jene Liebe und die Geborgenheit schenkte, die er gesucht hatte. Afra erregte seine Sinne, und die impulsive und leichtlebige Afra ließ sich auf ihn ein, nahm die Gelegenheit wahr und kostete jedes Liebesabenteuer leidenschaftlich aus. War der Rausch des Liebesspiels vorbei, hörten sich ihre Worte banal und empathielos an.

Recht bald hatte Odo bemerkt, dass Afra sich ohne innere Beteiligung verschenkte. Verabschiedete er sich nach einer gemeinsam verbrachten Nacht, ließ sie ihn ziehen ohne innere Verbundenheit, ließ ihn gehen, ohne auf die Andeutung eines Wiedersehens zu antworten. Blieb unverbindlich. Sie war wie ein Schmetterling, der von einer Blüte zur anderen fliegt. Und aus einigen Bemerkungen hatte Odo den Schluss gezogen, dass er nicht der einzige war, für den Afra auf ihrem Bett die Beine breit machte und den sie an sich zog.

Odo wollte nicht länger einer von vielen Beteiligten an Afras Liebesspielen sein. Ohne sich zu verabschieden, zog sich Odo von Afra zurück.

In Odo blieb eine intensive, lebhafte Erinnerung zurück, verbunden mit einem schalen Gefühl. Was hinter ihm lag war Liebesspiel ohne Liebe, Zusammenkommen ohne persönliche Bindung, ohne ein Gefühl der Zusammengehörigkeit. Letzteres konnte ihm nur Fiona schenken.

40

Mittwochmittag, und Susannes Schicht im Krankenhaus war zu Ende. Rasch steuerte sie die Garderobe an, um sich umzuziehen. Als sie den türkisfarbenen Schlupfkasack und die weiße Hose gegen ihre Alltagskleidung getauscht hatte, machte sie sich mit schnellen Schritten auf den Weg in Richtung der benachbarten Bushaltestelle. Während sie auf den Gelenkbus wartete, war sie in Gedanken bei Nicole. »Was erwarten mich heute wieder für Überraschungen?«, überlegte sie halb neugierig, halb in Sorge. Susanne war vorgestern erst bei Nicole gewesen. Diesmal fand sie Nicoles Portemonnaie nicht im Kühlschrank, sondern es lag auf dem Fensterbrett. Seinen festen Platz hatte der braune Geldbeutel in einer Schublade. »Immerhin schon ein Fortschritt. Diesmal nicht Kühlschrank oder die Ablage über der Hausbar, wo ihr Mann Mamas Portemonnaie schon ausfindig gemacht hatte. Aber wieso lag das Portemonnaie nicht in der Schublade auf seinem angestammten Platz? »Mama, willst du heute noch einkaufen gehen?«, fragte Susanne. »Aber nein, Kind, ich war doch am Vormittag schon bei *Super*. Und ich habe den Müll schon zum Wegtragen hergerichtet. Nimmst du den nachher noch mit hinunter, wenn du nach Hause gehst? Morgen kommen doch die Müllmänner.« – »Aber Mama, die Leerung ist doch erst übermorgen, am Freitag!« – »Nein, geleert wird morgen, das weiß ich! Heute ist doch Donnerstag.« Susanne seufzte und schwieg. Ihr wurde bewusst, dass ihre

Schwiegermama bei den Wochentagen manchmal durcheinandergeriet.

Für den vor zwei Wochen verpatzten Arzttermin hatte Susanne ihre Schwiegermutter in der Arztpraxis entschuldigt. Sie hatte einen neuen Termin für den Donnerstag der vergangenen Woche vereinbart. Zu diesem neuen Termin abends um halb sechs hatte Aaron seine Mutter vorsorglich begleitet. Beim abschließenden Gespräch beim Arzt hatte dieser auf Aarons Frage, ob der verpatzte Termin ein Hinweis auf eine beginnende Altersdemenz sein könnte, zurückhaltend geantwortet. »Dazu müsste ich mit ihrer Mutter einen Test machen. Es gibt Fragebögen, die wir Ärzte zusammen mit den Patienten durcharbeiten.«

Die Antwort auf eine mögliche Frage aus dem medizinischen Fragebogen zu beginnender Demenz bekam Susanne, als sie den Korb mit der Schmutzwäsche aus dem Badezimmer in der ersten Etage holen wollte. Susanne wollte bei dieser Gelegenheit das Schlafzimmer und die anderen Zimmer kurz durchlüften. Ein Teil der Arbeit war schon erledigt. Denn alle Fenster, sowohl in Odos Zimmer als auch die im Schlafzimmer, standen weit offen. Als Susanne Nicole leicht verwundert darauf ansprach, vernahm sie Nicoles besänftigende Worte: »Aber Kind, ich habe die Fenster doch gestern Abend eigenhändig geschlossen.«

Als Susanne im Keller Nicoles Wäsche sortierte, bekam sie eine weitere Antwort auf die Frage, ob Nicole an Altersdemenz erkrankt sei. Inmitten der Wäsche, die sie dem Wäschekorb entnommen hatte, fand sie eine angebrochene Schachtel mit den Pralinen, die sie Nicole zu Weihnachten geschenkt hatte. »Oh je, ich glaube, wir müssen überlegen, ob Nicole noch allein leben kann.«

In ihrem Innersten kannte Susanne bereits die Antwort auf diese Frage. Umso mehr, als Nicole sie gebeten hatte, die Wäsche für sie zu erledigen. Ein Vorgang, den sie jahrzehntelang frag- und klaglos ganz allein für die ganze Familie erledigt hatte. Doch letzte Woche hörte sie aus Nicoles Mund die Frage: »Machst du dann das mit der Maschine im Keller? Die vielen Knöpfe machen mich wirr. Ich weiß nicht mehr, welchen ich zuerst drücken muss.«

41

Obwohl Jonas den Stammtisch diesmal schon nach dem zweiten Bier gegen halb neun Uhr verlassen hatte, war er diesmal rechtschaffen müde, als er sich zu Fuß auf den Weg zum Parkplatz machte. Er nahm an, dass schuld daran der Umstand war, dass er am Nachmittag in der Schule geblieben war und in der unterrichtsfreien Zeit bis zu seinem Aufbruch eine Schulaufgabe und eine Kurzarbeit korrigiert hatte, die eine in Mathematik, die andere in Physik. Er überlegte, ob er altersbedingt schneller müde wurde. »Aber mit 62 müsste ich doch noch voll leistungsfähig sein. Ich fühle mich in der Früh, nach der ersten Tasse Kaffee genauso leistungsfähig wie eh und je.« Den Vergleich mit den anderen Kolleginnen und Kollegen des Stammtisches *Ü 60* brauchte er nicht zu scheuen. Unter den Aktiven war er der Einzige, der keinen Antrag auf Teilzeit gestellt hatte. Auch ein Sabbatjahr hatte er sich stets versagt. Dank einer Altersermäßigung betrug sein Unterrichtsdeputat mittlerweile nur noch 21 Wochenstunden, in denen er vor der Klasse stand. Auch physisch fühlte er sich fit und noch beschwerdefrei. Kein Vergleich zu einigen Ruheständlern, die er alle zwei Monate in diesem Kreis traf. Einigen sah man ihr biologisches Alter an. Sie bewegten sich gemächlicher, klagten auch über diese oder jene kleineren oder größeren Beschwerden. Ein ehemaliger Kollege aus der Fachschaft Deutsch litt unter Polyneuropathie und klagte über einen grellen, brennenden und manchmal sogar stechenden Schmerz in den Beinen und Füßen. Ein anderer ging schon am Stock, ein weiterer Kollege war eben nach einem Herzinfarkt aus der Reha entlassen worden.

Im Rückblick auf den zu Ende gehenden Tag hatte sich Jonas allerdings eingestanden, dass er normalerweise nicht so ehrgeizig war, an einem Nachmittag gleich zwei Schularbeiten zu korrigieren. »Vielleicht habe ich mir für heute etwas zu viel vorgenommen«, vermutete er. »Auf jeden Fall freue ich mich auf die Osterferien.« Morgen war Freitag vor Palmsonntag. Für Jonas ein kurzer letzter Schultag vor den Osterferien. Zwei Wochen ohne Unterricht lagen vor ihm. Zu korrigieren war nur noch eine kleine Leistungserhebung.

Nach den Osterferien, im Monat Mai, begannen die Abiturprüfungen. Eine beachtliche Herausforderung sowohl für die Prüflinge als auch für die Kursleiter und die Nachkorrektoren. Im Zusammenhang mit den mündlichen Prüfungen entstand Mehrarbeit bei den prüfenden Fachlehrern und ihren Beisitzern, deren Aufgabe es vor allem war, den Verlauf der Prüfungen zu protokollieren.

Als Jonas kurz vor zehn Uhr nachts die Wohnung betrat, fand er Amelie im Wohnzimmer sitzend in die Lektüre eines Romans vertieft. Sie legte ihr Tablet zur Seite, sah zu Jonas auf und bemerkte: »Schön, dass du wieder da bist!« Sie deutete auf den Sessel neben ihr und fragte: »Willst du mir noch kurz vom Stammtisch berichten?« Jonas nickte. »Ich hänge noch den Mantel und das Sakko in die Garderobe, dann habe ich Zeit für dich.«

Als er es sich auf dem Sessel bequem gemacht hatte, begann Jonas: »Heute war der Stammtisch schwach besucht. Das hat mich erstaunt, denn eigentlich sind wir weder in der typischen Urlaubs- noch in der Reisezeit. Also, Helmut, du weißt schon, das ist der Kollege, der den Herzinfarkt hatte, ist zurück aus der Reha. Zum ersten Mal dabei war heute Tom, der Kollege, der am Ende des letzten Schuljahres in den Ruhestand gegangen ist.« Amelie merkte beim Stichwort »Ruhestand« auf. »Hat Tom jetzt, nach einem halben Jahr im Ruhestand, möglicherweise Langeweile und ist froh, wenn er auf dem Stammtisch etwas Abwechslung findet?«, spitzte Amelie. »Ich glaube nicht, dass Tom sich langweilt. Er hat ein Haus mit einem großen Garten bei Wertingen. Im Schützenverein und in der freiwilligen Feuerwehr ist er auch aktiv, außerdem hat er schon mehrere Enkel. Soweit ich mich erinnere, wollte er in der Pension wieder Nachhilfestunden geben.« – »Sind denn bei euch am Stammtisch auch welche, die nach dem Ende des Schuljahres in Pension gehen werden?« Jonas nickte. »Ja, vom Stammtisch ist das Jakob, aber es gibt noch zwei weitere im Kollegium, die ab August in den vorgezogenen Ruhestand gehen.«

Mit großen Augen sah ihn Amelie an. Vorsichtig fragte sie »Und wie denkst du darüber?« – »Worüber denn: dass die Kolleginnen und Kollegen uns verlassen, oder wie ich über das Thema vorgezogenen Ruhestand denke?« – »Na du weißt schon, ich wollte dich fragen, ob der vorgezogene Ruhestand auch für dich ein Thema ist?«

Jonas horchte auf. Er war sichtlich überrascht, dass seine Frau sich nach seiner persönlichen Einstellung zu diesem Thema erkundigte. Zu präsent war ihm noch ihre ablehnende, gelegentlich auch zynische Reaktion zu seiner Überlegung, ein Sabbatical zu nehmen. Für ein Jahr sich vom Schuldienst beurlauben zu lassen. Zeit für Beschäftigungen zu haben, für die während des Schuljahres kein Raum blieb. Amelie hatte damals seine Überlegung mit den bösen Worten kommentiert: »Ein Jahr bummeln und gammeln.«

Jonas überlegte kurz, wie er den Ball, den ihm seine Frau zugespielt hatte, zurückwerfen sollte. »Wenn dich das wirklich interessiert, dann möchte ich auch deine Gedanken zu diesem Thema erfahren. Falls ich früher den Schuldienst verlasse, würdest du dann auch früher deinen Job bei der Bank aufgeben?«

Amelie senkte den Kopf und es schien, als suchte sie nach einer treffenden Antwort. »Wie du weißt, liebe ich meine Tätigkeit als Stellvertretende Leiterin des Bereichs *Vermögende Kunden*. Noch immer macht es mir Spaß, wohlhabende und in ihrem Leben erfolgreiche Menschen bei der Geldanlage beratend und begleitend zur Seite zu stehen. Es ist auch für mich immer wieder spannend zu sehen, wie der Kapitalstock, den sie zu Beginn meiner beratenden Tätigkeit investiert haben, gewachsen ist. Auch die Analyse der einzelnen Assets bringt immer wieder Überraschendes zu Tage, wenn man ihre Entwicklung einzeln unter die Lupe nimmt. Um auch weiterhin chancenreiche Investments zu finden, muss ich das Marktgeschehen intensiv beobachten, damit ich zukunftsorientierte und chancenreiche Aktien identifizieren kann. Zum Beispiel durch die Investition in Unternehmen, die im Bereich der künstlichen Intelligenz Produkte entwickeln oder noch besser Dienstleistungen mit KI anbieten. Bevor ich dem Kunden einen passenden Vorschlag für eine Neuinvestition unterbreiten kann, muss ich mir seine gesamte Assetallokation ansehen. Du weißt ja, dass Diversifikation nach Branchen, Regionen und Währungen ein Grundsatz erfolgreicher Aktieninvestments ist. So muss ich zum Beispiel darauf achten, dass der US-Anteil der

Investments nicht zu hoch ist. Das beinhaltet, dass ich mir sein ganzes Depot ansehen muss, um mir ein Bild über die Gewichtung der einzelnen Branchen und Länder machen zu können. Das leistet die Software nach ein paar Klicks in einem Kuchendiagramm. Eine leichte Aufgabe also, und ich sehe ruck zuck, wie hoch der Anteil der Investitionen in den USA ist oder wie stark die Informationstechnologie insgesamt gewichtet ist. Aber ich bemerke seit geraumer Zeit, dass es mir zusehends schwerfällt, die gewaltigen Mengen an Informationen zu studieren und die Quintessenz der einzelnen Beiträge in mich aufzunehmen. Wenn ich am Vormittag zwei Beratungsgespräche geführt habe, mir mit voller Konzentration die Wünsche und Zielvorgaben der Kunden angeeignet und protokolliert habe, bin ich mittags oft schon rechtschaffen müde. Wenn ich mich dann am Nachmittag erneut in die Zielvorstellungen der Kunden vertiefe und zum jeweiligen Wertpapierdepot passende Neuinvestitionen und eventuelle Depotanpassungen überlege, die ich den Kunden vorschlagen kann, geht die Uhr schnell auf halb vier. Und danach noch die neuesten Updates zu den einzelnen Märkten zu lesen, fällt mir zusehends schwerer.« Während Amelie eine Pause machte, fiel Jonas ein, dass sein unehelicher Sohn Linus, der studierter Volkswirt war, sicher auch einen Beitrag zur Entwicklung der einzelnen Märkte beisteuern könnte. Wenn er denn laufend die Updates dazu las.

Doch Jonas ersparte sich den Hinweis auf Linus. Vielmehr machte er seiner Frau ein Kompliment, indem er urteilte: »Dann bist du in all den Jahren eine versierte Kennerin des Finanzmarktes geworden. Darauf kannst du stolz sein. Hoffentlich wissen die Kunden deine kompetenten

Anlageempfehlungen zu schätzen.« Amelie lachte. »Ja, wenn die Kurse an der Börse steigen und zum Jahresende das Depot ein dickes Plus verzeichnet, dann höre ich zumindest keine Kritik. Kennst du die vier Gs, die ein Investor braucht, um Erfolg zu haben? Es sind Geld, Gedanken, Geduld und Glück.«

Amelie sank nach hinten zurück und gähnte. »Ich denke, wir schlafen mal darüber. Dann können wir vielleicht während der Osterfeiertage einmal darüber reden, ob für uns beide ein vorzeitiger Ruhestand eine Option wäre.«

42

Wieder einmal kam Susanne später als Aaron nach Hause. Sie hatte Nicole besucht, war mit ihr zu *Super* gefahren und hatte eingekauft, was im Haushalt zur Neige ging. Sie hatte sich zuvor zu Nicole an den Küchentisch gesetzt und hatte nach einem prüfenden Blick in den Kühlschrank und in den Vorratsschrank begonnen, eine Einkaufsliste zu erstellen. Danach hatte sie Nicole in den Mantel geholfen und sie zu ihrem japanischen Kleinwagen mitgenommen. Der Wagen stammte noch aus dem zweiten Jahr ihrer Ehe mit Aaron und war schon in die Jahre gekommen. Da ihr Mann darauf bestanden hatte, die regelmäßigen Wartungsintervalle einzuhalten und er den Wagen aus diesem Grund mindestens zwei Mal im Jahr in der Werkstatt vorführte, war der Wagen für sie beide ein treuer und zuverlässiger Begleiter über all die Jahre gewesen. Viele Urlaubs- und Städtereisen hatten sie zu zweit unternommen, zum Beispiel nach Budapest oder ins Burgund. Letztes Jahr waren sie mit dem Wagen über Rom nach Neapel gefahren, wo sie sich auf die Fähre nach Palermo auf Sizilien eingeschifft hatten. Dort hatten sie nach einer Stadtbesichtigung auch die berühmten Katakomben von Palermo besichtigt. Am dritten Tag waren sie mit ihrem eigenen Auto zu einer Inselrundfahrt aufgebrochen.

Susanne und Nicole kamen kurz vor der Kasse an der Abteilung mit den Hygieneartikeln vorbei. »Wie gut, dass wir hier vorbeikommen, Nicole. Du brauchst nämlich noch Seife, Nicole, und die stand nicht auf dem Einkaufszettel.

Nicole, wie ist es mit dem Klopapier? Hast du davon noch genug?« – »Aber ja, Kind!«, versicherte ihre Schwiegermama. Dem war allerdings nicht so, das musste Susanne nach der Rückkehr in das Haus ihrer Schwiegereltern feststellen. Sowohl im Erdgeschoß wie auch im Obergeschoß war bereits die letzte Rolle eingesetzt. Es war offensichtlich: Nicole hatte den Überblick über ihren Haushalt verloren!

Danach ging Susanne in den Keller und setzte die Waschmaschine in Gang. Sie wollte das Ende des Waschprogramms abwarten und danach die Wäsche zum Trocknen aufhängen. Die Zeit bis zum Ende des Waschprogramms verbrachten Susanne und Nicole bei einer Tasse Kaffee im Wohnzimmer auf dem Sofa, währenddessen eine Lieblingssendung Nicoles im Fernsehen lief.

Es war kurz nach sechs Uhr abends, als Susanne sich verabschiedete und draußen auf der Straße Nicole noch ein letztes Mal zuwinkte. Susanne wollte gerade in ihr Auto einsteigen, als sie von einer Nachbarin mit Hund angesprochen wurde, der sie offensichtlich durch ihre regelmäßigen Besuche im Elternhaus ihres Mannes aufgefallen war. »Frau Maier, nicht wahr?«, fragte die Nachbarin mit einem fragenden Blick. »Ja, ich habe gerade Mama besucht.« Eigentlich hätte Susanne lieber gesagt: »Ich habe gerade meine Schwiegermutter betreut«, aber sie verdrängte diese bedrückende Wahrheit im Gespräch mit Bekannten und Fremden. Die Nachbarin mit Hund zog die Leine straffer, und ihr entwich der Appell: »Bello, bleib bei mir.« Dann sah sie Susanne besorgt ins Gesicht und fand: »Das mit Nicole ist ja irre traurig!« – »Was meinen Sie damit?« – »Nun ja, gestern fand ich sie in der Querstraße, wo sie ihr Haus gesucht hat. Sie hat offensichtlich den Weg zurück zu ihrem

Haus nicht mehr gefunden. Ich habe sie dann nach Hause gebracht, und Nicole war sichtlich froh über meine Hilfe.«

Susanne erschrak. Sie wusste erst nicht, was sie darauf antworten sollte. Verlegen stammelte sie: »Danke. Vielen Dank für ihre große Hilfe.« Sie sah kurz zu Boden, dann fragte sie: »Sie wohnen im Haus gegenüber, nicht wahr?« – »Ja, genau gegenüber. Ute Schmidt. Wollen Sie mir für künftige Fälle Ihre Handynummer geben?« Susanne willigte ein und ließ sich auch Utes Handynummer geben.

Müde, erschöpft und tief besorgt betrat Susanne ihre Wohnung. Das fiel Aaron schon bei ihrem Betreten des Flurs auf. »Schlechte Nachrichten, Aaron. Das mit den Pralinen im Wäschekorb habe ich dir schon berichtet. Aber es gibt etwas Neues, was mich ganz betroffen gemacht hat. Stell dir vor: Auf dem Nachhauseweg, schon in der Straße, traf ich eine Nachbarin von gegenüber, sie heißt Ute Schmidt. Sie erzählte mir, dass sie gestern Nicole orientierungslos in der Querstraße fand. Mama fand offenbar nicht mehr zurück nach Hause. Ute hat sie dann zurück bis zu ihrer Haustüre begleitet. Ich glaube, wir sollten mit deinen Brüdern zusammen überlegen, wie es mit Nicole weitergeht.« Aaron blickte wie versteinert in Susannes Gesicht. Doch er fasste sich schnell, nahm seine Frau in den Arm und murmelte: »Komm ins Wohnzimmer.« Als beide Platz genommen hatten, urteilte er mit ernster Miene: »Du hast völlig recht. Auch ich mache mir große Sorgen. Diese Fehlleistungen meiner Mutter und die beginnende Orientierungslosigkeit zeigt doch, dass sie nicht mehr allein zurechtkommt. Wir müssen eine Lösung finden, und zwar schnell, um Schlimmeres zu verhindern.« Aaron verzog den Mund und sah zu Boden. »Was schlägst du vor«, fragte

Susanne mit einem erwartungsvollen Blick. »Ich werde mich mit meinen Brüdern kurzschließen. Am besten, wir setzen uns alle mal zusammen, wenigstens mit jenen, die in München und Umgebung wohnen und suchen gemeinsam nach einer Lösung.«

43

Nun erzähl doch mal von deinem zufälligen Treffen mit Elisabeth, Odo!« Mit einem herausfordernden Blick fixierte Fiona Odo. »Elisabeth hat mich in der Fußgängerzone gesehen und ist auf mich zugekommen. »Ich war baff erstaunt, dass sie mich mit meinen grauen Haaren noch erkannt hat«, feixte Odo gutgelaunt. »Ich habe sie an ihrem breiten Gesicht und der Brille mit den dicken Gläsern gleich erkannt. Sie ist mächtig stolz auf ihre Stelle beim Städel Museum. Sie ist auf die Malerei des 19. Und 20. Jahrhunderts bis 1945 spezialisiert.« – »Also den Stilrichtungen nach vom Realismus bis zum Expressionismus«, urteilte Fiona fachkundig. Odo nickte. »Und sie muss ein enormes Fachwissen besitzen. Sie hielt mir einen Vortrag über die deutschen und französischen Impressionisten, und sie kam richtig ins Schwärmen von den künstlerischen Leistungen bedeutender Vertreter dieser Epoche. Sie war in ihren Ausführungen gar nicht mehr zu bremsen. Auf mich wirkte sie viel sicherer und selbstbewusster als früher.« – »Wundert dich das, Odo? Sie hat sich mit Fleiß, innerer Inbrunst und Leidenschaft in die bildenden Künste vertieft, hat erfolgreich den Master in Kunstgeschichte gemacht, hat im Rahmen einer Spezialisierung eine Dissertation verfasst und wurde zum Doktor der Kunstgeschichte promoviert. Sie ist zur Meisterin ihres Fachgebiets geworden und hat eine großartige Position erreicht. Die neue Stelle muss doch eine große innere Befriedigung für sie sein.« Odo nickte: »Ja man merkt auch, dass sie darauf brennt, ihr Wissen anderen mitzuteilen. Sie hat mir sogar angeboten, für uns eine Führung durch die Abteilung *Moderne Malerei* zu machen. Fiona, möchtest du ihr Angebot annehmen?« – »Unbedingt! Wir könnten sie ja als Dankeschön nach der Führung zum Essen einladen. Und für mich gibt euer Zusammentreffen den Anstoß, wieder mal Simone anzurufen. Wir haben uns etwas aus den Augen verloren.«

Fiona machte eine Pause und versank in ein nachdenkliches Schweigen. Sie senkte den Blick und sann vor sich hin. »Worüber denkst du nach?«, durchbrach Odo die Stille. »Zuerst habe ich mich gefragt, wie es kommen konnte, dass der Kontakt zwischen mir und Simone so mir nichts dir nichts eingeschlafen ist. Weißt du, als ich noch studiert hatte, gab es einige Kommilitoninnen, zu denen ich im Verlauf des Studiums ein sehr persönliches Verhältnis aufgebaut hatte. Die echte Busenfreundinnen wurden, die mir auch mal ihr Herz ausgeschüttet haben. Viel mehr als in einer Mädelsclique. Ja, das waren für mich wirkliche Freundinnen, Vertraute auch in Herzensangelegenheiten. Und was ist aus diesen tiefen Freundschaften geworden? Im Rückblick kommt es mir so vor, als hätte sich unsere Bindung nach dem Abschluss des Studiums und dem Einstieg in das Arbeitsleben erst gelockert, dann schließlich durch unsere getrennten Wege aufgelöst. Und zurück bleibt nur noch die Erinnerung an gemeinsam Erlebtes und Durchlebtes. Odo, findest du so eine Entwicklung nicht schade?«

Odo dachte kurz nach, dann bemerkte er nüchtern: »Nun ja, mit dem Abiturzeugnis in der Hand endet die Schulzeit und ein jeder schlägt seinen eigenen Weg ein. Das gleiche tritt ein, wenn du den Master geschafft hast und die

Uni verlässt. Die gemeinsam zurückgelegte Wegstrecke ist zu Ende. Ab da gabeln sich die Wege, und die ehemaligen Kommilitonen und Kommilitoninnen zerstreuen sich in alle Himmelsrichtungen. Vergiss nicht: Während der Schulzeit und auch im Studium warst du Teil einer Schicksalsgemeinschaft. Es ist nur natürlich, dass du während dieser Zeit Gleichgesinnte findest, die dir sympathisch sind, die zu deinen Freunden werden. Später, während des Berufslebens, lernst du Menschen kennen, die eine ganz andere Lebensgeschichte hinter sich haben. Du findest sie vielleicht nicht einmal auf Anhieb sympathisch. Und doch, nach vielen Gesprächen entdeckst du Gemeinsamkeiten, oder du entdeckst an einem anderen Menschen etwas, was dich beeindruckt. Zum Beispiel sein bescheidenes, ruhiges Wesen, gepaart mit einer lebensbejahenden, zupackenden Art. Die du so noch nie an einem anderen Menschen entdecken konntest. Vielleicht stellt dir dieser andere Mensch eine Frage, hinter der nicht Neugierde, sondern persönliches Interesse an dir steht. Und du merkst, dass du dich freust, wenn du die andere oder den anderen zufällig wieder triffst, und du suchst ganz unbewusst seine Nähe. Das kann der Beginn einer tiefen Freundschaft sein. Ob daraus was wird, liegt an euch beiden. Und wenn es Freundschaft oder gar Liebe ist, dann ist die Grundlage dieser Freundschaft ungeteiltes Interesse ohne Nebengedanken am anderen, Mitgefühl, Zuneigung und Vertrauen. Und die Bereitschaft, sich gegenseitig Zeit zu schenken. Zuzuhören, den anderen anzunehmen, so wie er ist. Und ihn so zu lassen, wie er ist! Das können nur sehr wenige Menschen. Aus dieser Freundschaft, aus dieser Liebe entsteht ein Band, das beide eint. Auch wenn sie sich nicht täglich sehen.«

»Odo, hast denn du Menschen, mit denen du in dieser Weise verbunden bist?«, fragte Fiona und sah Odo mit großen Augen an. Odo senkte den Kopf und suchte nach Worten. Schließlich urteilte er: »Meine Freunde, die ich zum Oktoberfest einmal im Jahr treffe, sind doch eher Kumpel. Auch mit Jens, den ich regelmäßig per Chat zu einem Treffen einlade, wenn ich mich mal in München aufhalte, bin ich zwar befreundet, aber ich sehe kein festes Band zwischen uns beiden. Das Interesse und die Berührungspunkte sind doch eher oberflächlich. Um deine Frage zu beantworten, Fiona: du bist der einzige Mensch, mit dem ich mich durch ein solches Band verbunden fühle. Durch gemeinsame Werte und Überzeugungen, also mit dem Kopf, und durch meine Liebe zu dir, also mit dem Herzen.«

Fiona war aufgestanden, setzte sich neben Odo und schlang ihre Arme um seinen Hals. Sie führte ihre Lippen zu Odos Mund und es folgte ein inniges Spiel ihrer Zungen. Als sich Fionas Arme von Odo lösten, sah sie ihn verliebt an und hauchte: »Ja, mir geht es genauso. Du bist dieser Mann, mit dem ich mich durch ein starkes Band verbunden fühle.«

44

Es war Donnerstagabend, und wieder war Susanne nach ihrer Frühschicht bei Nicole gewesen. Heute wurde sie früher fertig als am Vortag, denn sie hatte nur nach Nicole gesehen und die Küche aufgeräumt. Danach hatte sie die Wäsche abgenommen, sie zusammengelegt und in den Schubladen und Schränken verstaut. Einkaufen fahren stand heute nicht auf dem Programm. Dazu hatte sich Aaron bereiterklärt. Er plante dies am Samstagvormittag gemeinsam mit Nicole zu erledigen. Für den kommenden Samstagnachmittag hatte er auch ein Treffen mit seinen Brüdern und deren Frauen arrangiert, soweit sie im Raum München lebten. Er hatte Jonas, Amelie, Lisa und Luis zu einer gemeinsamen Besprechung in das Haus seiner Kindheit und Jugendzeit eingeladen. Um dem traurigen Anlass zum Abschluss einen heiteren Ausklang zu geben, hatte er eine Südtiroler Marende mit Speck, Kaminwurzen, Essiggurken, Schüttelbrot, Pustertaler und Blauschimmelkäse in Aussicht gestellt. Natürlich durfte dazu ein angenehm weicher, milder Vernatsch aus der Gegend des Kalterer Sees nicht fehlen. Trotz des Ernstes der Situation freute sich Aaron auf das Zusammensein mit seinen Brüdern und deren Frauen. Es machte ihm Spaß, die Zutaten für diese Marende zu besorgen. Die Überlegungen zu diesem Einkauf lenkten ihn etwas ab, und die Vorfreude auf das Wiedersehen mit seinen Brüdern und deren Frauen hob seine Stimmung.

Aaron wollte Susanne entlasten und hatte ihr deshalb

angeboten, die anfallenden Einkäufe für ihren gemeinsamen Haushalt zu übernehmen, solange sie täglich nach ihrer Schicht im Krankenhaus in sein Elternhaus fuhr, um nach seiner Mutter zu sehen. Er selbst hätte unter der Woche erst gegen Abend zu seiner Mutter fahren können, um nach dem Rechten zu sehen. Er war seiner Frau sehr dankbar, dass sie täglich in sein Elternhaus fuhr und seiner Mutter zur Hand ging. Angesichts der beginnenden Demenz hatten er und Susanne seiner Mutter das Versprechen abgenommen, dass sie nicht mehr kochen würde. Schweren Herzens hatte er seine Mutter bei einem Essenslieferdienst angemeldet.

»Wie geht es denn Mama?«, empfing Aaron seine Frau mit einer Mischung aus Sorge und Neugier. »Was für Stückl hat Mama denn heute geliefert?«, fragte er mit einem unterdrückten Lachen. »Aber Aaron, du lachst und fragst gleichzeitig, wie es deiner Mutter geht? Ich jedenfalls finde diese Entwicklung bedrückend, ja deprimierend. Ich schlafe vor Sorgen nicht mehr gut, und du nimmst die ganze Situation von der lustigen Seite?« – »Nein Susanne, so ist das nicht. Mich beschäftigt der Gesundheitszustand meiner Mutter auch, sehr sogar. Ich habe mich sogar schon mit der Frage der Unterbringung in einem Altenheim beschäftigt. Doch komm erst ins Wohnzimmer. Soll ich dir einen Kaffee zubereiten?« – »Oh ja, gerne.«

Als Aaron den Kaffee vor Susanne hingestellt hatte, holte er sein Notebook, klappte es auf und suchte die Webseite eines Altenheims. Während er die Internetseiten rauf und runter scrollte, lehnte sich Susanne zurück und sah ihn erwartungsvoll an. Aaron blickte auf und begann mit seinen Ausführungen. »Ich habe mir die Preislisten einiger Anbieter angesehen, und ich musste feststellen, dass die

Unterbringung bei Pflegestufe 2 und höher ein teures Vergnügen wird. Vor allem im Einzelzimmer.« Aaron nannte einen Preis für die monatlichen Kosten. »So teuer?«, entfiel es Susanne. Aaron nickte. »Das Problem ist, dass wir vor einer Rechnung mit vielen Unbekannten stehen. Ich werde für uns alle einen Kassensturz von Nicoles Finanzen machen. Ich werde bei meinem nächsten Besuch Nicole nach allen relevanten Unterlagen fragen: Rentenbescheid, Zusatzversorgung, gegenwärtige laufende Kosten, Ersparnisse, Zinseinnahmen und andere Kapitaleinkünfte. Und ich werde bei der gesetzlichen Krankenkasse nach den Zuschüssen aus der Pflegeversicherung fragen. Dann werden wir die Einnahmen den zu erwartenden Ausgaben gegenüberstellen.« Aaron machte eine Pause und lehnte sich zurück. Nachdenklich hielt er fest: »Mir schwant nichts Gutes, Susanne. Ein großes Wertpapierdepot mit laufenden Erträgen aus Zinsen und Dividenden werden meine Eltern nicht haben. Unsere Eltern haben zwar ein Haus gekauft und bis vor fünfzehn Jahren monatlich die Hypothek abgetragen, aber daneben blieb bei vier Kindern nicht viel übrig, um Kapitalvermögen aufzubauen. Ich fürchte, da wird nicht viel Kapitalvermögen bei der Bank anzutreffen sein.«

Nach einer Pause ergänzte Susanne: »Vergiss nicht, alle von euch sind auf das Gymnasium gegangen und haben nachher studieren können.« Aaron nickte zustimmend: »Ja, das ist wohl die eigentliche Lebensleistung meiner Eltern, Kinder groß zu ziehen und ihnen eine gute Ausbildung zu ermöglichen. Und nicht das Sparen und Anlegen von Geld. In die Aktienmärkte investieren, so wie das mein Bruder Luis kann.« Ein wissendes Lächeln erschien auf Susannes

Gesicht. Sie hatte an eine Bemerkung Lisas denken müssen. »Warum lächelst du, Susanne?« – »Es haben ja nicht alle Frauen einen Mann, der Freiberufler ist und seinen Auftraggebern hohe Kostennoten schickt, wie das bei Lisa und Luis der Fall ist.«

Aaron ging auf Susannes Bemerkung nicht ein. Er mochte seinen Bruder Luis. Aber er wusste um seine frühere Arbeitssucht und seine Krankheit. Diese Krankheit hatte Luis zum Stillstand bringen können und durch die regelmäßige Teilnahme an den *Meetings der Anonymen Alkoholiker* hatte er sich ein Leben ohne Alkohol bewahrt. Aber nach Aarons Auffassung arbeitete Luis noch immer zu viel. Aus Susannes Erzählungen wusste er, dass Luis jetzt zwar wieder mehr Zeit mit seiner Frau verbrachte. Dass beide viel zusammen unternahmen, dass er seiner Frau gegenüber großzügig war und ihr noble Geschenke machte. Aber Aaron war sich nicht sicher, ob Luis nicht doch in seiner Einstellung zu seinem Beruf als Steuerberater seinem alten Verhaltensmuster verhaftet geblieben war. Und jetzt, da er nicht mehr trank, ganz in der Bearbeitung der Steuerakten seiner Mandanten aufging und nur schwer eine Trennlinie zwischen Arbeit und freier Zeit für Lisa ziehen konnte. »In diesem Fall wäre an die Stelle der Trunksucht Arbeitssucht getreten. Eine klassische Suchtverlagerung also«, hatte Aaron überlegt.

»Auf jeden Fall werde ich das Gespräch mit meinen Brüdern vorbereiten und alle Zahlen, die wir brauchen, zusammentragen«, schloss er. Er senkte den Blick und sann vor sich hin. Die Frage, die ihn umtrieb, betraf Nicoles Unterbringung in einem Altenheim. Vor allem die Frage, wie seine Mutter sich zu diesem Schritt stellen würde. »Ich habe Mama noch gar nicht gesagt, dass wir der Meinung sind, dass sie nicht mehr allein leben kann. Und dass sie über kurz oder lang ihr Haus aufgeben und in ein Altenheim umziehen muss.« Aaron biss sich auf die Lippen. »Weißt du, Susanne, da mache ich mir ernste Sorgen, wie wir ihr diesen Schritt nahebringen können. Vor allem, wie sie unseren Vorschlag aufnehmen wird.«

45

An diesem Freitag hatten Aaron und Susanne ihre Rollen getauscht. Susanne war nach ihrer Schicht ins benachbarte Einkaufszentrum gefahren und hatte dort im Drogeriemarkt ein paar persönliche Utensilien eingekauft. Danach war sie auf die Idee gekommen, bei ihrem Frisör anzurufen und einen Termin auszumachen. Elvira, ihre Frisörin, schlug ihr Dienstagnachmittag vor. Zögernd fragte Susanne jedoch: »Können Sie mich vielleicht am Samstag noch einschieben?« Susanne war überglücklich, als sie Elvira sagen hörte: »Sie haben Glück, eben hat eine Kundin abgesagt. Was ist mit morgen Samstag, 10 Uhr?« Innerlich machte Susanne einen Luftsprung vor Freude. Das passte wie der Deckel auf den Kochtopf. Aaron plante, am Samstagvormittag mit Nicole zum Einkaufen zu fahren. Und nachmittags würde sie mit ihrer neuen Frisur ihre Schwägerinnen Amelie und Lisa begrüßen. »Ja, sehr gerne. Elvira, bis morgen Samstag, zehn Uhr.«

Als sie in den Chatroom ging, fiel ihr eine neue WhatsApp von Lisa auf. »Hallo Susanne, Luis und ich wollen euch gerne helfen. Luis schlägt vor, dass wir schon zum Mittagessen zu Nicole kommen. Wir könnten Weißwürste mit frischen Brezen mitbringen. Gib mir Bescheid. Falls es dir recht ist, frage ich auch Amelie und Jonas, ob sie schon zum Mittagessen zustoßen wollen. Liebe Grüße von Lisa und Luis.«

Zu Hause in ihrer Wohnung angekommen, stellte Susanne fest, dass es noch nicht einmal vier Uhr war. Aaron

war noch bei Nicole, und so hatte sie noch etwas freie Zeit
ganz für sich. Etwas Muße, um sich zu entspannen. Wie
lange war es her, dass sie so früh nach Hause gekommen
war? Als Susanne den Mantel in der Flurgarderobe aufgehängt hatte, kam ihr eine Idee. »Ich werde mir ein Bad
gönnen«, beschloss Susanne gutgelaunt. »Ein richtiges
Duft- und Entspannungsbad.«

Lisas Vorschlag mit dem gemeinsamen Weißwurstessen
am kommenden Samstag gefiel Aaron auf Anhieb. »Gute
Idee. Dann können wir gestärkt in die Sitzung, äh, ich
meine Besprechung gehen. Weißt du was mich besonders
freut? Dass die Idee von Luis kommt. Ehrlich gestanden
bin ich angenehm überrascht. Ich habe nämlich schon be-
fürchtet, dass Luis mit einer halben Stunde Verspätung
aus der Steuerkanzlei bei uns eintrudelt.« – »Da tust du
deinem Bruder aber Unrecht!«, wehrte Susanne ab. »Das
war mal so bei Luis. Aber seit er ein neues Leben ohne Alkohol begonnen hat, nimmt er sich für seine Frau wieder
Zeit. Er geht sogar mit Lisa wieder bummeln und shoppen,
wie er das in seiner ersten Verliebtheit gerne getan hat.« –
»Das habe ich nicht gewusst. Dann hat AA doch auch eine
positive Wirkung auf die Angehörigen.« Susanne dachte:
»Solange er nicht rückfällig wird und damit in sein altes
Fahrwasser gerät.«

46

Jonas und Amelie waren am Samstag die ersten, die zum Weißwurstessen und zur geplanten Familienkonferenz bei Nicoles Haus anlangten, jenem Haus, das Daniel und Nicole vor fast 50 Jahren Jahren gekauft hatten und in dem die vier Brüder ihre Kindheit und Jugendzeit verbracht hatten. Ein merkwürdiges Gefühl ergriff Jonas, als er nach einem langanhaltenden Druck auf die Klingel feststellte, dass niemand zur Türe kam. Während all der Jahre, in denen er nach seinem Auszug von zu Hause seine Eltern besucht hatte, war auf sein Klingeln hin alsbald das Licht im Flur angegangen und Daniel oder Nicole waren erschienen und sperrten die Haustüre auf. »Nanu, niemand da?« – »Dann sind Mama und Aaron noch unterwegs«, bemerkte Amelie. »Hast du den Schlüssel bei der Hand?« Jonas nestelte in seiner Sakkotasche und brachte den Schlüssel seines Elternhauses zum Vorschein. Er sperrte auf und sie betraten das leere Haus. Es war ein eigentümliches Gefühl, das vertraute Zuhause in einer völlig veränderten Situation wiederzufinden. Das leere Haus, die ungewohnte Stille. Fast kam es Jonas so vor, als betrete er eine fremde Wohnung.

Jonas und Amelie hängten ihre Jacken in der Garderobe auf und setzten sich an den Tisch im Wohnzimmer. Doch kaum hatten sie sich gesetzt, als Luis und Lisa sich an der Haustüre bemerkbar machten. Jonas begrüßte die Ankömmlinge. »Hallo ihr beiden! Ich freue mich, euch zu sehen!« Und zu Luis gewandt, fragte er: »Warst du heute schon in der Kanzlei?« – »Nein, das mache ich nur noch ein Mal im Monat. An den anderen Samstagen mache ich mit Lisa ein Programm.«

Als alle nach dem gemeinsamen Mittagessen auf der Sitzgruppe Platz genommen hatten, eröffnete Aaron die Besprechung. »Nicole, uns ist aufgefallen, dass dir vieles im Haushalt mittlerweile schwerfällt. Du hast mir und auch Susanne versichert, dass du dankbar bist, wenn wir mit dir zum Einkaufen fahren. Vor allem bist du froh, dass du nicht mehr kochen musst. Dass Susanne mit dir zum Arzt geht und für dich die Wäsche macht.« Nicole, die neben Susanne saß, nickte zustimmend. Sie legte ihre Hand auf Susannes Arm und sagte verklärt lächelnd: »Ja, ich bin ja so froh, dass du mich immer wieder besuchst. Das finde ich schön. Kommst du heute Abend wieder zu mir?«

Ein betretenes Schweigen griff Raum, und es entstand eine Pause. Nicole hatte nicht nur Probleme mit der räumlichen Orientierung, sondern auch mit der Erfassung von Tageszeiten und dem Zeitablauf. Diesmal war es Luis, der den Gesprächsfaden wieder aufgriff. »Susanne und Aaron sind jeden Tag bei dir. Wir sind den beiden unendlich dankbar dafür, dass sie dir helfen. Es tut mir und Lisa sehr leid, dass wir unter der Woche nichts für dich tun können. Wir wohnen einfach zu weit weg. Aber Lisa und ich finden, dass du nicht mehr allein leben solltest. Wir können dir nicht die Unterstützung geben, die du brauchst. Aaron und Susanne haben beide ihre Berufe und können das, was du brauchst, allein nicht leisten. Aaron hat ein neues Zuhause für dich gefunden, und wenn du möchtest, fahren wir mit dir dorthin und zeigen es dir.« – »Aber hier bin ich doch zu Hause! All die Jahre war ich in diesem Haus mit Papa glücklich, es war schön und es gefällt mir hier immer noch!«

Luis murmelte leise: »Ja, es ist schwer, einen alten Baum zu verpflanzen.« Aaron lächelte Nicole an, dann brachte er einen anderen Gesichtspunkt zur Sprache. »Sag mal, Mama, jetzt, wo Papa tot ist, wie kommst du mit dem Alleinsein zu Rande?« Nicole sah Aaron dankbar an. »Ja, allein sind die Tage unendlich lang. Und ich fühle mich einsam, wenn ihr mich nach einem Besuch wieder verlässt.« – »Erinnerst du dich noch an die Weihnachtsfeier der Senioren in der Pfarrei, an der du mit Papa teilgenommen hast? Ich habe euch abends abgeholt und ihr wart beide ganz beschwingt. Du hast mir selbst gesagt, dass dir der gemeinsam verbrachte Nachmittag mit den Senioren sehr gefallen hast. Du hast förmlich geschwärmt für die netten Menschen, mit denen ihr am Tisch saßt. So etwas kannst du öfters haben, wenn du im Altenheim lebst. Da gibt es immer wieder solche Nachmittage, an denen ihr singt und Kaffee und Kuchen bekommt. Und es gibt auch einen Gemeinschaftsraum, in dem ihr die Mahlzeiten einnehmt. Du hast nette Nachbarn, mit denen du reden und lachen kannst …« Luis ergänzte: »So ein Haus, in dem du nicht mehr allein bist, können wir dir zeigen. Wir werden dort mit dir Kaffee trinken und Kuchen essen. Wenn es dir dort gefällt und wenn du es möchtest, kannst du dort mal ein paar Tage Urlaub machen!«

47

Obwohl Nicole sich mit Händen und Füßen gegen den Einzug in ein Altenheim wehrte, blieben die Brüder bei ihrem Angebot. Luis hatte mit immer neuen Argumenten seine Mutter umgarnt und war sichtlich bemüht, ihr die Zustimmung zum Umzug in das Altenheim abzuringen. Während Jonas eher in der Rolle des Beobachters und Zuhörers verharrte, versuchte Aaron Luis' Eifer etwas abzumildern mit dem Hinweis, dass wichtige Entscheidungen in Ruhe reifen sollten. »Schlaf mal darüber, Mama«, fand er. »Denke an die vielen Annehmlichkeiten, die der Einzug in ein Altenheim dir verschafft. Nimm dir ruhig Zeit zum Überlegen. Und wie gesagt, wir fahren mit dir gerne hin und zeigen dir alles, wenn wir ein neues Plätzchen für dich gefunden haben.« Etwas Luft hatten sie auf jeden Fall noch, und die Brüder hofften, dass ihre Mutter eines Tages doch noch zustimmen würde. Alle stießen versöhnliche Töne an und Susanne, ihre Lieblingsschwiegertochter, nahm sie am Schluss in den Arm und schlug vor, sich die Argumente durch den Kopf gehen zu lassen und sich mit der Entscheidung für den Umzug in ein Altenheim Zeit zu lassen. Es hätte auch keinen Sinn gemacht, auf eine schnelle Entscheidung zu drängen, denn sie hatten noch gar keine Zusage auf einen Heimplatz. Aaron wollte sich in München nach weiteren passenden Altenheimen umsehen, mit den Verwaltungen in Kontakt treten und nach den Bedingungen und den Aussichten fragen. Und vor allem wollte er sich einen Überblick über die Kosten der Unterbringung verschaffen und diese in einer Tabelle dokumentieren. Luis hatte angeboten, sich ein Bild von den Möglichkeiten der Unterbringung Nicoles in einem Altenheim im Landkreis Fürstenfeldbruck zu verschaffen.

Schrittweise hatte sich Aaron mit den finanziellen Verhältnissen seiner Mutter vertraut gemacht. Ihre Witwenrente und ihre eigenen Altersbezüge würden für die Unterbringung in einem Einzelzimmer bei Pflegestufe 2 auch bei Berücksichtigung der Leistungen aus der Pflegeversicherung nicht reichen. Ihre Mutter müsste also einen Teil der monatlichen Kosten aus ihrem Vermögen bestreiten. Das würde vielleicht zwei oder drei Jahre durch die sukzessive Auflösung des Sparkontos funktionieren, aber danach müsste zur Finanzierung der Heimkosten das Einfamilienhaus verkauft oder saniert und danach vermietet werden. »Da geht es nun dahin, unser Elternhaus!«, hatte Aaron abends in nachdenklichem Ton zu Susanne bemerkt.

Nicole und Daniel hatten für ihren Sterbefall zur Regelung ihres Nachlasses ein Berliner Testament gemacht. Damit war Nicole nach dem Tod Daniels Alleinerbin von Daniels Vermögen geworden. Das Haus gehörte zum gegenwärtigen Zeitpunkt rechtlich allein Nicole.

Was mit ihrem Elternhaus geschehen sollte, sobald Nicole ein Zimmer in einem Altenheim bezogen hatte, kam nicht zur Sprache.

48

Sag mal, hast du eine Idee, was ein Einzelzimmer in einem Altenheim bei Pflegestufe 2 kostet?«, wollte Amelie am Tag danach beim sonntäglichen Brunch von Jonas wissen. Jonas nannte eine Zahl, auf die hin Amelie rief: »So teuer ist das! Das hätte ich nie im Leben der Welt gedacht!« Jonas nickte nachdenklich. »Ich auch nicht. Und das Dumme ist, dass ihre Rentenbezüge die Kosten für die Heimunterbringung nicht decken werden. Auch dann nicht, wenn sie sich für die Unterbringung in einem Zweibettzimmer entscheidet.« – »Nicole wird also ihr Sparbuch angreifen müssen. Und eines Tages ist das Konto leer.« Jonas nickte. Um sich zu stärken, griff er nach seinem Topf mit den Marienkäfern und nahm einen großen Schluck Kaffee. Vorsichtig erkundigte sich Amelie: »Wissen denn deine Brüder schon, was mit dem Haus geschieht?« Jonas schüttelte den Kopf. »Nein, wir stehen ja erst ganz am Anfang mit der Suche nach einer Lösung. Ich gehe davon aus, dass Nicole ihr Haus verkaufen muss. Aber vergiss nicht, so wie es aussieht, kann sich Nicole überhaupt nicht mit dem Gedanken an den Umzug in ein Altenheim anfreunden. Du wirst sehen, so schnell zieht die nicht um.« – »Ihr müsst erst einmal einen Platz in einem Heim haben«, meinte Amelie trocken. Nicht ohne nachzuschieben: »Und einen Finanzplan erstellen. Macht Aaron das?« – »Soweit ich gestern mitbekommen habe, wollen das Aaron und Luis gemeinsam machen.«

Amelie streckte ihren Rücken. Selbstbewusst verkündete

sie: »Und wenn es darum geht, den Erlös aus dem Verkauf des Hauses anzulegen, bin ich gerne bereit, euch mit Rat und Tat dabei zu unterstützen.«

Da war es wieder, das planende, strukturierende und vorausschauende Wesen seiner Frau. Das Festhalten an Grundsätzen und Regeln. Die Liebe zu Ordnung und Struktur, die Sicherheit versprach, spontanes Handeln und schöpferische Gestaltung jedoch oft im Keim erstickte. Amelie hatte Prinzipien, sicherte sich ab und baute vor. Amelie hasste im Grunde ihres Wesens Überraschungen und plötzliche Veränderungen, auch wenn ihr das nicht immer bewusst war. Spontan zu handeln und auf die Stimme des Herzens zu hören, dazu war Amelie unfähig.

Amelie war ein Kopfmensch. Sie handelte vernünftig, durchdacht. Ihre besondere Fähigkeit, alle Herausforderungen zu analysieren und gut durchdacht zu lösen, hatte Jonas am Anfang ihrer Beziehung durchaus bemerkt. Sie hatte seine Gefühle erwidert und ihn dadurch glücklich gemacht. Doch mittlerweile vermisste er an seiner Frau Spontaneität und die Bereitschaft, sich auf Neues einzulassen, Verlockungen anzunehmen und zu genießen. Das gelang Jonas sehr viel besser. Bei seiner hübschen Kollegin Vanessa war er dem Reiz persönlicher Vertrautheit und Nähe erlegen. Aus der vertraulichen Atmosphäre einer Fahrgemeinschaft war Intimität geworden.

So etwas war für Amelie undenkbar.

Jonas lächelte vor sich hin. »Ja, da bringt sie sich ins Spiel! Das ist ihr Metier, da fühlt sie sich in ihrem Element«, dachte Jonas. Diese Seite Amelies hatte für ihn auch angenehme Seiten. Amelie hatte für ihre Ehe einen Finanzplan erstellt, hatte ihn nicht nur bei Fragen seiner privaten

Geldanlage beraten, sondern fertigte auch die jährliche Einkommenssteuererklärung an. Dazu sammelte und ordnete sie schon unter dem Jahr alle steuerrelevanten Belege. Ganz wie es Amelies durchdachten und ordnenden Art entsprach. Im Kollegium wurde Jonas immer um seine Frau Amelie benieden, wenn er erwähnte, dass in ihrer Ehe sie es war, die sich um Gelddinge kümmerte. »Hast du es gut!«, hörte er bei solchen Gelegenheiten. Ein Zyniker in seinem Kollegium, der auch einmal Amelies bestimmenden Ton miterlebt hatte, fragte aus diesem Grund spöttisch: »Bringt dir deine Frau auch das Taschengeld nach Hause?«

49

Zwei Jahre später

Damit hatte keiner der vier Brüder gerechnet. Nicole war wenige Monate danach durch die Vermittlung eines Freundes aus Aarons Zeit als Pfarrer in ein Einzelzimmer im Pflegeheim St. Ansgar eingezogen. Drei Wochen nach der Familienkonferenz begann ihr Widerstand zu bröckeln. Nachdem Aarons Freund zugesagt hatte, alles zu tun, um Nicole zu einem neuen Zuhause zu verhelfen, hatten Aaron und Susanne Mama Nicole zwei Mal in die Cafeteria von St. Ansgar zum Kuchenessen eingeladen. Die helle und freundliche Atmosphäre, der leckere Aprikosenkuchen und die feine Linzertorte waren bei Nicole mit Begeisterung angenommen worden und bildeten ein gutes Entrée für das Haus St. Ansgar. Zum letzten Kaffeetrinken und Kuchenessen hatten Luis und Lisa eingeladen. Sie hatten Nicole in ihrem Haus abgeholt und waren zu dritt in das Alten- und Pflegeheim St.Ansgar gefahren. Als sie auf dem Parkplatz aus dem Auto ausgestiegen waren, nahm Nicole Lisa am Arm und sagte gutgelaunt zu ihrer Schwiegertochter: »Kommt, den Weg kenne ich ja schon, ich zeige euch, wo die Cafeteria ist. Luis drehte sein Gesicht zu Lisa und raunte ihr zu: »Merkst du was, Lisa?«

Damit schien der Weg zu einer Zustimmung Nicoles zu ihrem Einzug in St. Ansgar geebnet.

Dennoch waren die letzten Wochen und Monate für alle Familienmitglieder, die in München und Umgebung wohnten, anstrengend. Fast täglich war einer von ihnen zu Nicole gefahren, hatte Besorgungen mitgebracht, Wäsche gewaschen, Botengänge übernommen und die demente Mutter zum Arzt begleitet. Um die Sauberkeit kümmerte sich Ilona, die einmal wöchentlich von 9 bis 14 Uhr ins Haus kam. Selbst Luis hatte sich bereit erklärt, einmal wöchentlich die Steuerkanzlei früher zu verlassen und nach seiner Mutter zu sehen. Meist erledigte er auf dem Weg von der Steuerkanzlei bis zu seinem Elternhaus noch ein paar Einkäufe. Fehlende Haushaltsgegenstände oder Zutaten zum Frühstück. Die Einkaufsliste erhielt er von Susanne per WhatsApp. Vor Ostern kam überraschend Unterstützung von Odo, der in München seinen Resturlaub abfeiern wollte und von Samstag vor Palmsonntag bis Ostermontag wieder in sein Kinderzimmer einzog. Das empfanden vor allem Aaron und Susanne als eine willkommene Entlastung, da sie bislang die Hauptlast der Betreuung Nicoles getragen hatten. Gleichzeitig eröffnete Odos Aufenthalt in seinem Elternhaus die Möglichkeit zu einem Wiedersehen aller Brüder, die die Gelegenheit zu einem gemeinsamen Ausflug nach Andechs nutzten.

Fiona war einigermaßen überrascht, dass er dazu seinen Urlaub opferte und acht volle Tage in der Nähe seiner Mutter war. »Macht dir das gar nichts aus, Odo? Wir haben doch Ende März oder im April immer eine Städtereise gemacht?« – »Nein Fiona, dazu gibt es auch im Herbst noch die Möglichkeit für uns beide. Ich habe schon ein schlechtes Gewissen, dass meine Brüder die ganze Last ohne mich tragen. Aber etwas beschäftigt mich doch.« Odo runzelte die Stirn und machte eine besorgte Mine. »Was macht dir denn Sorgen, Odo«, fragte Fiona. »Warum konnte Mama nicht im September meine Hilfe brauchen?« – »Hast du denn ein Problem damit, dass du Ende März nach München fährst?« – »Problem nicht, aber Ende September/Anfang Oktober könnte ich zwei Fliegen mit einer Klappe schlagen: tagsüber bei Mama, und abends auf der Wiesn! Und Mama ginge einmal bestimmt gerne mit.«

50

Auch mit dem anderen Ereignis von großer Tragweite hatte keiner gerechnet. Amelie war Ende Juni letzten Jahres in der Folge eines plötzlichen Herztodes überraschend verstorben. Der jähe Tod wirkte auf Jonas wie ein Schock und gab Rätsel auf. Wie konnte es sein, dass eine äußerlich völlig gesund wirkende Frau, erfolgreich im Beruf und im Vollbesitz ihrer geistigen und physischen Kräfte, von einem Augenblick auf den anderen aus dem Leben gerissen wurde? Eine 62-jährige Frau, die sich in der Arbeit lange Jahre so gut wie nie krankgemeldet hatte und jahrelang keine Arztpraxis mehr von innen gesehen hatte, liegt eines Morgens tot neben Jonas im Bett? Mangels einer sorgfältig geführten Krankenakte und wegen fehlender Vorsorgeuntersuchungen konnten die Ärzte für den plötzlichen Herztod nur Vermutungen äußern. War der Herz-Kreislaufstillstand die Folge einer chronischen Erkrankung des Herzens oder der Herzkranzgefäße oder war er durch eine akute Lungenembolie verursacht worden? Amelie hatte nie über Schmerzen geklagt. Das Unerklärliche verursachte einen unsäglichen Schmerz bei Niklas, der sehr an seiner Mutter hing, und Jonas schien wie aus der Bahn geworfen. Wochenlang war Jonas wie gelähmt und wirkte in seinen Verhaltensweisen, als würde er neben sich stehen.

Jetzt erst wurde Jonas so richtig bewusst, wie sehr Amelie ein Teil seiner selbst geworden war. Der Tod hatte ihm nicht nur seine Frau weggerissen, sondern Jonas verlor auch einen Teil seiner selbst, seines eigenen Lebens. Besonders schmerzhaft war das Heimkommen aus der Schule. Die Einsamkeit legte sich wie ein bleierner Mantel auf seine Seele. Und mit einem Mal wirkte die Aussicht auf die bevorstehenden Sommerferien auf Jonas nicht wie ein Hoffnungsschimmer, sondern wie eine Bedrohung. Ohne den Kontakt zu seinen Schülern und dem Plausch mit den Kollegen wirkten die sechs Wochen unterrichtsfreie Zeit ohne Korrekturarbeiten und frei von Terminen wie eine gähnende Leere. Noch mehr Alleinsein und graue Einsamkeit warteten auf Jonas. Einziger Lichtblick blieb sein Stammtisch. Der fand das letzte Mal im Juli statt, auf dem alle Jonas ihr aufrichtiges Beileid aussprachen. Einen Lichtblick bildete das Versprechen Jakobs, sich mit ihm in Zukunft häufiger zum Essen zu verabreden. Prompt luden ihn Jakob und seine Frau am nächsten Wochenende zum Grillen in ihren Garten ein. Über diese Einladung hatte sich Jonas sehr gefreut. Wie schon so oft saß Jonas mit Jakob und dessen Frau im stattlichen Garten von Jakobs Haus, das dieser als einziges Kind von seinen Eltern geerbt hatte. Der Besuch hatte wie immer mit einer fachkundigen Führung von Jakob durch die Pflanzungen hinter dem Haus begonnen. Jakob hatte ihm damals zwei Köpfe grünen Salats und eine Gurke mitgegeben, die sich Jonas zu Hause als hochwillkommene Begleiter zu marinierten Schweinenackensteaks zubereitet hatte. Schweinenackensteaks waren für Amelie ein Gräuel gewesen. Viel lieber hatte sie Kalbsleber zubereitet, denn sie war sehr auf ihre schlanke Linie bedacht gewesen. Der Schwerpunkt von Amelies Repertoire in der Küche waren Gemüse und Rohkost. Fürwahr, Amelie hatte gesundheitsbewusst gekocht und gelebt, während Jonas durchaus Sinn für herzhafte und gelegentlich derbe Küche hatte. Bestellte Amelie als Hauptgericht im Lokal Cesar Salad oder Zanderfilet mit Salzkartoffeln, entschied sich Jonas für Cordon Bleu, Schnitzel Wiener Art mit Pommes Frites oder Schweinshaxe mit Knödel und Bratensoße, die er sich nach einer Leberspätzlesuppe schmecken ließ. Amelies jäher Tod wirkte unter diesem Gesichtspunkt wie eine Ironie des Schicksals. Ausgerechnet Amelie, die weder rauchte noch trank, kalorienbewusst aß, auf eine ausreichende Versorgung mit Vitaminen und Nährstoffen wie Kalzium, Magnesium und Ballaststoffen, sowie Eisen, Vitamin B und C achtete, hatte der Tod hinweggerafft! Trotz der vielen Stunden, die Amelie auf dem Heimtrainer radelnd verbracht hatte, war es ihr nicht gelungen, ihrem Leben auch nur eine Elle Lebenszeit zuzusetzen. Mit eiserner Disziplin hatte sich Amelie jeden Tag zwanzig Minuten, noch vor dem morgendlichen Kaffee, auf den Hometrainer gesetzt. »Wenn ich mal in Rente bin, melde ich mich beim Fitness-Studio an! Dann habe ich endlich Zeit, mehr für meine Gesundheit zu tun«, hatte Amelie erwartungsvoll getönt. »Vielleicht begleitest du mich, Jonas, und dann haben wir einen gemeinsamen Programmpunkt für die freie Zeit in der Rente!« – »Wie oft willst du denn ins Fitness-Studio?« – »Zwei Mal wöchentlich zum privaten Training, und einmal zum Kurs!« So hatte sich Jonas seinen Ruhestand allerdings nicht vorgestellt! Um Amelie nicht zu kränken, unterließ er eine zynische Bemerkung und schwieg vornehm, schüttelte aber innerlich den Kopf über dieses Vorhaben.

Es schien, als hätte Jonas mit seiner Lebensart recht behalten. Jetzt konnte Jonas seine Vorlieben ungestört ausleben. Wenngleich es allein nicht halb so viel Freude bereitete, in ein Restaurant zum Essen zu gehen, wie er es sich zuvor ausgedacht hatte. Die Stunden mit Jakob waren Labsal in den ersten Monaten nach dem Tod seiner Frau. Die Freundschaft mit Jakob verschaffte ihm Vertrauen in sein Leben und war für Jonas eine echte Stütze.

Eine Stütze der besonderen Art verschaffte ihm der Kontakt zu Vanessa. Jonas hatte schon zu Lebzeiten seiner Frau einen sporadischen, unregelmäßigen Austausch über WhatsApp mit Vanessa wieder zum Leben erweckt. Obwohl seine Frau ihm seinen Fehltritt verziehen hatte, vermied es Jonas, Vanessa in seinen Gesprächen zu erwähnen. Er wusste, dass die Erwähnung Vanessas Amelie misstrauisch machen würde und ihre Eifersucht wecken könnte. Aus diesem Grund hatte er immer hinter Amelies Rücken gechattet, oft nach der Heimkehr vom Gymnasium noch in der Tiefgarage im Auto sitzend oder im Schlafzimmer. Gelegentlich sogar nachts, wenn er nicht schlafen konnte. Oder wenn er die Toilette aufsuchte. Seitdem er Vanessa anlässlich des Jour fixe mit Linus und Niklas wiedergesehen hatte, intensivierten sie ihren Austausch und chatteten regelmäßig. Dazu hatte Vanessa ihn ausdrücklich ermuntert, als sie einige Voice-Mails mit den Worten beendete: »Gell, wir schreiben uns!« Am Anfang geschah dies nur ein oder zwei Mal in der Woche, doch schon bald chatteten sie beide vier oder fünf Mal im Verlauf der Woche. Sie schrieben sich Ärger im Beruf vom Leib, berichteten kurz über kleinere und größere Erledigungen, die sie erfolgreich hinter sich gebracht hatten, teilten sich ihre Eindrücke mit und tauschten ihre Gefühle aus. Sehr bald schon war die alte Vertraulichkeit wiederhergestellt, die sie in der Zeit der Fahrgemeinschaft miteinander verbunden hatte. Und Jonas merkte bald, wie sehr Vanessa an einem steten Austausch gelegen war. Als

Vanessa ihn kurz nach dem Wiedersehen vor gut zwei Jahren auch noch zu sich nach Straubing eingeladen hatte, schien es Jonas, als wäre in Vanessa die alte Liebe zu ihm wiedererwacht. Dieser Einladung konnte Jonas allerdings nicht Folge leisten. Denn seine Frau lebte noch. Und ein Ausflug zu seiner ehemaligen Geliebten nach Straubing würde in Amelie die Alarmglocken schrillen lassen.

Als Vanessa immer wieder auf ein baldiges Wiedersehen in München oder noch lieber in Straubing drängte, fühlte sich Jonas in die Zeit ihrer gemeinsamen Liebe zurückversetzt. Ihr Drängen schmeichelte Jonas und weckte zärtliche Gefühle in ihm. Er merkte mit einem Mal, dass er wieder einen Platz in Vanessas Leben einnahm. Das wiedererwachte Interesse seiner ehemaligen Geliebten rief zwiespältige Gefühle in ihm wach. Diese Annäherungsversuche riefen Erinnerungen an intime Stunden mit Vanessa in ihm wach und regten seine Fantasie an. Doch er liebte seine Frau nach wie vor. Damals hatte er sich nach dem entdeckten Verhältnis zu Vanessa von ihr zurückgezogen, um die Ehe mit Amelie zu retten. Er hatte das Verhältnis mit Vanessa beendet und nahm sich vor, seiner Frau treu zu bleiben. Ab diesem Zeitpunkt war er Amelie treu gewesen. Amourösen Avancen war er seither konsequent aus dem Weg gegangen.

Der Hintergrund dieses unerwarteten Frühlings der Gefühle war die Trennung Vanessas von Ludwig und die bevorstehende Scheidung. Vanessa und Ludwig hatten sich in ihren Interessen auseinanderentwickelt. Ludwig war mit seinem Mandat als Stadtrat nicht mehr zufrieden, strebte nach Höherem und kandidierte auf der Liste seiner Partei für den Deutschen Bundestag. Er war jetzt öfters auch in Berlin, angeblich, um auch dort Verbindungen aufzubauen, aus denen er nach seinem Einzug in den Deutschen Bundestag ein Netzwerk knüpfen wollte. Das konnte Vanessa zwar nicht so recht glauben, denn ihr war zugetragen worden, dass er mit einer hübschen Praktikantin, die als studierte Politologin dabei war, im Beruf Fuß zu fassen, privat in vertraulicher Atmosphäre in einem Lokal entdeckt worden war. Die junge Frau hatte nach dem Ende ihres Praktikums einen Vierjahresvertrag bei einem Abgeordneten in Berlin bekommen. »Das ist also das Netzwerk meines Mannes!«, folgerte Vanessa resigniert. »Er baut sich wohl ein Nest in Berlin für die kommende Zeit als Abgeordneter im Deutschen Bundestag.« Noch war es allerdings nicht so weit, denn noch war Wahlkampf. Die Wahlen zum nächsten Bundestag standen Ende September auf der Agenda. Die Chancen für Ludwig, als Nachfolger des bisherigen Abgeordneten seiner Partei in den Bundestag einzuziehen, standen gut. Und Ludwig zog mit hoher persönlicher Beteiligung in den Wahlkampf. Es schien, als gebe es neben seinem Beruf nur noch sein Engagement für die Partei.

Unterschwellig hegte Vanessa schon lange Zweifel, ob Ludwig sich tatsächlich fast allabendlich so lange im Kreis seiner Spezln aufhielt. Als sie von der besonders innigen Beziehung ihres Mannes zu Lena erfahren hatte, war sie tief gekränkt und innerlich schwer verletzt. Aber so ganz überraschend kam diese vertrauliche Mitteilung aus dem Munde einer Freundin nicht. Eine dunkle Vorahnung war Wirklichkeit geworden.

Die Ehe zwischen Ludwig und Vanessa war schon länger zu einer Wohn- und Versorgungsgemeinschaft verkommen. Sie lebten schon lange Jahre nur noch nebeneinanderher und verbrachten kaum noch Zeit miteinander. Ludwig hatte das Interesse an seiner Frau verloren und lebte vor allem für sein politisches Vorwärtskommen. Abends war Vanessa meist schon im Bett, wenn Ludwig spätnachts vom Schützenverein, vom Rotary Club oder von einer Parteiversammlung nach Hause kam. Oder von Lena, der hübschen Praktikantin.

Schließlich war Vanessa aus dem gemeinsamen Haus ausgezogen und bei ihrer Schwester eingezogen, die mit ihrem Mann ein stattliches Haus mit Schwimmbad in einem gehobenen Stadtteil von Straubing gebaut hatten. Jetzt erst verstand Jonas die ganze Tragweite Vanessas Einladung, als sie erklärte: »Du kannst auch über Nacht bei mir bleiben.« Diese Aussicht hatte Jonas beinahe in Trance versetzt, aber er konnte und wollte diese Einladung nicht annehmen. Wie hätte er seinen Übernachtbesuch in Straubing vor seiner Frau bemänteln können?

Durch den Tod seiner Frau und durch die bevorstehende Scheidung Vanessas hatte das Schicksal die Karten neu gemischt. Schon eine Woche nach Amelies Beerdigung war er Vanessas Einladung nach Niederbayern gefolgt und war am Freitagmittag direkt von seinem Gymnasium in Augsburg in einer unbeschreiblichen Hochstimmung, innerlich gespannt auf das lang ersehnte Wiedersehen und das Zusammenkommen, nach Ittling, dem östlichen Teil der Stadt Straubing, aufgebrochen. Es war der erste Besuch bei Vanessa in Straubing, und die Strecke, die er fuhr, führte ihn in eine fremde Gegend. Als er nach über 180 km Fahrt kurz nach der Abzweigung Aiterhofen die Stadtkulisse von Straubing mit dem hohen Turm der Basilika St. Jakob erblickte, hüpfte sein Herz vor Freude. So sehr seine Vorfreude ihn erregte, musste er dennoch die Träume, die seiner Fantasie in den letzten Tagen entsprungen waren, beiseiteschieben und in die Realität zurückkommen. Er musste die Fahrt unterbrechen, einen Parkplatz suchen, einparken, aussteigen und in einer Apotheke nach dem Weg zum Haus von Vanessas Schwester fragen. Die Apothekerin, eine großgewachsene schlanke Frau von Mitte vierzig, hatte wohl bemerkt, dass er kein Niederbayer war. Er fragte nach dem Weg zu der Straße, die Vanessa ihm genannt hatte. Die Apothekerin schien ortskundig zu sein, denn sie nickte, als sie den Straßennamen hörte. Doch bevor sie die gewünschte Auskunft preisgab, hob die Apothekerin die Augenbrauen und Jonas vernahm die Frage: »Wou geehts hi?« Als Jonas mit der Antwort zögerte, legte die Frau im weißen Kittel nach: »Zu wem wollen Sie denn?« Als Jonas den Familiennamen genannt hatte, erschien ein wissendes Lächeln auf dem Gesicht der Apothekerin. »Ach, zu dem Bauunternehmer!« Die Apothekerin verließ ihren Platz hinter der Ladentheke, wies mit der Hand zur Türe und sagte betont freundlich: »Kommen Sie! Gehen wir nach draußen. Ich zeige Ihnen, wie Sie fahren müssen. Als Jonas sich bedankt hatte und zum Gehen wandte, rief sie ihm nach: »Sie können Ihr Ziel nicht verfehlen. Es ist das letzte Haus in dieser Einbahnstraße. Und das größte!«

51

Wie schön, dass du schon da bist!« Lisa war in den Flur ihrer Eigentumswohnung in Buchenau getreten und begrüßte mit diesen Worten ihren Mann. Es war erst kurz nach sechs Uhr abends. Heute hatte Luis die Steuerkanzlei schon nach vier Uhr nachmittags verlassen und war deshalb viel früher als sonst zurück von der Arbeit, und darüber freute sich Lisa sichtlich. Als Luis die Jacke in der Garderobe aufgehängt hatte, musterte Lisa ihren Mann aufmerksam. Ihr war nämlich aufgefallen, dass Luis ohne Tasche nach Hause gekommen war. »Hast du auch an den Wein für Aaron gedacht?« Luis nickte. »Ja, davon haben wir noch genug. Ich gehe nachher in den Keller und hole zwei Flaschen. Einige Liter Haberschlachter Heuchelberg, den du so gerne trinkst, haben wir noch. Aber unser Weinregal im Keller ist bald leer. Wenn du möchtest, kaufe ich für dich ein paar Flaschen Württemberger Trollinger mit Lemberger nach.«

Früher, als Luis noch trank, hätte Lisa auf eine solche Ankündigung voll schlimmer Vorahnungen mit den Worten reagiert: »Bloß nicht! Ich trinke doch nur ein Glas abends.« Und hätte beschwichtigend, um ihn von seinem Vorhaben abzubringen, darauf hingewiesen, dass noch genug Wein für beide im Weinregal im Keller lag. Denn sie wusste nur zu gut, dass es Luis beim Kauf einiger Kartons *Württemberger Trollinger* nie nur darum ging, ihr ein oder zwei Gläser Wein zum abendlichen Fernsehprogramm bereitzustellen. Um ihr damit eine Freude zu machen, wie er glaubte. Sie wusste, dass Luis' Fahrt zu *Super* oder zum Getränkehändler in erster Linie dem Zweck diente, für sich den Nachschub zu sichern. Einige Flaschen Wodka zu besorgen und Rotwein im Keller zu bunkern. Die Flaschen mit dem Rotwein legte er in das Weinregal, zwei Flaschen für seine abendliche Ration lud er in den Rucksack um, in welchem schon zwei Flaschen Wodka steckten. Hinter den Leitzordnern im Sideboard seines Arbeitszimmers bot sich ein ideales Versteck für eine schmale Flasche Wodka. Eine Literflasche Rotwein schaffte Luis in seiner nassen Zeit abends spielend. Selbst dann, wenn er auf dem Heimweg von der Kanzlei schon getrunken hatte. Nach der abendlichen Brotzeit, zu der er meist eine Flasche Bier zu sich nahm, hatte er sich meist in sein Arbeitszimmer zurückgezogen, das Notebook hochgefahren und sich hinter eine leichtere Steuerakte gesetzt. Am liebsten von einem wohlhabenden Klienten, der »nur« ein großes Wertpapierdepot hatte. Und nicht noch Mieteinnahmen aus einem Mehrfamilienhaus. Die Steuererklärung für den Eigentümer eines Mietshauses fertigzustellen, war um einiges aufwändiger. Der abendliche Rückzug in sein Arbeitszimmer in der Eigentumswohnung sollte es ihm ermöglichen, heimlich zu trinken. Luis versuchte mit verschiedenen Strategien das wahre Ausmaß seines Trinkens zu verheimlichen. Die angebliche Bearbeitung von Steuerakten in seinem privaten Arbeitszimmer diente Luis als Vorwand, um sich zum heimlichen Trinken zurückzuziehen. War die Literflasche Rotwein ausgetrunken, schraubte er die Flasche zu, wickelte sie in einen Beutel aus Stoff und steckte sie gut getarnt in seinen Rucksack. Gegenüber dem Bahnhofsgebäude befanden sich Flaschencontainer, hinter denen er in der letzten Zeit, kurz bevor er an seinem ersten Meeting bei den *Anonymen Alkoholikern* teilgenommen hatte, regelmäßig seinen Frühschoppen eingenommen hatte. Zwei Flachmänner Weinbrand. Doch diese Leidenszeit hatte Luis hinter sich gelassen, seitdem er das Trinken aufgegeben hatte und fortan dem Leitsatz folgte: »Das erste Glas stehen lassen.« Der regelmäßige Besuch der Meetings der *Anonymen Alkoholiker*, die Arbeit in den *Zwölf Schritten*, den Kernaussagen des *AA-Programms* und einige Maximen, die er sich für sein Leben zurechtgelegt hatte, verliehen ihm die nötige Sicherheit, sein Leben zu meistern und in kritischen Situationen erst einmal innezuhalten, den Ärger zuzulassen, ihn anzunehmen und darüber nachzudenken, was als nächstes zu tun war. Geduldig und gelassen bleiben und vor allem, sich noch eine weitere Chance geben, wenn er einen Misserfolg verzeichnet hatte. Anstatt wie früher zur Flasche zu greifen, um sich kurzfristig Erleichterung zu verschaffen.

Denn er wusste aus seiner langjährigen Leidenszeit, dass es nie bei einem Glas geblieben war. Und auch nach einem Rausch bestanden das Problem oder die Schwierigkeiten nach wie vor. »Du kannst dich mit Alkohol betäuben und dich zudröhnen, deine Sorgen und Probleme kannst du mit Alkohol allerdings nicht ertränken. Die können nämlich schwimmen!«, hatte ihm ein AA-Freund in der Gruppe zu bedenken gegeben.

Seitdem Luis ein neues Leben ohne Alkohol führte, fühlte er sich frühmorgens, wenn der Wecker klingelte, stets frisch und ausgeruht. Sobald er frisch rasiert, geduscht und angezogen am Frühstückstisch erschien, begrüßte er seine Frau gutgelaunt und verließ in den meisten Fällen die Wohnung frohgemut. Es war auch einiges einfacher

geworden. Die Fahrten zum Getränkemarkt entfielen, denn
jetzt nahmen sie beim gemeinsamen wöchentlichen Einkauf
bei *Super* ein oder zwei Sixpacks Mineralwasser mit. Auch
die Beschaffung von Nachschub, den Luis in seinem Rucksack mit nach Hause getragen hatte und dessen heimliche
Entsorgung ebenfalls gut getarnt im Rucksack erfolgte,
waren hinfällig geworden. Recht bald stellte er zu seiner
Zufriedenheit fest, dass sein monatliches Taschengeld jetzt
länger reichte, denn der obligate Umweg zum Bahnhofskiosk in Buchenau, wo er täglich zwei Flachmänner gekauft
hatte, entfiel nun.

Am Wochenende wollten er und Lisa Mama Nicole im
Pflegeheim besuchen. Dort würden sie auch Aaron und Susanne treffen, die sie für den Abend auf eine Brotzeit zu sich
nach Hause eingeladen hatten.

Das Elternhaus der Brüder war nach einer langen Phase
des Überlegens schließlich verkauft worden. Ganz am Anfang kam von Odo per WhatsApp völlig überraschend der
Vorschlag, Aaron als dem ältesten der Brüder das Haus zum
Kauf anzubieten. Dabei argumentierte Odo auch damit,
dass es Aaron gewesen war, der die Eltern sehr oft, während
seiner Zeit als Pfarrer im Pfarrverband Südost sogar einmal wöchentlich, besucht hatte. Und es waren auch Aaron
und Susanne gewesen, die sich mit Nicoles beginnender
Demenz fast täglich um Mama gekümmert hatten. »Damit
kommt Aaron ein Vorrecht zu, das er sich auch redlich verdient hat«, dachte Odo. Doch Aaron und Susanne waren
mit ihrer Mietwohnung vollauf zufrieden und wollten an
der Schwelle zum Rentenalter keine Hypothek aufnehmen
und mit einem Berg Schulden in den Ruhestand treten.
Aaron dachte auch an die Unterhaltskosten, die durch die

Geldentwertung im Verlauf der Jahre kontinuierlich steigen
würden. »Dafür kommt doch eher Jonas in Frage, der hat
einen Sohn, er selbst wird später einmal als Gymnasiallehrer im Ruhestand eine stattliche Beamtenpension beziehen, hat eine gutverdienende Frau bei der Bank, und
sicherlich haben beide über die Jahre Vermögen bilden
können«, argumentierte Luis. Und Lisa dachte bei sich:
»Aus dem angesparten Vermögen könnte Jonas auch einen
großen Teil des Kaufpreises auf Nicoles Konto überweisen,
Geld, das Nicole als Zuschuss für die Pflegekosten dringend
benötigt!«

Das Angebot, Nicole das Elternhaus abzukaufen, hatten
Jonas und Amelie miteinander ausgiebig diskutiert. Während Amelie vor allem im Hinblick auf die Hypothek und
die hohen monatlichen Raten für die Zinsen und die Tilgung
der Restschuld den Vorschlag ablehnte, hatte für Jonas das
Angebot doch einen gewissen Reiz. Er hatte nämlich seinem Freund Jakob bei der Arbeit in dessen Gemüsegarten
öfters geholfen. Dadurch war er in kleinen Schritten mit
den Anforderungen, die ein gepflegter Gemüsegarten stellte,
vertraut geworden. Ja, die Arbeit im Garten begann, Jonas
Freude zu bereiten. Die Arbeit im Gemüsebeet war ihm eine
willkommene Abwechslung zu Korrekturarbeiten in Mathe
oder Physik. Hatte Jakob neue Setzlinge eingepflanzt, freute
sich Jonas auf den nächsten Besuch in Jakobs Garten und
war gespannt darauf nachzuschauen, um wieviel sie in der
Zwischenzeit gewachsen waren. Eine Weile lang hatte er
auch ernsthaft überlegt, ob er seinen Brüdern den Vorschlag
machen sollte, zur Miete in sein Elternhaus einzuziehen und
durch seine Mietzahlungen seiner Mutter den Aufenthalt in
der Pflegeabteilung zu finanzieren. Doch diesen Gedanken

gab er bald auf. Zum einen fehlte die Zustimmung seiner
Frau. Amelie war nicht bereit, zum Eintritt in den Ruhestand noch eine zusätzliche finanzielle Belastung und Mehrarbeit zu übernehmen. »Denk auch an die vielen leeren
Zimmer, Jonas, die sauber gehalten werden müssen, an die
hohen Heizkosten in der kalten Jahreszeit und an die viele
Arbeit im Garten. Ohne das Haus könnten wir uns mit dem
gesparten Geld doch auch zusätzliche Urlaube im Süden
leisten und öfters in der Umgebung in einem Ausflugslokal
schön essen gehen. Ich finde, für alle von uns ist es besser,
wenn Nicole ihr Haus verkauft.«

Amelies Argumente konnte Jonas nicht von der Hand
weisen. Jonas kam ins Zögern und grübelte. Jakob hatte
nie etwas von Reisen und Urlauben berichtet. Lag das an
der vielen Arbeit, die ein gepflegter Garten nach sich zog,
oder blieb Jakob und seiner Frau nicht ausreichend Geld
für die Urlaubskasse? Verbrachten sie aus diesem Grund die
Pfingstferien und auch die Sommermonate in ihrem großen
Garten in Moosach?

So hatte Nicole schließlich ihr Haus im Spätsommer
letzten Jahres verkauft. Aaron hatte vorgeschlagen, am
Tag vor dem Notartermin sich mit einer kleinen Feier in
Form einer Grillparty im Garten von ihrem Elternhaus zu
verabschieden und dabei mit Nicole gemeinsam an diesem
Ort ihrer Kinder- und Jugendzeit zu gedenken. Amüsante
Erlebnisse, die sie mit ihrem Zuhause verbanden, noch einmal Revue passieren zu lassen. Odo war ein letztes Mal in
sein ehemaliges Kinderzimmer eingezogen. Er hatte eine
ganze Woche Urlaub genommen. Allerdings nicht wegen
des Notartermins oder der Grillparty, sondern wegen des
Münchner Oktoberfests. Seinem Vorschlag, gemeinsam mit

ihren Frauen auf die Wiesn zu gehen, schlossen sich seine Brüder nur zu gerne an. Das war zwei Tage nach der Abschiedsparty im Garten ihres Elternhauses. Mit etwas Abschiedsschmerz in ihren Herzen, aber doch sehr froh, dass dieses Kapitel endlich abgeschlossen war, trafen sie sich in entspannter Stimmung und voll Vorfreude vor dem Haupteingang zur Festwiese.

Später, nach Amelies Tod, erwies sich der gemeinsame Beschluss, an ihrer Wohnung in Freiham festzuhalten, als goldrichtig. In diesem Punkt musste er seiner verstorbenen Frau im Nachhinein ohne Einschränkung recht geben. War ein Einfamilienhaus mit sechs Zimmern und einem großen Garten für ein Ehepaar im Rentenalter schon überdimensioniert, um wieviel mehr galt das für einen Witwer in einem Einfamilienhaus?

52

Vanessa musste Jonas schon erwartet haben, denn kaum, dass er seinen Wagen vor der Villa des Bauunternehmers eingeparkt hatte, kam sie ihm auf dem Weg zwischen Haustür und Gartentor schon entgegen. Entweder hatte sie am Fenster stehend mit Blick auf die Zufahrtsstraße auf ihn gewartet, oder sie hatte das Motorengeräusch im Garten gehört, war von der Liege aufgesprungen und in gespannter Erwartung ihm entgegengeeilt. Mit einem verzaubernden Lächeln strahlte sie Jonas an und öffnete zu seiner Begrüßung ihre Arme. Jonas hatte seine Tasche rasch abgestellt, legte seine Arme um Vanessa und drückte sich fest an sie. So verharrten sie eine Weile, dann hörte er, wie Vanessa leise flüsterte: »Endlich!« Ein warmes Gefühl ergriff Jonas, und es kostete ihn Überwindung, seine Lippen nicht zu Vanessas Lippen zu führen und sie zu küssen. Dieser herzliche und innige Moment versetzte ihn mit einem Mal zurück in die Zeit ihrer leidenschaftlichen Liebe. Eine wunderschöne Erinnerung wurde Gegenwart, alte Gefühle flammten wieder auf. Es schien, als wären die vergangenen Jahrzehnte der Trennung von Jonas abgefallen. »Ich liebe dich, Vanessa«, brach es aus Jonas hervor.

Mit dem eruptiven Ausbruch seiner früheren Liebe zu Vanessa hatte Jonas nicht gerechnet. Ihm fehlten Worte der Begrüßung. Er vergaß sogar, sich für die Einladung zu bedanken und sich nach Ihrem Wohlergehen zu erkundigen. Sein unerwarteter Gefühlsausbruch hatte ihm die Sprache verschlagen. Als sich ihre Arme voneinander lösten, sah ihn Vanessa mit einem seligen Lächeln an. Er erwiderte ihren Blick, und als seine Augen in Vanessas Blick versanken, glaubte, er, ein geheimnisvolles Funkeln in ihrem Blick zu entdecken.

Vanessa holte ihn zurück in die Gegenwart. »Komm erst mal ins Wohnzimmer. Möchtest du einen Kaffee trinken?«

»Mach es dir gemütlich«, sagte Vanessa und deutete auf das Wohnzimmer, das am Ende des Flurs den Gast empfing. Jonas blieb erst erstaunt stehen und maß mit seinem Blick den stattlichen Raum. Riesige Glasfenster, die bis zum Boden gingen, gaben den Blick frei auf den Garten. Auf der Terrasse erblickte er rechterhand einen Tisch mit einer Sitzgruppe. Direkt gegenüber dem Haus sah er den Swimmingpool, wobei die Treppe und die Dusche sich auf der Höhe der Sitzgruppe mit den Gartenmöbeln befand. Jonas wandte sich wieder der Mitte des riesigen Wohnzimmers zu, setzte sich auf die moderne weiße Ledercouch und blickte auf die gegenüberliegende Wand. Einige moderne Gemälde hingen dort, und auf einem Sims fielen ihm etliche moderne Skulpturen aus Bronze auf. »Der Bauunternehmer scheint ein Freund moderner Kunst zu sein«, folgerte Jonas. »Geld hat er offensichtlich, denn die ganze Einrichtung wirkt edel und teuer.« Anerkennend urteilte er: »Die großzügige Raumgestaltung und die Ausstattung sind wirklich geschmackvoll. Der Eigentümer scheint außerdem eine Vorliebe für größere Gesellschaften zu haben.«

Er kam sich etwas verloren in dem großen Raum vor. Darum fühlte er sich erleichtert, dass seine Einsamkeit ein Ende fand, als Vanessa mit einem Tablett mit einer Schichttorte, Tellern und Bestecken auf den Couchtisch zusteuerte.

Sie stellte eine kleine quadratische Torte in die Mitte des Tisches, legte die Gedecke und die Servietten aus und fragte dann mit einem süffisanten Grinsen: »Du nimmst einen doppelten Schwarzen, wie immer?«

Da war es wieder, dieses Gefühl, als wäre er gestern noch zu Vanessa auf der Tiefgaragenausfahrt in Freiham in ihren japanischen Kleinwagen eingestiegen, um mit ihr zur Schule, an das Gymnasium in Augsburg zu fahren. Und würde am Ende der Fahrt, auf dem Parkplatz ihr einen erfolgreichen Schultag wünschen und als Letztes auf dem Flur zum Lehrerzimmer noch zurufen: »Bis Viertel nach eins, an meinem Platz im Lehrerzimmer!« So, als hätten sie sich nie getrennt.

Vanessa stellte eine rechteckige Torte vor Jonas hin. »Das ist eine waschechte Straubinger Spezialität«, verhieß Vanessa. »Eine Agnes-Bernauer Torte, eine ganz besondere Schichttorte, cremig-süß, mit Mocca-Buttercreme gefüllten Nuss-Baiser-Böden. Sie erinnert an Agnes Bernauer, die Tochter eines Baders. Sie war die rechtmäßig angetraute Gattin von Herzog Albrecht, dem in Straubing residierenden Wittelsbacher. Wegen angeblicher Hexerei wurde ihr von ihrem Schwiegervater Herzog Ernst im Jahre 1435 der Prozess gemacht. Sie wurde zum Tode verurteilt und in der Donau ertränkt. Ihr tragisches Schicksal aber machte sie unsterblich. Zur Erinnerung an sie kreierte eine bekannte Straubinger Konditorei die Agnes-Bernauer-Torte. Sie ist sehr süß und cremig, und ich denke, sie wird dir auch ohne Sahne schmecken. Falls du gerne einen Spritzer Sahne dazu haben möchtest, ich kann dir gerne süße Sahne schlagen?« Mit einem fragenden Blick sah Vanessa Jonas an. »Danke, nein, aber auf ein Stück Torte freue ich mich jetzt!«

Jonas freute sich in der Tat auf ein Stück Torte, denn er hatte Hunger. Er war ohne seinen traditionellen Mittagssnack, ein Brot mit Teewurst und Gurkenstick, direkt nach der sechsten Stunde zum Parkplatz gegangen und hatte sich in freudiger Erregung ohne Umschweife hinter das Steuer gesetzt und sich auf den Weg zu Vanessa gemacht.

»Sag mal, wann kommen eigentlich deine Schwester und ihr Mann?« – »Die sind in Urlaub auf Teneriffa. Sie kommen erst nächsten Samstag zurück.« Vanessa lächelte schelmisch. »Wir haben das ganze Haus für uns und bleiben also völlig ungestört!« Erneut glaubte Jonas, ein Funkeln in Vanessas Augen zu sehen.

53

S ag mal, Odo, wie kommt dein Bruder Jonas denn mit seiner Situation als Witwer klar?«, fragte Fiona ihren Mann. »Es war ein harter Schlag für ihn, seine Frau so plötzlich zu verlieren. Das hat ihn damals ganz schön mitgenommen. Amelie wurde jäh aus dem Leben gerissen, und so knall auf Fall stand Jonas allein da. Susanne sagte mir einmal, er sei eine ganze Weile nicht ansprechbar gewesen und wirkte so, als stünde er neben sich. Aber mittlerweile hat er sich mit seiner Situation abgefunden, er klagt nicht mehr über die Einsamkeit, die ihn umfängt, wenn er nach der Arbeit nach Hause kommt und seine leere Wohnung betritt. Er hat mir zwei Dinge gesagt, die mich nachdenklich gemacht haben.« Odo machte eine Pause und sah sinnierend vor sich hin. So, als würde er die richtigen Worte suchen. Gespannt sah ihn Fiona an und fixierte ihn mit einem erwartungsvollen Blick. Odo fuhr fort: »Mein Bruder gestand mir, dass er nie gedacht hätte, dass es zwei Umstände waren, die ihm enorm geholfen haben, mit der Situation klarzukommen und nicht zu verzweifeln. Das eine war sein Beruf als Gymnasiallehrer. Die Herausforderung, seinen Schülern Mathe und Physik beizubringen, täglich im Kontakt mit jungen Menschen zu stehen. Und seine Kontakte im Lehrerzimmer. Er hat auch eine Kollegin gefunden, mit der er jeden Freitagmittag zum Essen geht. Sie wechseln ab: mal gehen die beiden zum Griechen, dann wieder zum Italiener. Einen netten Inder mit einem Mittagsmenü soll es in Augsburg auch geben.« – »Hat er denn einen Freund?«, wollte Fiona wissen. »Ja, den Jakob. Bei dem ist er oft, und wie er mir anvertraut hat, hilft er ihm gelegentlich sogar im Garten. Dafür darf er dann bei Jakob und seiner Frau Brotzeit machen. Nach getaner Arbeit als Hobbygärtner.« Odo lachte. »Das hätte ich nicht erwartet, dass mein Bruder einmal zur Gartenarbeit kommt und Spaß daran findet, Setzlinge zu pflanzen, Unkraut zu jäten und mit einer schweren Gießkanne durch den Garten zu stapfen. Diese Freundschaft zu Jakob ist nicht nur eine Bereicherung für ihn, sondern war in der schweren Zeit nach dem Tod seiner Frau eine echte seelische Stütze für ihn. Das hat mir ganz deutlich vor Augen geführt, wie wichtig Freunde sind. Auch das andere ist mir bewusst geworden: wie sehr der Beruf zu einem erfüllten Leben dazugehört. Trotz Stress und Überstunden trägt der Beruf doch ganz wesentlich zur persönlichen Lebenszufriedenheit bei. « – »Hat Jonas nicht auch noch einen Stammtisch, zu dem er gerne geht?« – »Ja, aber der Stammtisch findet nur alle zwei Monate statt. Dort stößt er auch auf Kollegen, mit denen er sich privat ver- abreden kann. Aber soweit ich weiß, verabredet er sich in der Freizeit eigentlich nur mit Jakob. Den hat er mit seiner Frau auch schon mal zum Essen eingeladen.« Fiona machte große Augen. »Dein Bruder Jonas kocht?« – »Na ja, nur gelegentlich. Das mit dem Kochen war anlässlich der Ein- ladung von Jakob und seiner Frau zu Silvester. Da hat er Appenzeller Käsefondue zubereitet, das haben er und seine Frau zusammen mit Niklas bei solchen Gelegenheiten auch gerne gegessen. Wie du ja weißt, hat Amelie immer in der Kantine in der Zentrale ihrer Bank gegessen. Und abends zu Hause haben die beiden abends nur Brotzeit gemacht, wobei Amelie öfters einen Salat zubereitet hat. Sie war ja bis zuletzt sehr auf ihre Gesundheit bedacht, achtete auf die Kalorien und eine ausreichende Versorgung mit lebenswichtigen Nährstoffen und Vitaminen. Für sie selbst gab es oft Rohkost zum Abendessen. Die Wurst und den Käse, den Jonas auf den Tisch brachte, hat sie nicht angerührt.« Odo lachte kurz auf, und was dann kam, klang leicht schadenfroh: »Der ganze Spleen mit dem *gesund leben* hat ihr überhaupt nichts gebracht, und obwohl mein Bruder gern herzhaft und deftig gegessen hat, ist Amelie aus dem Leben gerissen worden, trotz Körnerfrühstück und Rohkost zum Abendessen. Und Jonas ist trotz der Liebe zu herzhafter, deftiger Küche noch am Leben.« – »Nun ja, ein guter Teil unserer körperlichen Verfassung ist genetisch bedingt.« Mit diesen Worten versuchte Fiona den Sarkasmus ihres Mannes etwas abzumildern.

Nach einer Weile urteilte Odo: »Durch die Freude an seinem Beruf, das Unterrichten in der Klasse, durch den Austausch mit den Kolleginnen und Kollegen im Lehrerzimmer, die wöchentliche Essensverabredung mit einer Kollegin und durch die Freundschaft mit Jakob hat er ein erfülltes Leben. Er hat die veränderte Lebenssituation gut gemeistert und wirkt auf mich sehr ausgeglichen. Soll ich dir noch einen Espresso zubereiten, Fiona?« »Ja, gerne.« Odo stand auf und ging in die Küche. Als er zurückkam, stellte er den Espresso vor Fiona auf den Tisch. Als er wieder saß, fuhr er fort. »Und vergiss nicht, er hat ja noch Niklas, seinen Sohn. Die beiden verstehen sich blendend und treffen sich in unregelmäßigen Abständen.« – »Wo arbeitet denn Niklas?« – »Niklas arbeitet in einer Psychotherapeutischen Praxis.« Odo machte eine Pause und lächelte verschmitzt. »Dann gibt es noch jemanden in seinem Leben, und wie es scheint, ist sie der Grund, warum Jonas bei unserem letzten Treffen so gut gelaunt, ja beschwingt war: seine Ex, die Vanessa.« – »Davon hast du noch nie erzählt!«, rief Fiona erstaunt. »Darüber hat er ja auch nicht geredet. Er hatte ein heimliches Verhältnis mit einer Kollegin, eben dieser Vanessa, von dem Amelie jahrelang nichts mitbekam. Als sein Verhältnis zu Vanessa aufflog, hat ihm Amelie erklärt: *Entweder ich oder die Vanesssa!* Daraufhin hat er sein Fehlverhalten eingesehen, seine Frau um Verzeihung gebeten und die Liaison mit dieser Kollegin gelöst. Von da an haben sich Vanessa und er nicht mehr verabredet und der Name Vanessa war in seiner Ehe tabu.«

Odo erwähnte kurz die ungewöhnlichen Umstände, unter denen Jonas und Vanessa einander nähergekommen waren. Beide schwiegen eine Weile. Fiona durchbrach die Stille. »Glaubst du, dass die zwei wieder zueinander finden, jetzt, wo Jonas Witwer ist und sich Vanessa von ihrem Mann scheiden lässt?« Ein Lächeln umspielte Odos Mundwinkel. »Das traue ich meinem Bruder durchaus zu. Mit 64 noch einmal die große Liebe auskosten, die Frau seines Herzens gewinnen und bei sich aufnehmen …«

54

Den Augenblick des Abschieds schob Jonas immer wieder hinaus. Nur widerwillig rüstete er sich am Sonntagnachmittag für die Heimkehr in seine Wohnung, die Fahrt zurück von Straubing nach Freiham. Vanessa und er hatten in den letzten beiden Tagen wieder jene Vertrautheit und persönliche Nähe, ja Intimität wiedergewonnen, die sie in den langen Jahren während ihrer Fahrgemeinschaft in München verbunden hatte. Nach einem nachdenklichen, ernsten Rückblick auf die Zeit vor Linus' Geburt war wieder jene menschliche Nähe entstanden, die im Liebesrausch einer gemeinsam verbrachten Nacht kulminierte. Nach einem Wochenende voller beglückender, ja sogar berauschender Momente Vanessa zurückzulassen und wieder in die leere Wohnung nach Freiham zurückzukehren, fiel Jonas doppelt schwer. Doch Jonas lud Vanessa für das kommende Wochenende zu sich nach Freiham ein, und ihre freudige Zusage milderte seinen Abschiedsschmerz.

Während des gemeinsamen Kaffeetrinkens hatte Jonas seine Depression nach dem Tod seiner Frau, seine Trauer und sein verzweifeltes Ankämpfen gegen die Einsamkeit, aber auch seinen Weg zurück zu neuem Lebenswillen vor Vanessa ausgebreitet. Sehr bald war die alte Vertrautheit, die sich durch die tägliche Fahrgemeinschaft während der Wochen des Schuljahres aufgebaut hatte, wieder da. Vanessa hatte ihm intensiv zugehört, nur wenig gesprochen und ihn öfters mit einem Nicken zum Reden ermuntert. Als er mit seinem persönlichen Bericht zu Ende gekommen war, hatte ihn Vanessa mit einem verliebten Blick angesehen. »Nun bist du ja wieder bei mir!«, sprach Vanessa, gab ihren Sitzplatz auf und setzte sich eng neben Jonas. Als er die Wärme ihres Körpers spürte, drehte er sein Gesicht Vanessa zu und suchte ihre Augen. Von einem Wohlgefühl des Glücks und der Geborgenheit ergriffen, nahm er Vanessas Gesicht in beide Hände und suchte mit den Lippen ihren Mund. Ein langes, sehnsüchtig erwartetes Spiel ihrer Zungen besiegelte die Auferstehung ihrer Liebe.

Jonas und Vanessa hatten sich wieder.

Zum Abendessen hatte Vanessa Sekt besorgt und ein paar Häppchen hergerichtet. Noch im Stehen reichte Vanessa Jonas das Sektglas mit den Worten: »Auf uns! Schön, dass du endlich zu mir gekommen bist!« – »Ja, auf unsere Liebe!«, bekräftigte Jonas. Nachdem beide getrunken hatten, urteilte Jonas lächelnd: »Nachdem wir uns getrennt hatten und du Ludwig geheiratet hast, hätte ich nie im Leben der Welt die Hoffnung gehegt, dass wir wieder einmal zusammenfinden würden. Damals, als wir Kollegen am Gymnasium in Augsburg waren, hast du mein Herz berührt, und dann wurden meine Gefühle zu dir so mächtig, dass ich im Liebestaumel mein Eheversprechen brach. Im Liebesrausch wurde mir nicht bewusst, was ich meiner Frau antat. Ich habe meine Frau mit dir betrogen und für unsere Schäferstunden habe ich sie mit meinen erfundenen Alibis nach Strich und Faden angelogen. Als sie uns zwei dann im Festzelt auf dem Oktoberfest zusammen sah und ich mich ihren Vorwürfen stellen musste, stand meine Ehe auf der Kippe. Ich wollte Amelie aber nicht verlieren, habe mein Fehlverhalten eingesehen und habe sie um Vergebung gebeten. Der Preis für die gerettete Ehe war, dass ich mich von dir getrennt habe. Damit habe ich auch dir weh getan!« Jonas senkte den Kopf. Nachdenklich fügte er hinzu: »Durch deine Versetzung nach Straubing und durch deine Heirat mit Ludwig ist jeder von uns schließlich seinen eigenen Lebensweg gegangen.« – »Nun ja, eine Perspektive hatte unsere Beziehung keine, das wurde mir schlagartig bewusst, als ich von dir schwanger wurde. Die Schwangerschaft mit Linus war es, die mich zum Nachdenken brachte über das, was zwischen uns war. Und ich fing an, mir auch Gedanken über deine Situation zu machen. Erst da wurde mir die ganze Tragweite meines Tuns bewusst. Ich hatte mich in einen verheiraten Mann verliebt, mich ihm ganz hingegeben und wurde schwanger!«

Jonas senkte den Blick und schwieg. Mit einem Mal fühlte er sich zurückversetzt in jenen Montagmorgen, als Vanessa ihm auf dem Lehrerparkplatz vor dem Gymnasium in Augsburg eröffnet hatte: »Jonas, ich bin schwanger!« Er hatte neben Vanessa in ihrem japanischen Kleinwagen gesessen. War vor Schreck erstarrt und hatte keine Worte gefunden. Um den Ernst der Lage deutlich zu machen, sah ihn Vanessa herausfordernd an: »Schwanger von dir. Es gibt keinen anderen Mann. In meinem Bauch steckt dein Kind.«

Auch Vanessa hatte eine Weile geschwiegen. Jonas fand wieder zurück in die Gegenwart und eröffnete wieder das Gespräch. »Das war sicher eine schwere Zeit für dich, Vanessa. Nach deinem Mutterschutz war der kleine Linus unter der Woche bei der Oma, bis du nach Straubing versetzt wurdest. Ich hoffe, ich habe euch beiden wenigstens mit meiner finanziellen Unterstützung ein klein wenig helfen können.« – »Ja, das hast du. Du hast mir großzügig Geld überwiesen. Aber Linus bist du dadurch kein Vater geworden. Du warst nie für ihn da«, hielt Vanessa fest und sah ihn mit einem prüfenden Blick an. Jonas schluckte verlegen. Es tat ihm weh, mit diesem Teil seiner Lebensgeschichte konfrontiert zu werden. Er hatte als Vater versagt. War für Linus nie da gewesen. Nicht einmal am Tag seiner Einschulung. Das Versäumte konnte er nicht nachholen, nicht wieder gut machen. Das war eine niederschmetternde Bilanz.

Um vom Thema abzulenken, brachte er Ludwig, Linus' Stiefvater ins Gespräch. Er versuchte, Vanessa aus der Deckung zu locken und forderte sie auf, etwas über ihren späteren Ehemann Ludwig zu erzählen. Vanessa fand zu neuem Leben zurück. »Als ich Ludwig in Straubing auf dem Gäubodenfest zufällig wieder traf, hat er mir sehr gut gefallen. Und ich ihm offenbar auch!« Vanessa lachte. »Wir kannten uns ja schon von früher, aber mehr als ein Bekannter war Ludwig für mich nicht. Aber diesmal, auf dem Gäubodenfest, muss er sich in mich verliebt haben. Er lud mich gleich zu sich an den Tisch, bestellte Grill Händl und eine Maß für mich und bezahlte alles. Und wir haben uns gleich am Tag unseres Wiedersehens für den Tag danach verabredet. Bei unserem zweiten Date ist er dann mit mir zum Tanzen gegangen, und da ist mir aufgefallen, wie zuvorkommend und galant er war. Dass er Charme hat, das hatte ich schon am Vorabend gespürt. Er hat mich sogar zum Taxi begleitet, dem Taxifahrer einen Schein zugesteckt und ihm die Adresse meiner Eltern genannt.« – »Woher wusste er die? Hat er dich früher schon als Gymnasiastin oder als Studentin nach Hause begleitet?« – »I wo, aber Straubing war damals eine Kleinstadt, und die echten Straubinger Familien waren miteinander bekannt. Komisch, jetzt wo du das sagst, fällt mir das auf. Obwohl er nie bei uns zu Hause war, nannte er dem Taxifahrer die Straße und die Hausnummer! Offenbar hat sich herumgesprochen, dass ich wieder in Straubing bin und wieder bei meinen Eltern wohne. Er muss die Adresse gegoogelt haben. Offensichtlich war er schon nach dem ersten Abend mit mir auf dem Gäubodenfest scharf auf mich.« Wieder lachte Vanessa. »Und da er mir auch gefallen hat, wurden wir ein Paar. Den Rest weißt du ja. Ich fand es großartig, dass Ludwig mich geheiratet hat, obwohl ich ein Kind von einem anderen Mann in die Ehe brachte. Das hat ihn nie gestört. Er hat Linus immer wie seinen Sohn behandelt. Ludwig hat auch mit Linus gespielt und hat ihm das Radfahren und das Schwimmen beigebracht. Und Linus hat *Papa* zu Ludwig gesagt.«

Jonas sank zurück in das Sofa. Ein bitteres Gefühl stieg in ihm auf. In Linus war ihm ein zweites Kind, ein Sohn geschenkt worden. Aber es war Ludwig, der mit Linus gespielt hatte, der ihn liebkost und mit ihm getollt und umgetrieben hatte. Er, Jonas, hatte sich selbst um das Glück, für Linus Vater zu sein, betrogen! »Und zwar deswegen, weil ich ihn verleugnet habe!«, durchzuckte es Jonas wie ein Blitz. Sein Kopf fiel auf die Brust. Das fiel Vanessa zwar auf, aber offensichtlich hielt sie Jonas Reaktion für ein Zeichen von Müdigkeit. Offenbar wollte sie diesem Umstand Rechnung tragen, denn sie schlug vor: »Ich möchte dir nur noch ganz kurz erzählen, wie es dann weiterging. Die erste Zeit meiner Ehe mit Ludwig war wunderbar. Ludwig hat mich verwöhnt und auf den Händen getragen. Hat versucht, mir meine Wünsche von den Lippen abzulesen. Ludwig war lieb und großzügig zu mir. Bis zuletzt. Aber er hat in seinen eigenen Kreisen gelebt, in denen kein Platz für mich war.

Weder im Schützenverein noch in der Partei noch im Rotary Club. Er hat mich vernachlässigt und allein gelassen. Ich bin zusehends vereinsamt und am Schluss hatte ich ich das Gefühl, in einem goldenen Käfig zu leben. Allein mein Beruf gab mir Halt, und mein großes Glück war Linus.«

Vanessa machte eine Pause und sinnierte vor sich hin. Dann sagte sie mit Nachdruck. »Ich habe eine große Bitte. Genauer gesagt ist es eine Frage, die an uns beide geht. Wie gehen wir mit der Wahrheit um? Wann sagen wir Linus, dass du sein leiblicher Vater bist?« Jonas nickte. »Diese Frage hat mich oft gequält, und ich hatte nie den Mut zu einer ehrlichen Antwort. Es gibt aber noch eine Frage, die wir uns beide stellen müssen. Wie begründen wir Jonas gegenüber, warum wir ihm bis heute die Wahrheit verschwiegen haben?«

55

Es war eine schöne Feier gewesen, mit der Aarons Chef Tom von seinem Arbeitgeber, der Stadtbibliothek München in den Ruhestand verabschiedet worden war. Aus dem Münchner Rathaus war sogar der Kulturreferent gekommen, hatte eine launige Rede gehalten und Toms langjährige Dienste gebührend gewürdigt. Der anschließende Gang zum Büffet gab den Startschuss zu einem heiteren Austausch an den Stehtischen. Die Stimmung war sehr gelöst und es wurde viel gelacht. Gegen Ende des Empfangs war Tom eigens an Aaron herangetreten und hatte sich von diesem persönlich verabschiedet. »Ich möchte mich bei dir noch einmal an dieser Stelle für die gute Zusammenarbeit bedanken. Besonders gut fand ich deine Initiative zum Aufbau der Lesezirkel in drei Stadtteilen. Damit hast du es geschafft, dass wir auch die Leser digitaler Bücher für unser Kulturprogramm gewinnen konnten. Und natürlich für den Ausbau der Krankenhausbibliotheken der MünchenKlinik in den Häusern Bogenhausen, Harlaching, Neuperlach und Schwabing. Bei dir, Aaron, habe ich wirklich gemerkt, dass du deine Arbeit mit Herzblut verrichtet hast. Aaron, ich wünsche Dir alles erdenklich Gute!« Nachdem Aaron sich für die anerkennenden Worte aus dem Mund seines Vorgesetzten bedankt hatte und diesem einen gesunden und erfüllten Ruhestand gewünscht hatte, bemerkte Tom: »Aaron, du bist der nächste!« Aaron war etwas verwirrt, als er diese Aufforderung aus dem Mund seines scheidenden Chefs hörte. »Wie darf ich das verstehen, Tom?«, hatte er etwas ratlos entgegnet. »Na der nächste, der das große Los zieht und in den Ruhestand tritt!«- »Ach so!«, hatte Aaron unbeteiligt daraufhin bemerkt und trocken hinzugefügt: »Das ist aber erst Ende Oktober nächsten Jahres.«

Nein, in Gedanken war Aaron überhaupt noch nicht bei seinem Ruhestand, der nächstes Jahr bevorstand. Er liebte seine Arbeit mit Büchern, und der Gedanke, dass er eines Tages ohne seine geliebte Tätigkeit dastehen würde, machte ihm Angst. »Auch die Verabschiedung in den Ruhestand ist eine Form von Entlassung«, hatte er einmal zu Susanne bemerkt. »Aber die Pensionierung eröffnet dir doch viele Möglichkeiten, die du vorher nicht hattest. Du könntest zum Beispiel ein Buch schreiben!« – »Worüber soll ich denn schreiben?« – »Du könntest in deinem Roman aus deinem Leben als Pfarrer erzählen, in der Romanfigur eines Priesters deine Erfahrungen verarbeiten.«

Nein, das hatte Aaron nicht vor. Sein Werdegang zur Priesterweihe, seine Arbeit als Verkünder der Frohen Botschaft, Spender der Sakramente, Seelsorger und seine ganze Lebensform als Priester gehörten ihm. Waren Teil seiner persönlichen Lebensgeschichte, mit allen Höhepunkten, Tiefen und Nöten. »Das gehört nur mir, und wenn ich meine Erfahrungen mit jemandem teilen möchte, mein Herz öffnen und davon erzählen möchte, dann nur dir, geliebte Susanne.«

Dass Aaron sich nicht mit dem zukünftigen Lebensabschnitt als Rentner beschäftigte, hatte noch einen anderen Grund. Es waren die Sorgen um Nicoles Zustand, die ihn umtrieben. Die letzten Besuche im Pflegeheim hatten ihn nachdenklich gemacht. Seine Mutter war im Lehnstuhl gesessen, hatte teilnahmslos, ja abwesend vor sich hingedöst. Als er ihre Hand genommen hatte und »Grüß dich Mama« gesagt hatte, traf ihn ein neugierig erstaunter Blick, so als wisse Nicole nicht, wer der fremde Besucher sei. Ihr Händedruck wirkte mechanisch, aber eher kraftlos. »Ich bin es, dein Sohn Aaron!«, hatte er mit kräftiger Stimme gesagt. »Aaron«, hatte Nicole daraufhin wiederholt, so, als ergründete sie die Bedeutung dieses Namens. Er hatte nach einem Stuhl gegriffen und sich an ihre Seite gesetzt. Wieder griff Aaron nach der Hand seiner Mutter Nicole. »Geht es dir heute gut?« – »Ja, und es ist schön, dass du gekommen bist.« – »Hast du schon Suppe gegessen?« Aus seiner Arbeit als Seelsorger wusste Aaron, dass er im Gespräch mit Menschen, die unter Demenz litten, einfache und konkrete Fragen stellen musste. Da ihm klar war, dass seine Mutter neben der räumlichen auch die zeitliche Orientierung verloren hatte, fragte er nicht nach dem *Mittag*essen, sondern nach der Suppe, dem ersten Gang des Mittagessens. Er wusste, dass seine Mutter zeitlebens gerne Suppen gegessen hatte und dass es bei ihnen, als er noch zur Schule gegangen war, oft Suppe gegeben hatte, oft auch als Abendessen mit einem Stück Brot. »Nein, gegessen habe ich noch nicht.«

Aaron wusste, dass das Kurzzeitgedächtnis seine Mutter im Stich ließ. Er wusste auch, dass Streit in ihrer Situation fehl am Platz war. Was seiner Mutter guttat, waren persönliches Interesse, Zuwendung, Bestätigung und Geduld. Darum drückte er nur Nicoles Hand und bekräftigte: »Das Essen kommt bestimmt bald. Hast du schon Hunger?« – »Ja.« – »Dann freust du dich sicher auf das Essen. Schau, was ich dir mitgebracht habe!« Er griff in seine Tasche und entnahm ihr die Tüte aus der Bäckerei. Er war aufgestanden und holte einen Teller und die Serviette. »Schau, ich war beim Bäcker und habe dir ein Stück Gebäck mitgebracht. Erkennst du es?« Auf Nicoles Gesicht erschien ein Lächeln. »Oh, das ist schön, ein …« Aaron merkte, wie Nicole nach dem richtigen Wort suchte. Aaron kam ihr zuvor: »Schau, Mama, ein Hahnenkamm. Den isst du doch so gerne.« Mit einem breiten Lächeln streckte Nicole ihre Hand aus und griff nach dem Stück Plundergebäck und führte es zum Mund. »Das isst du doch so gerne. Schau mal, die schwarzen Punkte, das ist die Füllung mit Mohn.« Eine Weile sah Aaron befriedigt Nicole beim Essen zu. Er freute sich darüber, dass er seiner Mutter eine kleine Freude bereitet hatte. Als sie mit dem Essen fertig war, reichte Aaron Nicole zum Saubermachen der Hände eine Papierserviette. Nicole legte diese unbenützt neben den Teller. Aus diesem Grund übernahm Aaron diese Aufgabe und wischte seiner Mutter den Mund und die Hände mit der Papierserviette ab. Er stand auf und warf die zerknüllte Papierserviette in den Treteimer. Danach schenkte er ein Glas Mineralwasser ein und reichte es seiner Mutter. »Trink Mama, das ist wichtig.« – »Ich habe gar keinen Durst.« – »Trotzdem, Mama, das Trinken ist wichtig. Der Körper braucht nicht nur Nahrung, sondern auch ausreichend Flüssigkeit.« Aaron bestand darauf, dass Nicole das Glas mit dem Mineralwasser leer trank. Danach stand er auf und machte das Glas erneut voll, bevor er sich verabschiedete. »Morgen kommt Susanne wieder zu dir. Und ich besuche dich am Samstag wieder.« Er wusste, dass alte Menschen kein Gefühl für Durst empfanden. Das mit dem Trinken war ein ständiger Kampf. Um die ausrechende Flüssigkeitsaufnahme in Form von Tee und Mineralwasser kümmerte sich das Pflegepersonal in der

Regel nicht. Aaron war bewusst, dass die Personaldecke in den Alten- und Pflegeheimen dünn war und die wenigen Mitarbeiter tagein tagaus ein herausforderndes und körperlich anstrengendes Arbeitspensum bewältigen mussten. Er bewunderte die Pflegerinnern und Pfleger und ihren wertvollen Dienst an der Gesellschaft, ihren hohen körperlichen Einsatz und ihre Geduld.

Nicht alle, die Nicole betreuten, waren schon lange auf ihrer Station. Auch in den Altenheimen, die Aaron während seiner Zeit als Pfarrer betreut hatte, gab es häufigen Personalwechsel. Zu den wechselnden Schichten, der Arbeit auch an den Wochenenden, an Sonn- und Feiertagen und die oft als unzureichend empfundene Vergütung brachte es mit sich, dass viele Pflegkräfte nicht lange blieben und sich bald eine andere Arbeit suchten. Eine Ausnahme von dieser Regel machten nur die Pflegedienstleiterinnen und Pflegedienstleiter. Und natürlich die Mitarbeiter in der Verwaltung und Leitung. Das war nicht verwunderlich. Bei besserer Bezahlung den Arbeitstag im Sitzen hinter dem PC zu verbringen war ungleich attraktiver. »Die Politiker sind noch nicht bereit, den gesellschaftlichen Wert der Pflege entsprechend ihrer zentralen Bedeutung in der dritten Lebensphase angemessen zu bewerten«, dachte Aaron wieder einmal, als er das Pflegeheim verließ und sich auf den Weg zur Bushaltstelle machte.

56

Schweren Herzens hatte sich Jonas am späten Sonntagnachmittag aus Vanessas Armen gelöst und war in seinen Wagen eingestiegen. Im Rückspiegel hatte er seine Geliebte lange noch vor dem Haus ihres Schwagers winken sehen. Als er Straubing hinter sich gelassen hatte und schließlich in die A 92 Richtung München einmündete, gab er ganz beschwingt Gas. Ein traumhaftes Wochenende lag hinter ihm, das seine Erwartungen weit übertroffen hatte.

Schon bei der Begrüßung spürte er nicht nur Vanessas Freude über seine Ankunft, sondern entnahm bald ihren Worten und ihren Augen eine tiefe Sehnsucht nach Gemeinschaft und Wiedervereinigung mit ihm. Nach einem nachdenklichen Rückblick auf die Zeit seit ihrer Trennung hatte ihn Vanessa mit strahlenden Augen verliebt angesehen, war nahe an ihn herangerückt und die Worte in sein Ohr gehaucht: »Nun bist du ja wieder bei mir!« Das hatte Jonas' Liebe zu Vanessa neu erweckt und die Flamme der Liebe wieder zum Lodern gebracht. Er nahm Vanessas Gesicht in seine Hände, führte seinen Mund zu Vanessas Lippen und küsste sie heiß und innig. Noch am gleichen Abend vollzogen sie die Wiedervereinigung in Vanessas Schlafzimmer. Sie hatten sich wieder, und Vanessa wollte Jonas am nächsten Wochenende in München besuchen.

Die Wonne der neu erwachten Liebe erzeugte ein beseligendes Glücksgefühl in Jonas. Sein Leben erschien ihm leicht und stimmte ihn froh, denn die Freude an der wiedergewonnen Liebe Vanessas überstrahlte alle alltäglichen Probleme und bevorstehende Herausforderungen. Sein Leben gewann einen neuen Inhalt: Vanessa!

Erfüllt von der Liebe und der Hoffnung auf eine gemeinsame Zukunft mit Vanessa erreichte er seine Wohnung in Freiham. Dieses Wochenende hatte seinem Leben eine überraschende Wendung gebracht.

Nachdem Jonas seine Tasche ausgepackt hatte, setzte er sich auf das Sofa im Wohnzimmer und ließ die letzten Tage in seinem Kopf Revue passieren. Ja, sein Leben hatte eine überraschende Wendung vollzogen. Er war nicht mehr der alleinstehende Witwer, der um seine Frau trauerte, sondern er hatte Vanessa wiedergefunden und sie waren wieder vereint. Mit einem Mal empfand er auch nicht mehr die Leere seiner Vierzimmerwohnung, denn er wähnte Vanessa schon bei sich. Ihm war, als säße sie neben ihm, strahlte ihn mit ihren großen blauen Augen an. Wieder durchströmte ihn ein warmes Gefühl. Er schloss die Augen, lehnte sich entspannt zurück und überließ sich seinen Träumen. Schließlich sah er sie in seiner Fantasie neben sich im Bett liegen, bereit zum Spiel der Liebe …

Als er die Augen wieder öffnete, schlug er in Gedanken den Bogen zum kommenden Wochenende. »Amelies Bett muss ich wieder beziehen. Welche Bettwäsche soll ich dafür hernehmen? Vielleicht die blaue aus Satin, die Amelie so gerne mochte … Ich muss natürlich beide Betten neu beziehen. Und ich werde Vanessa mit einem riesigen Strauß roter Rosen am Bahnhof empfangen. Und eine Schachtel Trüffelpralinen werde ich in der Maffeistraße besorgen. Beim Feinkosthaus in der Dienerstraße werde ich Leckerbissen für uns besorgen. Womit ich ihr wohl eine Freude machen kann?«, sinnierte er. Und gleichzeitig merkte er, dass er bei der Frage nach ihren Lieblingshäppchen und bevorzugten Speisen Neuland betrat. Damals, zu Zeiten ihrer jungen Liebe, waren sie abwechselnd zum Italiener oder zum Griechen zum Essen gegangen. Er wusste genau, dass sie gerne Pizza Quattro Stagioni bestellt hatte, gelegentlich auch Pizza Capriciosa oder Risotto Marechiaro. Ja, und er erinnerte sich daran, dass Vanessa Kapern verabscheute. »Kapern mag ich nicht. Die schmecken wie Seife«, hatte sie mehrmals bemerkt, wenn er seine Lieblingspizza bestellt hatte, die Pizza Napoli mit Sardellen, Oliven und Kapern. Und beim Griechen hatte sie gerne gefüllte Bifteki oder Leber Balkan Art gewählt. Und für ein Häppchen nach dem Schäferstündchen hatte er einmal aus der Fischhalle einen Krabbencocktail besorgt. »Ich weiß vieles über Vanessas Geschmack und ihren Lebensstil überhaupt nicht!«, gestand er sich ein. »Vanessa bei mir aufzunehmen, das verspricht eine kleine Erlebnisreise zu ihren Gewohnheiten und zu ihrem Lebensstil zu werden«, folgerte Jonas mit einem Lächeln um seine Mundwinkel.

Nein, was Vanessa im Feinkosthaus in der Dienerstraße auswählen würde, konnte er nicht sagen. »Da muss ich mir noch etwas einfallen lassen«, und mit dieser Schlussfolgerung beendete er seine virtuelle Einkaufstour. Es war Zeit, zu Bett zu gehen.

Jonas war innerlich viel zu aufgewühlt von dem neuen Liebesglück, dass er lange nicht einschlafen konnte. Eine Frage schob sich plötzlich wie aus einem Hinterhalt in sein Bewusstsein. »Wann soll ich Linus die Wahrheit sagen? Und wie wird er die Nachricht, dass ich sein leiblicher Vater bin, aufnehmen? Wird er mir vorwerfen, dass ich ihn um die gemeinsame Kindheit betrogen habe?«

Diese Frage ließ ihm keine Ruhe. Es dauerte lange, bis ihn der Schlaf von seinen quälenden Vorahnungen erlöste.

57

Lisa legte das Messer neben die Gabel auf den Brotzeitteller und schob ihn von sich weg. Mit einem herausfordernden Blick fixierte sie ihren Mann Luis. »Ich möchte mit dir noch unser Programm für Samstag und Sonntag besprechen. Ich habe mir überlegt, ob wir nicht wieder Mama besuchen sollten?« – »Wie geht es ihr denn?« Luis wusste, dass seine Frau Lisa und Susanne sich täglich über WhatsApp austauschten. Susanne fuhr täglich nach der Frühschicht bei Nicole vorbei. Ihre täglichen Chats mit Lisa stellten sicher, dass auch Luis stets über den gesundheitlichen Zustand seiner Mutter im Bild war. »Was Susanne schreibt, klingt ziemlich ernst. Nicole wirkt zusehends abwesender, und meistens, wenn Susanne ihr Zimmer betritt, scheint es, als würde sie ein Nickerchen machen. Wenn Susanne sie begrüßt, schaut sie mit einem verschleierten Blick auf. Dass wir nicht wissen, ob Nicole uns noch erkennt, daran hat sich auch Susanne gewöhnt. Aber Susanne leidet darunter, dass ein normales Gespräch mit Mama nicht mehr möglich ist.« Luis antwortete nach einer Pause nachdenklich: »Ja, das ist traurig. Sie war einmal eine so vitale Frau. Hat im Garten Rosen gezüchtet und zusammen mit Daniel täglich im Garten gewerkelt, wenn sie nicht mit dem Haushalt beschäftigt war. Zu ihrer Freundin ist sie aus diesem Grund nur sehr selten gegangen. Im Sommer eher nicht. Nicole war es dann lieber, wenn diese zu ihr kam. Dann haben sie sich in den Garten gesetzt und haben Kaffee getrunken. Lieber hätte sich Brigitte mit Nicole aber in einem

Lokal in der Stadt getroffen.« – »Warum ist denn deine Mutter ihrer Freundin nicht entgegengekommen? Sie hätten sich doch abwechselnd bei ihr im Garten und dann wieder einmal in der Stadt treffen können?« – »Brigitte war ein ganz anderer Schlag Mensch. Reisefreudig, unternehmungslustig, irgendwie umtriebig. Bis ins hohe Alter. Die fand das Kaffeetrinken und Kuchenessen im Garten irgendwie fade. Um die Freundschaft aufrechtzuerhalten, hat Brigitte Nicole in diesem Punkt nachgegeben und ist brav zu Besuch gekommen. Auf Kaffee und Kuchen. Im Sommer draußen und während der kalten Jahreszeit drinnen.« Luis lachte kurz auf. »Soll ich dir ein Geheimnis anvertrauen?« Lisa blickte ihren Mann erwartungsvoll an. »Ja, unbedingt.« Er kratzte sich hinterm Ohr, machte eine abwägende Bewegung mit seinem Kopf. »Man soll ja über Tote nichts Schlechtes sagen. Jedenfalls nichts, was die Erinnerung an den Verstorbenen trüben könnte. Aber ich finde, das, was ich dir jetzt erzählen werde, gehört zu Daniel. Und ich denke, die beiden haben auch nichts Unrechtes getan.« Lisa platzte beinahe vor Neugierde. Mit großen Augen hatte sie Luis fixiert und gespannt zugehört. »Mein Vater war alles andere als traurig, dass Nicole Brigitte zu sich nach Hause einlud. Ihm gefiel die unternehmungslustige und quirlige Freundin seiner Frau. Ich denke, Daniel war in Brigitte verliebt!« – »Wie kommst du denn darauf?« – »Einmal ist mir aufgefallen, dass er gestrahlt hat und sich vor Freude die Hände gerieben hat, als Mama beim Abendessen erwähnte, dass sie für Samstagnachmittag Brigitte eingeladen hat. Damals war mein Vater noch im Beruf. Ach ja, ich war damals zufällig noch da, als Brigitte zu Kaffee und Kuchen eintrudelte, und Mama hat mich aufgefordert, von ihrem

Kuchen zu verkosten, den sie extra aus Anlass von Brigittes Besuch gebacken hatte. Da habe ich mich dann auf eine halbe Stunde dazugesetzt. Ich habe nicht vergessen, wie mein Vater ganz verliebt immer wieder den Kopf zu Brigitte gedreht hat. Ganz zärtlich hat er sie angesehen. Und als Mama dann in die Küche ging, um etwas zu holen, hat er ihr eindeutige Komplimente gemacht. Richtig flattiert hat er ihr. Es war für mich als unbeteiligten Dritten schon fast peinlich. Wie sagt man dem auch: Daniel hat Brigitte Avancen gemacht!« Wieder lachte Luis kurz. »Und als dann meine Mutter für zehn Tage im Krankenhaus war, da hat er mit Brigitte oft und lange telefoniert. Das hat er sonst nicht gemacht. Mein Vater war auf dem Gebiet sonst nicht so mutig. Und ich glaube, er hat sich in dieser Zeit sogar einmal mit Brigitte getroffen. Nachdem er vom Krankenbesuch aus der Klinik zurückgekommen ist, hat er sich ein frisches Hemd und seine neuesten Schuhe angezogen. Er hat sich parfümiert und ist gegen Abend mit einem Beutel noch einmal weggegangen. Ich weiß nicht, was in dem Beutel war.« – »Vielleicht eine Schachtel Pralinen«, warf Lisa ein, die gespannt zugehört hatte. »Du hast recht, das könnte sein.« – »Glaubst du, dass da mehr zwischen den beiden gelaufen ist? Gab es vielleicht ein heimliches Wiedersehen? Oder gar ein Schäferstündchen?« Lisa blitzte Luis schelmisch an. »So weit würde ich nicht gehen. Daniel war ein guter Vater und ein treuer Ehemann. Frauen gegenüber war er sonst eher unsicher.« – »Aber was du mir eben erzählt hast, deutet in eine ganz andere Richtung. Ist die Katze aus dem Haus …« Lisa sprach nicht weiter, lächelte jedoch schelmisch. »Solche Fantasien kenne ich gar nicht an Lisa«, durchzuckte es Luis. Er war irritiert. Und begann, seinen

Vater zu verteidigen. »Das passt gar nicht zu meinem Vater. Es gibt auch keinen Hinweis darauf, dass mein Vater Nicole untreu war.« – »Aber es ist doch offensichtlich, dass die lebensfrohe und lustige Brigitte das Herz deines Vaters berührt hat. Vielleicht hat er Brigitte vom Büro aus angerufen, oder die beiden haben täglich miteinander gechattet!« – »Jetzt ist aber gut, Lisa! Das geht zu weit. Nein, dafür habe ich keine Anhaltspunkte. Ich habe nie gesehen, dass mein Vater, wenn er sich unbeobachtet fühlte, gechattet hat. Ich finde es schäbig, solche Spekulationen über meinen Vater in die Welt zu setzen. Ich habe nichts dergleichen bemerkt!« Sichtlich verärgert schlug Luis mit der Faust auf den Tisch. Verletzt durch Luis' Zurechtweisung verstummte Lisa. Sie bändigte ihre Neugierde und überlegte für sich: »Es hätte ja sein können. Vielleicht hat Brigitte Daniels Herz berührt? Und Daniel ist der Stimme seines Herzens gefolgt! So etwas kommt doch vor!«, dachte Lisa trotzig. »Über die Ehemänner meiner Freundinnen habe ich noch ganz anderes gehört. Die Wirklichkeit vieler Ehen ist doch oft ganz anders als der Schein, den Mann und Frau verbreiten, wenn sie gemeinsam auftreten«, sann Lisa vor sich hin.

Als Lisa abends im Bett lag, verharrte sie in Gedanken nochmals bei dem Gespräch, in dem Luis sie gegen Ende zurechtgewiesen hatte. Sie hatte sich über Luis' schroffe Zurechtweisung geärgert. Luis hatte sie barsch in die Schranken gewiesen. Sie war irritiert über den lauten Ton, in welchem er ihre Fragen zu Daniels Beziehung zu Brigitte von sich gewiesen und als schäbige Spekulation abgetan hatte. So etwas kannte sie gar nicht von ihrem Mann. War ihr Schwiegervater nur ein wenig verliebt in die fesche und temperamentvolle Brigitte gewesen? Hatte er damals, als seine Frau im Krankenhaus lag, wirklich nur etwas Trost und Zerstreuung gesucht, als er sich mit Brigitte heimlich verabredet hatte? Als sie Daniel in ihren Gedanken vor sich sah, fand sie zu einem milderen Urteil. »Vielleicht hat Luis recht. Eine Affäre oder auch nur eine heimliche Freundschaft passt eigentlich gar nicht zu Daniel. Der Mann, der andere Frauen aufreißt und ein sexuelles Abenteuer sucht, war Daniel gewiss nicht. Daniel wirkte doch mir gegenüber unsicher, irgendwie verlegen, als Luis mich ihm vorgestellt hat.«

58

Jonas war froh, als der Schulgong das Ende der sechsten Unterrichtsstunde ankündigte. Gedankenverloren steckte er sein Tablet in die Schultasche und wandte sich zum Gehen. Er wartete, bis alle Schüler den Unterrichtsraum verlassen hatten und trat als letzter auf den Flur. Er sperrte zu und machte sich mit großen Schritten auf den Weg zum Lehrerzimmer. Dort angekommen, trat er an sein kleines Schrankfach, sperrte dieses auf und entnahm ihm die schriftlichen Arbeiten der Lernzielkontrolle, die Werke seiner Schüler aus der dritten Stunde an diesem Donnerstag. »Vor Montagnachmittag kann ich mit der Korrektur nicht beginnen. Denn morgen Nachmittag kommt Vanessa zu mir!«, sann er vor sich hin. Ein beseligendes Lächeln brachte sein Gesicht zum Leuchten. Diesem Augenblick fieberte er seit Sonntagabend in einer starken inneren Erregung entgegen.

»Jonas, bleibt es bei unserem Essen morgen Freitag?« Sibylle war an ihn herangetreten und sah ihn fragend an. Jonas fiel aus allen Wolken, als er von Sibylle aus seinen Wochenendträumen gerissen wurde. Stimmt, vierzehn Tage waren um, und morgen war wieder sein Jour fixe mit Sibylle. Seit dem Tod Amelies hatte er begonnen, ganz bewusst in seinem Lehrerkollegium neue Verbindungen zu knüpfen. Sobald er spürte, dass sein Interesse an einem persönlichen Austausch ein positives Echo fand, versuchte er den Kontakt durch regelmäßige Gespräche zu vertiefen. Ein erster Schritt geschah durch ein gemeinsames Mittagessen beim Italiener. Der nächste Schritt bestand im Austausch der Kontaktdaten, und damit ebnete er den Weg zu einem persönlichen Austausch auch über das Smartphone. Mit der Zeit wurde dieses Zwiegespräch persönlicher und vertraulich, ja fast intim.

Auf diese Weise hatte er sich locker mit Fachkollegin Sibylle angefreundet. Dass Sibylle ihn jetzt an ihren Jour fixe, das gemeinsame Essen beim Italiener alle vierzehn Tage, erinnern musste, machte Jonas verlegen. Daran hatte er nicht mehr gedacht. Bevor Jonas Sibylle antwortete, überschlug er in Gedanken kurz die Verabredung mit Vanessa. Vanessa wollte um 14 Uhr 27 in Straubing mit dem Zug losfahren. Er hatte ihr zugesagt, sie um 16 Uhr 16 am Münchner Hauptbahnhof abzuholen. Damit war klar, dass er die Essensverabredung mit Sibylle nicht aufrechterhalten konnte. »Es tut mir leid, Sibylle, aber morgen Freitag kann ich nicht mit dir essen gehen. Ich muss jemanden am Bahnhof abholen.« Sibylle sah ihn enttäuscht an, fragte aber nicht weiter nach. Geistesgegenwärtig schob Jonas die Frage nach: »Können wir unser gemeinsames Essen vielleicht auf einen anderen Wochentag verschieben?« Sibylles Gesicht hellte sich auf? »Wäre dir der Mittwoch recht?« – »Ja, gerne. Abgemacht, nächsten Mittwoch wieder! Schönen Nachmittag noch!« – »Dir auch!«

Auf dem Weg zu seinem Wagen dachte er: »Morgen kommt Vanessa zu mir, und die Woche drauf möchte ich am Freitagnachmittag wieder nach Straubing fahren.« Er griff in die Tasche, die er neben sich auf den leeren Beifahrersitz gelegt hatte, und entnahm ihr den Einkaufszettel, auf dem er während der Woche nach und nach die Besorgungen für das kommende Wochenende notiert hatte. Der Zettel war recht umfangreich geworden, und im Hinblick auf die Wein- und Sektflaschen hatte er am Morgen schon den geflochtenen Korb aus der Wohnung mitgenommen und in den Kofferraum gelegt. Zur Begrüßung wollte er Vanessa ein Glas Sekt anbieten. Als kulinarischen Begleiter plante er Grissinisticks zu reichen. Die Gebäckstangen mit Sesam wollte er mit italienischem Rohschinken umwickeln. Das versprach, einen leckereren und sättigenden Auftakt abzugeben, während dessen sie die Erlebnisse der zu Ende gehenden Woche austauschen würden.

Jonas träumte davon, im Verlauf des Abends mit Vanessa zu kuscheln. Und die Auferstehung ihrer Liebe zu feiern. Das erste Mal in seinem Schlafzimmer …

59

Niklas hatte Linus eine WhatsApp geschrieben und an das bevorstehende Stiftungsfest ihres Corps erinnert. »Kommst du auch schon zum Begrüßungsessen am Freitagabend?«, wollte er von Linus wissen. »Ja.Ich schlage vor, wir treffen uns eine Dreiviertelstunde vorher schon an der Theke auf der Aktivenetage. Also bis Freitagnachmittag, 17 Uhr 15. Servus!« Beide, Linus und Niklas waren Mitglieder der Studentenverbindung *Lucertola* in München. Sie zählten nicht mehr zur Activitas, in der sie während ihres Studiums an der Ludwig-Maximilians-Universität erst Füchse, danach Burschen gewesen waren. Seit ihrer Philistrierung nach der Erlangung ihres Hochschulabschlusses und den Eintritt in das Berufsleben waren sie *Alte Herren*. Durch einen stattlichen Jahresbeitrag, den sie regelmäßig an das Corps überwiesen, der wesentlich dem Unterhalt des Corpshauses und zur Finanzierung der zahlreichen Aktivitäten der Verbindung diente, durch ihre persönliche Teilnahme an diversen Veranstaltungen und durch den Kontakt zu den Studenten, den Füchsen und Burschen, trugen die *Alten Herren* entscheidend dazu bei, dass studentische Traditionen gepflegt und den Studierenden Unterstützung durch ein generationenübergreifendes Netzwerk von Akademikern der verschiedensten Fachrichtungen geboten werden konnte.

Das jährliche Stiftungsfest war die traditionelle Feier der Gründung des Corps. Gerne wurde es deshalb auch

Corpsgeburtstag genannt. Die Feierlichkeiten begannen jeweils am Freitag durch einen Begrüßungsabend mit einem 3-Gänge-Abendessen. Am Samstag stieg abends die Stiftungsfestkneipe. Am Sonntagvormittag klang das Stiftungsfest mit einem Weißwurstessen aus. Zum diesjährigen Stiftungsfest hatten sich Niklas und Linus verabredet. Am Freitagabend stand Niklas an der Theke der Aktivenetage und war in ein Gespräch mit einem Studenten vertieft, der sich für seine Arbeit in einer Psychotherapeutischen Praxis interessierte. Er erkundigte sich über Niklas' Arbeitsbedingungen, über die Anzahl der Therapiesitzungen, die er wöchentlich hielt. »Gibt es in deiner Praxis auch ein Teilzeitmodell?«, fragte der Corpsstudent. »Na klar, aber das ist von Praxis zu Praxis verschieden. Aber wieso fragst du nach Teilzeitarbeit in Psychotherapeutischen Praxen? Du studierst doch BWL?«, erkundigte sich Niklas. »Ja, das stimmt, aber meine Freundin studiert Psychologie. Sie möchte später als Psychotherapeutin arbeiten und wir möchten später auch Kinder haben.« Niklas nickte verständnisvoll. Er ließ seinen Blick durch den Raum gleiten. Da erhellte sich sein Blick, denn Linus hatte den Raum betreten.

Nach einem kurzen »Servus« eröffnete Linus das Gespräch: »Entschuldige, aber ich stehe mit meinem Beitrag für unseren *ifo Schnelldienst* ordentlich unter Druck. Am Montag ist Redaktionsschluss, aber da sind auch noch zwei Meetings. Ich habe versucht, mit der Endredaktion heute fertig zu werden. Das habe ich heute noch geschafft. Am Montag lese ich meinen Beitrag nochmals Korrektur, und dann kann er nächsten Monat unter der Rubrik *Zur Diskussion gestellt* erscheinen. Doch nun zu dir. Hast du

Neuigkeiten?« – »Mein Vater hat sich bei mir über WhatsApp gemeldet. Vanessa hat sich überraschend angekündigt. Mein Vater hat ein gemeinsames Treffen von uns allen vorgeschlagen. Ich habe ihm gesagt, dass das wegen des Stiftungsfests nicht geht.« Niklas lachte kurz auf. »Zehn Minuten später kam die nächste WhatsApp von Jonas. Er meint, ob das vielleicht nicht am frühen Nachmittag möglich wäre?« Linus sah Niklas mit großen Augen an. »Dann muss es sich um etwas Wichtiges handeln! Mir hat er nämlich auch geschrieben. Stell dir vor: dein Vater hat mich zum Frühstück in seine Wohnung nach Freiham eingeladen! Das sind ein bisschen viele Familientreffen auf einmal, Niklas, findest du nicht auch? Was ist denn da im Busch?« – »Ich habe ihn gefragt, was er denn so Dringendes besprechen will, aber er rückte mit dem Grund für unser Treffen nicht heraus.« – »Und meine Mutter ist jetzt bei deinem Vater Quartiergast?«, spekulierte Linus mit einem breiten Grinsen. »Was tut sich denn da zwischen den beiden? Habe ich etwas verpasst? Weißt du mehr?« Niklas schüttelte den Kopf. »Nein, mein Vater hat mir nichts davon erzählt. So intensiv ist der Kontakt zu meinem Vater nicht. Außerdem lässt sich der in persönlichen Dingen nicht in die Karten schauen. Aber du hast recht. Wenn er Vanessa zu sich einlädt …« Niklas sprach nicht weiter. In seinem Kopf arbeitete es. »Sind Jonas und Vanessa wieder ein Paar?«, überlegte er.

Niklas wusste, dass sein Vater früher mal in Vanessa verliebt gewesen war. Damals war er noch in den Kindergarten gegangen. Und er konnte sich sehr gut an die Szene erinnern, die seine Mutter seinem Vater gemacht hatte, als sie mit ihrer Mädelsclique auf dem Oktoberfest gewesen war und dort seinen Vater bei Vanessa in einem Festzelt sitzen sah. Wie eine Furie hatte Amelie Jonas abends angeschrien und ihm wegen seiner Beziehung zu Vanessa schwere Vorwürfe gemacht. Ob seine Mutter in allem, was sie Jonas damals an den Kopf geworfen hatte, recht hatte, war ihm bis heute nicht klar. Er hatte sich auf ein Zeichen seiner Mutter damals aus dem Wohnzimmer verzogen, und Amelie und Jonas hatten die laute Auseinandersetzung allein und ohne einen Zeugen weitergeführt.

Niklas hatte Vanessa nur einmal gesehen. Auf dem Rückweg von einem Ausflug seiner Kindergartengruppe war er an einer Eisdiele vorbeigekommen. Dort sah er seinen Vater mit einer blonden jungen Frau mit einem Pferdeschwanz zusammensitzen. Als sein Vater ihn danach im Kindergarten abgeholt hatte, hatte er seinem Vater versprechen müssen, dass dies ein Geheimnis zwischen Vater und Sohn bleiben müsse.

60

Jonas hatte schlecht geschlafen. Der bevorstehende erste Besuch Vanessas in seiner Wohnung erregte ihn innerlich und schenkte ihm ein unbekanntes Hochgefühl, versetzte ihn beinahe in Trance. Das erste Mal seit vielen Jahren durfte er wieder die Wonne der Liebe kosten! Jonas war wie elektrisiert vor Freude über das bevorstehende Zusammensein mit Vanessa. Immer wieder hatte er sich vor seinem geistigen Auge vorgestellt, wie er Vanessa mit roten Rosen in den Händen am Bahnhof empfangen würde, ihr seine Wohnung zeigen und sie spätabends in seinem Bett in die Arme schließen würde. Wie ein Bräutigam vor hundert Jahren, der seine frisch Angetraute in die gemeinsame Wohnung führte. Gleichzeitig jedoch stand er unter einer starken inneren Anspannung, die von der geplanten Aussprache mit Linus ausging. Mehr als dreißig Jahre nach Linus' Geburt wollte er sich zu Linus bekennen, sich als Linus' Vater offenbaren.

»Wie wird Linus mein spätes Geständnis aufnehmen? Wie wird er reagieren, wenn er hört, dass ich sein Vater bin? Lässt er die Gründe gelten, die mich und Vanessa dazu bewogen haben, ihm die Wahrheit zu verschweigen?«

Neben dieser Mischung aus innerer Erregung und gespannter Erwartung war er auch durch ganz praktische Vorbereitungen auf Vanessas Besuch beansprucht worden. Unter dem Vorzeichen dieses besonderen Ereignisses hatte es ihm nicht viel ausgemacht, Jakob anzurufen und ihm mitzuteilen, dass er am *Treff Ü 60*, dem Kollegen- und

Rentnerstammtisch seiner Schule, der alle zwei Monate am letzten Donnerstag der ungeraden Monate in einem Lokal unweit des Augsburger Hauptbahnhofs stattfand, nicht teilnehmen werde. Jakob schien an Jonas' Stimmlage und an der Art, wie er sich für sein Fernbleiben entschuldigte, bemerkt zu haben, dass Jonas vor einem bedeutenden Ereignis stand. Seine innere Erregung hatte ihn verraten, denn sein Freund Jakob fragte: »Bereitest du eine Familienfeier vor?« Es war Jonas schwergefallen, sich zurückzuhalten und den Grund seiner Absage zu verschweigen. Beinahe hätte er sich verraten und mit einem *Ja* geantwortet. Auch den Jour fixe mit seiner Kollegin Sibylle, das gemeinsame Pizzaessen beim Italiener, hatte er leichthin abgesagt. Immerhin hatten beide einen Ersatztermin für ihren regelmäßigen Austausch beim Italiener vereinbart.

Ja, dieses Wochenende zog wichtige Ereignisse an wie ein Magnet Eisenspäne.

61

Sehr konzentriert war Jonas nicht, als er versuchte, seinen Schülern der 9. Klasse die Trigonometrie am rechtwinkligen Dreieck nahezubringen. Aber die Materie war ihm als altgedientem Mathelehrer vertraut. Den Stoff der Stunde konnte er aus dem Gedächtnis abrufen, und er erklärte flüssig, ohne stecken zu bleiben. Doch in der Diskussion über Möglichkeiten und Grenzen der Photovoltaik im Physikunterricht der 11. Klasse fiel es ihm schwer, konzentriert den Diskussionsbeiträgen der Kollegiaten zu folgen. Als um 13 Uhr der Schlussgong ertönte, war das für Jonas heute ein besonders erlösendes Signal. Nachdem er als letzter den Unterrichtsraum verlassen und ihn zugesperrt hatte, steuerte er direkt den Parkplatz an. Viel Zeit blieb ihm nicht, wenn er um 16 Uhr am Münchner Hauptbahnhof Vanessa in Empfang nehmen wollte.

Jonas hatte es rechtzeitig zum Gleis 32 geschafft. Für den Zug aus Niederbayern fand er keine Verspätungsanzeige vor. Er setzte sich auf eine Bank, sah die E-Mails durch und begab sich in den Chatroom. Keine Absagen, keine weiteren Neuigkeiten. Die Verabredungen mit seinen Söhnen waren perfekt. Linus hatte gestern zugesagt, zu ihm und Vanessa am Samstag zum Frühstück zu kommen. Nicht nur das! Linus hatte sogar gefragt, ob er von seiner Seite frische Semmeln und Brezen beisteuern dürfe. »Oh, mein Sohn Linus hat Stil!«, dachte Jonas. »Schlägt da die fürsorgliche Art seiner Mutter durch oder hat er das im Corps gelernt, dass zu einem gelungenen Fest jeder seinen persönlichen Beitrag leisten muss?«, überlegte er.

Als der Zug aus Neufahrn in Niederbayern eingefahren war, staunte Jonas, wie viele Fahrgäste der Zug nach München auf den Bahnsteig entließ. Trauben von Pendlern entstiegen dem Regionalexpress. Da Vanessa nur 1 Meter 72 groß war, erkannte er sie erst recht spät. Mit einem strahlenden Gesicht beschleunigte sie ihre Schritte, und wenig später fanden ihre Lippen zueinander. »Ich habe mich so auf dich gefreut«, versicherte Jonas. »Willkommen in München!« – »Ja, ich habe mich auch riesig gefreut. Ich bin schon auf deine Wohnung gespannt!« – »Wir fahren mit der S-Bahn bis zum Bahnhof Freiham. Ich habe meinen Wagen auf dem P+R Parkplatz abgestellt. Dann sind wir ruck zuck bei mir!«

Während der Fahrt mit der S-Bahn besprachen sich beide noch über das Treffen mit Linus. »Niklas treffen wir dann nachmittags um 15 Uhr 30 am Marienplatz. Ich habe dort in einem bekannten Lokal reserviert. Die beiden haben dann nicht mehr weit bis zum Corpshaus, in dem abends die Stiftungsfestkneipe steigt.«

Als Jonas mit Vanessa im Lift von der Tiefgarage zu seiner Wohnung hinauffuhr, steigerte sich in Jonas die Spannung. Nachdem er die Türe aufgesperrt hatte, nahm er Vanessa bei der Hand und führte sie in seine Wohnung mit den Worten: »Willkommen bei mir!« Nachdem Vanessa Handtasche und Gepäck abgelegt hatte, zeigte er ihr die einzelnen Räume seiner Wohnung. Danach geleitete er Vanessa zurück in das Wohnzimmer, entkorkte die Sektflasche, füllte die Sektkelche und prostete ihr zu: »Auf uns!« Beim Klang der Sektkelche sah Vanessa Jonas verliebt an.

»Gell, wir lassen es uns gut gehen!« Sie stellte ihr Sektglas ab und bot ihre Lippen Jonas zum Kuss.

62

Der Wecker riss Linus aus einem tiefen Schlaf. Schlaftrunken drehte er sich um und brachte den Wecker zum Schweigen. Dann hob er ihn hoch, blinzelte in Richtung Digitalanzeige und stellte resigniert fest: »Ein Viertel vor 8 Uhr! Wie grausam!« Er stellte den Wecker wieder zurück auf seinen Platz und ließ sich erneut auf sein Kissen fallen. Es war eine kurze Nacht gewesen, denn nach dem Begrüßungsessen auf dem Stiftungsfest war er mit Niklas und einem anderen *Alten Herren* noch in einer Bar unweit des Corpshauses gewesen. Er hatte nur noch ein Getränk zu sich genommen, aber es war dennoch spät geworden. In den Gesprächen auf dem Corpshaus war mehrmals das Semesterprogramm der Activitas zur Sprache gekommen. Einige unter den *Alten Herren* hatten ihren Unmut darüber geäußert, dass es im Vergleich zu früher zu wenige Veranstaltungen für die Füchse und Burschen gegeben hatte, andere vermissten kulturelle Substanz im Programm. Ein anderes Thema war die Sanierung der Aktivenetage und deren geplanter Umbau, der wegen der hohen Kosten sehr kontrovers diskutiert wurde. Darüber hatten sie in der Bar nach dem Begrüßungsabend noch heiß diskutiert, insbesondere, ob und wie sie von ihrer Seite Abhilfe schaffen könnten.

Linus war von der Arbeitswoche geschafft und rechtschaffen müde gewesen, als er gestern auf dem Corpshaus angekommen war. In die Bar war er mitgegangen, weil Nicklas ihn dazu überredet hatte. »Wir müssen noch miteinander reden!«, hatte dieser mit Nachdruck seiner Aufforderung hinzugefügt. Doch durch den dritten *Alten Herrn*, der Niklas' Gesellschaft gesucht hatte und unbedingt mit ihm noch reden wollte, war es anders gekommen, als er es sich vorgestellt hatte. Der schon betagte *Alte Herr* war ein kritischer Geist und vertrat beharrlich seine eigene Meinung, ließ an der Activitas kein gutes Haar und schlug einige einschneidende Maßnahmen vor, die Niklas' Widerrede hervorriefen. Linus hatte versucht, mäßigend in das Gespräch einzugreifen, doch der dritte *Alte Herr redete* sich richtiggehend in Rage. Offenbar hatte auch der Alkohol zu seiner Erregung beigetragen. Jetzt, da er auf Rotwein umgestiegen war, war er noch hitzköpfiger geworden.

Das war Linus zu blöd geworden. Er hatte sich mit dem Hinweis auf seine Müdigkeit verabschiedet und Niklas und seinen Gesprächspartner in der Bar zurückgelassen.

Linus räkelte sich kurz und setzte sich danach auf die Bettkante. Wollte er nicht zu spät bei Jonas und Vanessa ankommen, musste er jetzt aufstehen und ins Bad gehen. Rechtzeitig saß er in seinem Wagen und fuhr in Richtung Freiham los. Da er die Strecke noch nicht oft gefahren war, musste er sich auf die Ausschilderungen konzentrieren. Seine ganze Aufmerksamkeit galt der Orientierung. Das hielt ihn davon ab, über den tieferen Sinn dieser ungewöhnlichen Einladung zum Frühstück nachzudenken. Er war schon öfters bei Jonas und Amelie eingeladen gewesen, auf Brotzeit, auf Pizza oder im Winter auf Raclette. Aber zum Frühstück?

Für Linus war es ungewöhnlich, ja fast befremdlich, als er in Jonas' Wohnung von seiner Mutter so früh am Morgen begrüßt und an sich gezogen wurde. Sie hielt ihn länger fest als sonst, und als sie ihn anblickte, meinte er ein ungewöhnliches Leuchten in ihren Augen zu erkennen.

Als er im Wohnzimmer Niklas' Vater begrüßte, bemerkte er sogleich, dass auch Jonas verändert auf ihn wirkte. Seine ganze Attitüde war ernst, und sie wirkte in die Stille, mit der Jonas und Vanessa nun vor ihm standen, sehr feierlich. Der Anzug und die schwarzen Schuhe, die Jonas in seinem eigenen Wohnzimmer trug, unterstrich das Gewicht dieses Augenblicks. »Was kommt jetzt?«, überlegte Linus. »Nachdem meine Mutter sich von Ludwig scheiden lässt und Vanessa jetzt bei Jonas schläft, kommt jetzt die Mitteilung, dass die beiden einmal heiraten wollen?« Das traute er Vanessa zu, denn wann immer Vanessa Jonas erwähnte, verspürte er, dass sie ihn sehr mochte. Hinter ihrer Wortwahl verbarg sich ein starkes Gefühl der Verbundenheit mit ihrem früheren Kollegen, oder war es am Ende mehr?

Mit beiden Händen deutete Jonas die bevorstehende Eröffnung des Gesprächs an. »Linus, ich muss dir etwas sagen!«, vernahm er in feierlichem Ton von Jonas. Es entstand eine Pause, in der Jonas sich räusperte. »Du hast mitbekommen, dass Vanessa und ich uns sehr nahestehen. Das ist eine lange Geschichte, die wir beide, Vanessa und ich, dir gerne in Einzelheiten erzählen werden. Vanessa und ich kennen uns schon sehr lange, schon aus der Zeit, als deine Mutter an der gleichen Schule wie ich gearbeitet hat. Vanessa wohnte damals nicht weit weg von hier, und ich habe ihr damals vorgeschlagen, eine Fahrgemeinschaft zu bilden. Und aus einer Fahrgemeinschaft wurde bald mehr. Wir haben uns ineinander verliebt, ja, und unsere Liebe hatte eines Tages Folgen. Linus, du bist mein Sohn!«

Mit weit offenem Mund sah Linus erst Jonas, dann

Vanessa an. Als seine Augen wieder zu Jonas zurückwanderten, schloss sich sein Mund. Mit einem Blick, der ein ungläubiges Staunen verriet, starrte er Jonas an. »Du? Wieso erfahre ich das erst heute? Und warum hast du, Vanessa mir die Wahrheit vorenthalten und mir vorgelogen, Lugi sei mein Vater? Ich verstehe das nicht!« Linus hatte sich abgewandt und drehte sich in der Folge einmal um seine Achse. Fassungslos starrte er zu Boden. Da Linus' letzte Frage Vanessa gegolten hatte, trat sie an ihren Sohn heran und wollte ihn in ihre Arme nehmen. Doch Linus verweigerte sich ihr, indem er einen Schritt zurückwich. Er stand zwei Meter von seiner Mutter entfernt, als Jonas sich fasste und mit leiser Stimme sprach: »Als deine Mutter schwanger wurde, war ich mit Amelie verheiratet. Ihr hatte ich bei der Trauung die Treue versprochen. Ich konnte und wollte sie nicht fallen lassen. Aber ich habe dich von Anfang an geliebt wie Niklas, deinen Halbbruder. Ich habe Ja zu dir gesagt und deine Mutter unterstützt, Alimente bezahlt und sogar noch mehr für sie getan. Für euch beide!«, ergänzte Jonas. »Und wo bist du all die Jahre geblieben? Von Deinem Geld habe ich nichts gespürt, rein gar nichts!«, brüllte Linus. »Es war Lugi, der mit mir gespielt hat, der mir das Radfahren beigebracht hat, der mit mir ins Freibad gegangen ist! Weißt du, was du mit mir getan hast, Jonas? Du hast mich verleugnet, du hast nur darauf geschaut, möglichst ungeschoren aus der Nummer rauszukommen. Indem du meiner Mutter Geld gegeben hast. Toller Vater!«

Während der letzten Sätze war Linus' Stimme angeschwollen. Mit hochrotem Kopf wandte er sich zur Tür und deutete damit an, noch vor dem gemeinsamen Frühstück wieder aufzubrechen. Doch Jonas schnitt ihm den

Weg ab und stellte sich vor ihn hin. »Nun warte, Linus. Du hast recht, ich war zu feige, um in der Öffentlichkeit zu dir zu stehen. Ich habe einen Riesenfehler gemacht. Ich bin sicher, wir hätten uns gut miteinander verstanden. Ja, es ist jammerschade, dass ich es versäumt habe, für dich ein Vater zu sein. Glaub mir, ich habe von allen am meisten unter dieser Lüge gelitten. Ich habe alles getan, damit die Wahrheit nicht herauskommt. Aus Angst vor Amelie.«

Linus hatte sich zwischenzeitlich wieder gefasst. Jonas hielt sich an der Lehne eines Stuhles fest. Mit gesenktem Blick bekannte er: »Ja, ich schäme mich heute. Aus lauter Angst vor Amelies Reaktion habe ich dich im Stich gelassen, Linus. Kannst du mir vergeben, Linus?« Linus sah zu Jonas auf. »Gib mir etwas Zeit. Im Grunde verstehe ich dich nicht, Jonas. Wieso hast du mich verleugnet? Es gibt doch viele Väter, die neben dem Kind aus ihrer Ehe noch ein weiteres Kind haben, das bei einer anderen Frau aufwächst. Und es gibt genug Frauen, die damit leben müssen, dass ihr Mann noch Verpflichtungen und familiäre Beziehungen zu einer anderen Frau und deren Kind haben. Auch das ist Familie!«

»Wie recht er hat«, dachte Jonas.

Beim anschließenden Frühstück sprach Jonas kaum. Es arbeitete in seinem Kopf. Aus lauter Angst vor Amelie hatte er Linus verleugnet. Wie schön wäre es gewesen, wenn er Linus zu sich hätte einladen können, mit ihm hätte spielen können, bei seiner Einschulung dabei sein können, ihm Stofftiere und Spielsachen hätte schenken können.

»Ich habe nicht nur Linus verleugnet, ich habe auch mich selbst betrogen. Betrogen um die Möglichkeit, ein zweites Mal in meinem Leben noch einmal Vater sein zu können.

Obwohl ich mir das so sehr gewünscht hatte! Wie töricht war es, dass ich nicht den Mut hatte, zu meinem Sohn zu stehen! Durch meine Lügerei habe ich mir selbst das Glück verbaut, nochmals Vater zu sein!«, resümierte er resigniert. Zum schlechten Gewissen mischte sich ein starkes Gefühl der Reue. »Ich habe es versäumt, Linus ein echter Vater zu sein. Seine ganze Kindheit und Jugendzeit habe ich versäumt!«

Während des Frühstücks bemühte sich Vanessa, mit Smalltalk das Gespräch am Laufen zu halten. Sie redeten über Alltägliches, über das kommende Gäubodenfest und über das Wetter.

Schließlich gelang es Jonas, seine innere Inventur zu beenden. »Was geschehen ist, kann ich nicht ändern. Ich habe einen Riesenfehler gemacht, ja, ich habe versagt. Aus Feigheit konnte ich damals nicht zu meiner Tat stehen. Doch jetzt, da ich mich zu dir als meinem Sohn bekenne, schlage ich einen Neuanfang vor. Machen wir das Beste aus der neuen Situation!« Er blickte auf und lächelte Linus an. Zaghaft fragte er seinen Sohn Linus: »Damit hast du heute nicht gerechnet, als du zu uns fuhrst?« Linus schluckte erst den letzten Bissen seines Croissants hinunter, als er mit einem schiefen Mund zurückgab: »Nein, bestimmt nicht. Eher noch ging ich davon aus, dass ihr mir sagen würdet, dass ihr heiraten wollt?« Daraufhin schenkte Linus Vanessa und Jonas je einen forschenden Blick. Es war Vanessa, die den Ball auffing. »Lass dich überraschen, Linus!«, antwortete Vanessa mit einem Leuchten in ihren Augen. »Damit wird die Familie dann perfekt!«, spitzte Linus mit einem zynischen Grinsen.

»Endlich!«, murmelte Jonas sichtlich erleichtert vor sich hin.

Als er abends erschöpft, aber selig vor Glück im Bett lag, dachte Jonas: »Wenn ich Vanessa heirate, wird die Familie wieder vollständig. Ich habe die Frau meines Herzens an meiner Seite, und ich habe zwei Söhne. Es war Vanessa, die mir ungewollt meinen sehnlichsten Wunsch erfüllt hat: ein zweites Kind!«

63

Die Mitteilung, dass Jonas der Vater von Linus sei, kam auch für Niklas überraschend. Jonas war auch der Vater von Linus, und damit war er sein Halbbruder! Bisher fühlten sich Linus und Niklas durch ihre Freundschaft und durch die beiderseitige Mitgliedschaft im gleichen studentischen Corps miteinander verbunden. Beide bejahten die gleichen Werte und Prinzipien und fühlten sich mit allen Mitgliedern des Corps in einer lebenslangen Freundschaft verbunden. Das späte Bekenntnis seines Vaters zu Linus hatte nun eine biologische Gemeinsamkeit offengelegt. Und es warf ein ganz neues Licht auf Jonas' Beziehung zu Vanessa. Damit hatte er nicht im Entferntesten gerechnet. »Dass die zwei vor über dreißig Jahren mal was miteinander hatten, damit hätte ich nicht gerechnet«, hielt Niklas fest. In seiner Erinnerung gab es keine Indizien, die auf ein Verhältnis seines Vaters mit Vanessa hinwiesen.

Die Szene mit Vanessa und seinem Vater in der Eisdiele hatte Niklas vergessen, obwohl er damals seinem Vater unter Ehrenwort hatte versprechen müssen, das Gesehene für sich zu behalten. Wann immer zu Hause der Name *Vanessa* fiel, hatte er damit bloß eine kollegiale Verbindung der beiden assoziiert. Bis Amelie ihren Mann Jonas auf dem Oktoberfest bei Vanessa hatte sitzen sehen. Den Krach, den dieser Vorfall in der Ehe seiner Eltern ausgelöst hatte, hatte er hautnah mitbekommen. Auch daran, dass Amelie danach Jonas für ein paar Nächte aus dem Schlafzimmer verbannt hatte, konnte er sich noch lebhaft erinnern. Dass Jonas sein Fehlverhalten eingesehen hatte und Amelie um Verzeihung gebeten hatte, das hatte er nicht mitbekommen. Danach hatte sich Jonas von Vanessa zurückgezogen und seine ehemalige Geliebte nicht mehr erwähnt. Vanessas Versetzung nach Straubing und die bald darauffolgende Eheschließung mit Ludwig zementierten das Ende einer heißen Liebe. Der persönliche Umgang hatte aufgehört, die digitale Kommunikation wurde sachlich und drehte sich nur noch um die monatlichen finanziellen Zuwendungen.

Zu einem Wendepunkt kam es durch Linus' Entscheidung, sich an der Ludwig-Maximilians-Universität in München für das Studium der Volkswirtschaftslehre einzuschreiben. Als Jonas' Sohn Niklas Linus für seine Studentenverbindung gewinnen konnte, ebnete dieser Schritt den Weg zu gelegentlichen Treffen der drei.

Erst nach Amelies Tod und durch die bevorstehende Scheidung Vanessas von Ludwig kamen sich Vanessa und Jonas wieder näher. Darüber redete Jonas allerdings nicht mit seinem Sohn. Als Niklas erfuhr, dass sein Vater Vanessa für ein gemeinsames Wochenende zu sich in die Wohnung eingeladen hatte, begann er, eins und eins zusammenzuzählen. Als er seinen Vater verblüfft fragte, was der Grund für diese Einladung sei, hörte er von seinem Vater die Worte: »Weißt du, Niklas, Vanessa und ich kennen uns schon länger. Wir standen uns einmal sehr nahe.« Aus diesem Grund überraschte ihn die Offenbarung seines Vaters nicht wirklich. Vielmehr begann Niklas, das Verhalten seines Vaters jetzt besser zu verstehen. »Obwohl mein Vater mit Amelie verheiratet war, muss er Vanessa einmal sehr

geliebt haben«, folgerte er. Und er ahnte, dass das Feuer der
Liebe wieder beide, Vanessa und seinen Vater, erfasst hatte.

64

W as mir mein Bruder Aaron über Nicole schreibt, hat mich alarmiert«, eröffnete Odo seiner Frau Fiona. »Dass Nicole Aaron nicht mehr als ihren Sohn erkennt, das hat er mir schon im Frühjahr gepostet. Aaron war damals zutiefst betroffen, als ihn unsere Mutter mit den Worten empfing: *Wer sind Sie?* Mittlerweile liegt Mama nur noch im Bett. Es gelingt ihr kaum mehr, ein Gespräch zu führen. Wegen ihrer Schluckbeschwerden hat sie Schwierigkeiten beim Essen und Trinken. Außerdem wurde ihr gestern ein künstlicher Ausgang gelegt.« Odo verzog den Mund und machte ein sorgenvolles Gesicht. »Oh, das ist aber traurig!«, entgegnete Fiona. »Das ist nicht nur traurig, das ist ein Alarmzeichen! Susanne meint, dass Mama Weihnachten nicht mehr erleben wird. Sie meint, das sei das Endstadium der Demenzerkrankung.« Odo senkte den Kopf. Er wirkte mitgenommen von dem, was ihm sein Bruder mitgeteilt hatte. »Möchtest du sie wieder einmal besuchen?« – »Genau das wollte ich dir vorschlagen, Fiona. Schau doch mal in der Arbeit, ob du das übernächste Wochenende freinehmen kannst. Den Freitag oder den Montag. Dann haben wir etwas Zeit in München, auch für meine Brüder.« – »Ja, gerne. Ich schicke dir unverzüglich eine WhatsApp, sobald ich Klarheit habe.« – »Danach kümmere ich mich um das Hotel und um das Ticket.« – »Danke!«

Odo stand mit ernstem Gesicht auf und holte sein Notebook. Die Aussicht auf ein verlängertes Wochenende in

München hatte ihn stets beflügelt. Am meisten zur Zeit des Oktoberfests, wenn die Wiesn rief! Auch deswegen, da dies eine optimale Möglichkeit eröffnete, sich mit seinen Freunden in München zu einem gemeinsamen Besuch des Oktoberfests zu verabreden. Wie Aaron, der älteste der vier Brüder dies tat, pflegte er ganz bewusst den Kontakt zu seinen Eltern. Von allen Brüdern hatte er ein besonders inniges Verhältnis zu seiner Mutter. Odo war der jüngste in der Geschwisterreihe und war als letzter von zu Hause ausgezogen. Wenn er von der Schule nach Hause gekommen war, hatte er sich stets zu Nicole in die Küche gesetzt. Nicole hatte ihm Obst und Tee angeboten. Zu gerne ließ er sich Apfelschnitze zubereiten, schaute fasziniert zu, wie sicher und flink seine Mutter den Apfel schälte und danach in gleich große Stücke schnitt. Hatte ihr zugehört, wenn sie von ihrer Arbeit im Garten berichtete und ihre Fragen zum Unterricht in der Schule und zu den bevorstehenden Leistungserhebungen beantwortet. Schlechte Noten konnte er seiner Mutter ohne Angst vor einem missbilligenden Blick zu haben beichten. Nie schalt ihn Nicole deswegen, doch sie fragte stets nach den Gründen für sein Versagen. Oft hatte sie ihn liebevoll mit großen Augen angesehen und ihn gelöchert: »Aber Odo, wie kommst du zu dieser Fünf? Du hast doch sonst in den Schulaufgaben bessere Ergebnisse erzielt? Hast du den Lernstoff nicht verstanden oder war die Aufgabenstellung zu schwer? Wie haben denn deine Klassenkameraden abgeschnitten?« Und ermunterte ihn, in Zukunft mehr Zeit auf das Lernen zu verwenden, sich den Lernstoff in Zukunft gewissenhafter anzueignen. Denn seine Mutter ahnte, nicht mangelnde Intelligenz, sondern mangelnder Fleiß war die Ursache für ein »Ungenügend«.

Odo hatte durch das verständnisvolle Gespräch mit seiner Mutter selbst herausgefunden, dass nicht der Lehrer oder die Aufgabenstellung, sondern er selbst für sein schlechtes Abschneiden in der Schulaufgabe verantwortlich war. Durch seine Faulheit. Odo war ein helles Kind gewesen, das als Kindergartenkind viele Fragen gestellt hatte. Schon als Student war er vielseitig interessiert und wissbegierig gewesen. Das Studium der Politologie war ihm wie auf den Leib geschnitten. Allerdings hatte sein Vater seine Tätigkeit als Journalist und Redakteur kritisch gesehen, bis hin zu bissigen Bemerkungen wie »Schmierfinke« für die Arbeit der Jouralisten. Diese Beurteilung seiner Arbeit hatte Odo damals sehr verletzt. »Wir Journalisten dienen doch mit unserer Berichterstattung nur der Wahrheit, zeigen Missstände auf und wollen damit zu mehr sozialer Gerechtigkeit verhelfen!«, hatte er sich stets verteidigt. Die fehlende Wertschätzung seines Vaters hatte ihn noch näher an die Seite seiner Mutter gerückt, die immer ganz gespannt darauf war, von seinen Recherchen zu hören. Und oft hatte Odo ihr auch einige Artikel aus seiner Feder zugemailt.

Erst der Wechsel in die Presseabteilung der Deutschen Bundesbank hatte ihm die späte Anerkennung von Seiten seines Vaters verschafft. Die lobenden Worte in Daniels Rede anlässlich seines 75. Geburtstag hatten ihn schließlich versöhnlich gestimmt.

Diesmal stand der bevorstehende Aufenthalt in München ganz unter dem Zeichen seiner sterbenskranken Mutter. Odo öffnete den Kalender, um sich den genauen Termin für den Krankenbesuch vorzumerken. Es war das erste Wochenende im September. »Zu dumm! Genau zwei Wochen später beginnt das Oktoberfest!« Um sich selbst aufzuheitern, dachte er: »Falls Mama länger leiden muss, könnten Fiona und ich drei Wochen später noch einmal nach München fahren und Mama besuchen. Und bei dieser Gelegenheit auf die Wiesn gehen!«

65

Na dann habt ihr wieder viel miteinander zu reden gehabt«, feixte Luis zu seiner Frau Lisa, als sie aus dem Schlafzimmer zurückkam. Da Lisa nicht gleich den Gesprächsfaden aufgriff, sondern sich mit ernstem Gesicht zu ihm gesetzt hatte, kam er ihr zuvor. Er ahnte, dass Lisa ihm etwas Unerfreuliches eröffnen würde. »Was hat Susanne über Mamas Zustand berichtet?« Lisa seufzte. »Nichts Gutes. Susanne glaubt, dass deine Mutter im Sterben liegt.«

Luis schluckte. »Dann gehe ich morgen früher aus der Steuerkanzlei und fahre bei ihr vorbei, bevor ich nach Hause komme. Rechne also nicht mit mir zum Abendessen. Ich kaufe mir unterwegs eine belegte Semmel.« Da seine Schwägerin Susanne Krankenschwester war und öfters schon Sterbende in ihren letzten Tagen und Stunden betreut hatte, verließ er sich auf ihr Urteil und fragte nicht weiter nach. Er sah keinen Grund, an ihrer Einschätzung und damit am Ernst von Mamas Gesundheitszustand zu zweifeln. »Ach ja«, begann Lisa und brachte das Gespräch auf ein anderes Thema. »Aaron war heute in der Personalabteilung. Er hat den Antrag gestellt, zum 1. Oktober nächsten Jahres in den Ruhestand zu gehen.« – »Oh, damit habe ich nicht gerechnet«, fand Luis. »Er hat sich seiner Arbeit in der Münchner Stadtbibliothek doch mit Herz und Seele hingegeben. Bücher waren doch seine ganze Leidenschaft! Nun, er ist der Älteste von uns. Und seinen 65. hat er auch schon hinter sich!«

»Na siehst du. Er war immer engagiert und hat viel gearbeitet in seinem Leben. Vor allem, als er noch Pfarrer
war.« Mit einem Lächeln um den Mund erkundigte sich
Lisa: »Und was hast du für Pläne zum Thema Ruhestand?« –
»Da habe ich noch ein paar Jahre hin. Entscheiden muss
ich heute noch nicht.« – »Aber hast du vielleicht eine Vorstellung, wann du dich aus der Steuerkanzlei zurückziehen
willst, Luis?« Eine Sorgenfalte teilte Luis' Stirn. Etwas irritiert sah er Lisa an. »Was heißt zurückziehen? Wie du
ja weißt, bin ich selbstständiger Steuerberater und nicht
Angestellter der Kanzlei, der ich assoziiert bin. Ich bin seit
meiner Bestellung zum Steuerberater Pflichtmitglied in der
Bayerischen Rechtsanwalts- und Steuerberaterversorgung.
Um Altersbezüge zu beantragen, muss ich mich an unser
Versorgungswerk wenden. Aber jetzt ist definitiv nicht der
Moment, über meine Pensionierung zu reden. Schließlich
leben wir von meinen Kostennoten ganz gut, Lisa, vergiss
das nicht! Und die Arbeit macht mir noch immer Spaß!«

Lisa verzog den Mund und beugte sich vor. Sie gab nicht
auf und nahm einen neuen Anlauf. »Weißt du, Luis, ich
habe mir überlegt, ob ich nicht auch ein Jahr früher in
Rente gehe. Wie viele andere möchte ich meinen Eintritt
in den Ruhestand um ein Jahr vorziehen. Dann hätten
wir mehr Zeit für uns, das wäre doch großartig, findest
du nicht auch? Und ich fände es schön, wenn wir diesen
Schritt gleichzeitig tun könnten. Damit wir die arbeits-
freie Zeit in der Rente gemeinsam nutzen können, auch
unter der Woche Zeit miteinander verbringen können, zum
Wandern gehen und Ausflüge machen können. Und nicht
an das Wochenende gebunden sind. Was hältst du davon,
Luis?« – »Ja, ich versteh schon, Lisa. Im Grunde genommen

brauche ich dazu nicht einmal in Rente zu gehen. Ich bin selbstständig. Wenn ich meine Mandantentermine auf Montag, Donnerstag und Samstag lege und die Anträge in Zukunft von zu Hause aus bearbeite, dann können wir an den anderen Tagen etwas für uns unternehmen, sobald du in Rente bist. Und das mit den zusätzlichen Reisen ist auch kein Problem, vorausgesetzt, wir sind gesund und mobil. Ich habe mir eh schon überlegt, etwas weniger zu arbeiten. Ich bin gerne bereit, nur noch an drei Tagen in der Woche zu arbeiten.« – »Hast du das echt vor?« – »Klar! Das mit den gemeinsamen Unternehmungen unter der Woche, das machen wir, sobald du in Rente bist. Und das mit dem endgültigen Eintritt in den Ruhestand, das entscheide ich nach meinem 66. Geburtstag!«

66

Müde, doch selig vor Glück hatte Jonas den Regionalexpress nach Passau mit seinen Augen verfolgt, zu dem er Vanessa am Abend dieses Sonntags begleitet hatte. Seine große Liebe, sein ganzes Glück fuhr zurück nach Straubing, in das Haus ihrer Schwester, wo sie seit der Trennung von ihrem Mann lebte. Fünf Tage würde es dauern, bis er sie wieder in seine Arme schließen konnte. Aber er wusste, dass dieser Schwebezustand Ende Oktober durch die bayrischen Herbstferien für eine Woche unterbrochen würde. Und er ahnte, dass sein Eintritt in den Ruhestand ihn und Vanessa ein für alle Mal zusammenführen würde. Konkrete Pläne zu ihrem gemeinsamen Lebensmittelpunkt gab es noch keine, doch mehrmals hatte sich in den gemeinsamen Gesprächen der letzten Tage die Wendung gefunden: »Wenn wir mal zusammen wohnen ...«

Gedankenverloren wandte sich Jonas um und machte sich auf den Weg zur S-Bahn. Erlebnisreiche Tage voller intensiver Gespräche mit bewegenden Momenten und überraschenden Wendepunkten lagen hinter beiden. Jonas hatte sich zu seinem unehelichen Sohn Linus bekannt. Das Geheimnis, das ihn wie eine unsichtbare Wand von seinem Sohn getrennt hatte, war gelüftet. Jetzt, da sie sich wie Vater und Sohn gegenübertraten und er und Vanessa wieder eins geworden waren, hatte er wieder eine Familie. Er war nicht mehr Witwer mit Sohn, sondern Vanessas Partner und Vater von zwei Söhnen!

Erst jetzt, als er abends die vergangenen drei Tage im Kreis seiner Familie Revue passieren ließ, wurde ihm dieser Tatbestand in seiner ganzen Tragweite bewusst. Er hatte wieder eine geliebte Frau an seiner Seite und hatte zwei Söhne, auf die er stolz sein konnte. Ein tiefes Glücksgefühl hatte ihn ergriffen. Fast glaubte er, noch nie ein solch beseligendes Gefühl an Wonne und Geborgenheit erfahren zu haben. Mit einem seligen Lächeln um den Mund versuchte er sich vorzustellen, wie sein Freund Jakob und dessen Frau diese frohe Botschaft aufnehmen würden. Und erst recht seine beste Kollegin Sibylle, mit der er regelmäßig zum Essen ging. Er konnte sich gut vorstellen, wie Sibylles Augen sich weiteten, bevor sie überrascht die Worte ausstieß: »Du Glückspilz!« Dabei hätte Sibylle recht, denn es war Vanessa gewesen, die ihm durch Linus' Geburt jenen Wunsch erfüllt hatte, dessen Erfüllung Amelie ihm verweigert hatte: ein zweites Kind! Und jetzt, da die gemeinsame Zukunft mit Vanessa seinem Witwenstand ein Ende versetzt hatte, glaubte Jonas, rosigen Zeiten entgegenzugehen. »Was würde wohl Amelie dazu sagen?«, sinnierte er. Doch rasch verwarf er dieses Gedankenspiel. Er hatte Amelie umworben, sie hatte seine Liebe beantwortet, hatte ihm ihre Zärtlichkeit und ihre ganze Zuwendung geschenkt, mit ihm ihr Glück geteilt und war ihm als Ehefrau treu zur Seite gestanden. Was er von sich selbst nicht behaupten konnte …

Doch zunächst musste er sich den Herausforderungen des neuen Schuljahres stellen, sich auf den Unterricht in den Klassen vorbereiten und sich auf die bevorstehenden Termine einstellen. Dazu zählte auch der nächste Stammtisch am letzten Donnerstag des Monats September. Darauf freute er sich. Und er versuchte, sich die erstaunten

Gesichter seiner Kollegen vorzustellen, die seine Mitteilung
hervorrufen würde.

67

Heute fiel Lisa das morgendliche Aufstehen schwerer als sonst. Sie hatte sich Sonntagabend schon kurz vor halb elf Uhr ins Schlafzimmer zurückgezogen. Obwohl sie nach der gestrigen Wanderung müde gewesen war, hatte sie lange keinen Schlaf gefunden. Ihre Gedanken blieben an dem Gespräch hängen, das sie mit Luis wegen ihres vorgezogenen Ruhestands geführt hatte. Sie war verärgert, dass Luis so gar kein Verständnis dafür hatte, dass sie gemeinsam mit ihm, zum gleichen Zeitpunkt die Berufstätigkeit beenden wollte. Es schien, als ob Luis auch weiterhin für seine Mandanten die Steuererklärungen bearbeiten und beim Finanzamt einreichen wollte. Er hatte ihr zwar zugesagt, nur noch an drei Tagen in der Woche in seinem Beruf zu arbeiten. Aber da Luis ein zweites Büro in seiner Eigentumswohnung hatte, waren die Übergänge von der Arbeit zur Freizeit bei ihm fließend. Und Luis hatte mit keinem Wort gesagt, wann er seine Tätigkeit als Steuerberater an den Nagel hängen wollte. Lange Jahre war er vom Alkohol nicht losgekommen, und jetzt, da er ohne Alkohol lebte, konnte er nicht von seinen Mandanten lassen. Auch eine Form von Abhängigkeit: Arbeitssucht.

Mit einem Seufzer hatte Lisa eingesehen, dass sie Luis in diesem Punkt nicht ändern konnte. Nach diesem Eingeständnis hatte der Schlaf sie von ihren Grübeleien erlöst.

Trotz einer langen Nacht mit einem ungestörten Schlaf fühlte sich Lisa matt und schlapp, als sie sich an diesem Montagmorgen auf die Bettkante gesetzt hatte. »Ist es mein Alter, dass ich morgens oft nicht ausgeruht bin? Bin ich verbraucht von den langen und anstrengenden Jahren in meiner Arbeit als Erzieherin?« Lisa verwarf diesen Gedanken und schlenderte in das Bad, um sich durch eine kalte Dusche frisch zu machen. Ihre Lebensgeister kehrten allerdings erst nach der zweiten Tasse schwarzen Kaffees zurück. Von nun an fühlte sie sich munter. Doch da fiel ihr der bevorstehende Kindergartenelternabend ein, und die innere Leichtigkeit und die Beschwingtheit, mit der sie eben noch aus dem Bad gekommen war, fielen von ihr ab. »Das wird ein langer Tag heute!«, räsonierte sie vor sich hin.

Auf den ersten, einführenden Kindergartenelternabend der neu aufgenommenen Kinder hatte sich Lisa als Berufsanfängerin noch gewissenhaft vorbereitet. Sie hatte die Stichpunkte in ihr Tablet eingegeben, über die sie in ihrem einleitenden Referat sprechen wollte: das pädagogische Konzept, die altersgemäße Entwicklung der Kinder, Einübung sozialer Verhaltensweisen, die gesunde Brotzeit, der Tagesrhythmus und die Erziehung zu Sauberkeit und Hygiene. Heute, nach fast vierzig Berufsjahren, brauchte Lisa kein Tablet mehr, von dem sie die einzelnen Punkte ihres Referats spickte. Alles, was sie mit den Eltern besprechen wollte, war ihr präsent. Stete Anwendung und Wiederholung der Inhalte hatten dazu geführt, dass sie alle Elemente ihres Vortrags aus dem Gedächtnis abrufen konnte, ohne auch nur einen einzigen Aspekt unerwähnt zu lassen. Spannend blieb jedes Mal die Frage, was den Eltern in diesem Jahr besonders am Herzen liegen würde. Waren es diesmal die Ruhezeiten am Mittag, sportliche Aktivitäten im Kindergarten, die Frage verlängerter Abholzeiten oder gar die Frage der Erziehung zur Müllvermeidung?

»Hoffentlich dauert der Elternabend nicht zu lange«, resümierte Lisa für sich. Entschlossen erhob sich Lisa, griff nach der Handtasche und verabschiedete sich von Luis mit dem Ruf: »Tschüss und bis abends kurz nach 9 Uhr!«

Kaum hatte Lisa den Eingangsbereich des Kindergartens betreten, da rannte ihr die kleine Silja entgegen und streckte ihr ein braunes Stoffpferdchen entgegen. »Schau mal, was mir der Papa gestern zum Geburtstag geschenkt hat!« – »Hast du ein schönes Pferdchen! Wie rufst du es denn?«, gab Lisa voll Bewunderung für das hübsche Pferdchen mit der samtweichen Mähne zurück. Schon wurde Lisa wieder von jener tiefen inneren Freude an der Arbeit mit Kindern ergriffen, die sie seit ihrer Berufswahl über vierzig Jahre lang begleitet hatte. Frei von den Gedanken, mit denen sie heute Morgen aufgestanden war.

Es war schön und beglückend, mit Kindern die kommenden Stunden zu verbringen.

68

Donnerstagabend. Jonas war auf dem Rückweg von seinem Stammtisch in Augsburg. Es war schon kurz vor 22 Uhr, und schnellen Schrittes durchquerte er die Bahnhofshalle. Wenn er seinen Anschlusszug rechtzeitig erreichen wollte, durfte er keine Zeit verlieren. Während der Fahrt mit dem Regionalexpress hatte er noch seinen Einkaufszettel vervollständigt, denn in weniger als siebzehn Stunden würde er wieder hier auf dem Bahnhof Vanessa in seine Arme schließen. Ein Lächeln umspielte seine Mundwinkel. »Ich hätte nie gedacht, dass der Münchner Hauptbahnhof in meinem Leben mal eine so wichtige Rolle spielen würde«, sinnierte Jonas. Durch die wiedererwachte Liebe zu Vanessa hatte sein Leben einen neuen Inhalt und eine neue Bestimmung bekommen und seine Wochenpläne einen neuen Takt. Letztes Wochenende hatte er bei Vanessa in Straubing verbracht und morgen Freitag wird er Vanessa in seine Wohnung führen.

Obwohl die Nacht auf Freitag kurz gewesen war, fühlte sich Jonas gut erholt und munter, als sein Wecker ihn kurz nach sechs Uhr morgens aus dem Schlaf riss. Rasch schlug er die Bettdecke zurück und setzte sich kurz auf die Bettkante, bevor er sich erhob und nach der Rasur unter die Dusche ging. Während er sich anzog, ließ er sich durch seinen Kaffeevollautomaten einen doppelten Kaffee Crema zubereiten. Er rieb sich gutgelaunt und voller Vorfreude die Hände, während er vor der Kaffeemaschine stand und auf seinen morgendlichen Muntermacher wartete. Als er ausgetrunken hatte, zeigte sein Handy 6:42 an. Es war höchste Zeit, mit dem Aufzug in die Tiefgarage zu fahren und den Weg zu seinem Gymnasium in Augsburg einzuschlagen. Obwohl der Verkehr dicht war, hatte er mehrmals an den Ampeln freie Fahrt und erreichte bald die A 8 in Richtung Stuttgart. Bereits eine Stunde später erreichte er den Lehrerparkplatz neben seiner Schule.

An seinem Platz im Lehrerzimmer angekommen, griff er nach seinem Handy. Ein rotes Symbol zog seine Aufmerksamkeit auf sich und weckte seine Neugier. »Nanu, will Vanessa mir *Guten Morgen* sagen?«, überlegte Jonas. »Sicher freut sie sich auf das Wiedersehen genauso wie ich mich freue.« Doch der Blick in den Chatroom verwies auf den Absender. Es war sein älterer Bruder Aaron. Bevor er die Nachricht öffnete, fiel ihm die ungewöhnliche Anrede auf. Aaron begann mit den Worten: »Lieber Jonas, eben hat die Stationsschwester angerufen.« Mehr konnte er noch nicht sehen. Jonas erschrak zutiefst. »Das verheißt nichts Gutes!«, durchzuckte es ihn. In großer Erregung las er weiter. Aaron schrieb: »Mama ist heute Nacht sanft eingeschlafen. Mama ist tot. Mein Beileid, Bruderherz. Ich bin sehr betroffen. Susanne ist zutiefst erschüttert und hat geweint. Wir treffen um 11 Uhr den Bestatter. Näheres später von mir. LG Aaron.«

Jonas erstarrte. Reglos, wie gelähmt verharrte er vor seinem Handy, unfähig, einen Gedanken zu fassen. »Nicole ist tot!« Diese Vorstellung ließ ihn wie gelähmt zurück. In dieser Haltung verharrte er eine ganze Minute, bis Sibylle an ihn herantrat mit der Frage: »Jonas, was ist mit dir? Es hat schon gegongt!« – »Mama ist tot!«, hauchte er und sah geistesabwesend zu Sibylle auf. »Mein Beileid, Jonas!

Damit hast du sicher noch nicht gerechnet?« – »Nein, das traf mich jetzt völlig unvorbereitet. Obwohl …« Jonas sprach nicht weiter.

Tatsächlich traf ihn die Mitteilung von seinem Bruder wie ein Blitz aus heiterem Himmel. Er war das letzte Mal vor vier Wochen bei Nicole zu Besuch gewesen. Da hatte Nicole ihn zwar nicht mit seinem Namen begrüßt, aber immerhin hatte sie ihn angelächelt und er hatte lange ihre Hand gehalten, als er nach einem kurzen Bericht über seine Arbeit an der Schule schweigend an ihrem Bett gesessen hatte. Dieses Bild schob sich in diesem Augenblick in sein Bewusstsein, und es war ihm, als hätte er sich an diesem Samstagnachmittag von Mama verabschiedet. Die fortschreitende Verschlechterung ihres Gesundheitszustandes hatte er nicht mitbekommen. Odo lebte in Frankfurt, und Luis war mit seinen Mandanten beschäftigt, war allerdings durch seine Frau Lisa, die mit Susanne befreundet war, gut über den laufenden Zerfall seiner Mutter informiert. Tatsächlich hatte Luis in den letzten beiden Wochen abends noch zwei Mal nach seinem Arbeitstag in der Steuerkanzlei seine Mama besucht. WhatsApps hatte Jonas mit seinen Brüdern während des letzten Monats keine ausgetauscht. Er hatte auch nicht bei Aaron nachgefragt, wie es Nicole ging, denn die wiedererwachte Liebe zu Vanessa überstrahlte alle seine Überlegungen. Und die letzten drei Wochenenden hatten nur ihm und Vanessa gehört.

Als er nachmittags kurz auf der Couch in seiner Wohnung saß und ihm die ganze Tragweite Nicoles Sterben und Tod bewusst wurde, mischte sich in seinen Schmerz das Gefühl der Reue. »Wenn ich gewusst hätte, wie schlecht es Mama geht, hätte ich sie nochmals besucht. Ich hätte auf dem Nachhauseweg von der Schule einen Besuch bei ihr machen können«, musste er sich schmerzlich eingestehen. »Doch meine Gedanken waren allein bei Vanessa …«

Doch viel Zeit blieb Jonas nicht, um mit den widersprüchlichen Gefühlen, die der Rückblick auf die letzten drei Wochen in ihm auslöste, klarzukommen. Da er Vanessa nicht warten lassen wollte, musste er sich auf den Weg zum Hauptbahnhof machen. Er trank seinen Kaffee aus, trug den Topf in die Küche, zog die Jacke über und verließ die Wohnung.

69

Als Vanessa auf dem Bahnsteig Jonas auf sich zukommen sah, fiel ihr an seinem Blick und an der verhaltenen Art seiner Bewegungen gleich auf, dass etwas mit Jonas nicht stimmte. Jonas wirkte verändert, niedergeschlagen, und es schien, als hätte er schlechte Laune. Auch der Blumenstrauß in seinen Händen fehlte. Der intensive Zungenkuss zur Begrüßung und ihr freudiges Bekenntnis: »Ich habe mich so auf das Wochenende mit dir gefreut!« vermochten nicht, Jonas in jene unbeschwerte Heiterkeit und Vorfreude zu versetzen, mit der er seine Geliebte stets begrüßt hatte. Besorgt fragte Vanessa: »Was ist mit dir, Jonas?« – »Mama ist heute Nacht gestorben«, antwortete Jonas tonlos. »Oh, das tut mir leid.« Vanessa blieb stehen und blickte in Jonas' ernstes Gesicht. Sie umarmte Jonas und wünschte ihm ihr Beileid. »Kam das für dich plötzlich?« – »Eigentlich nicht. Meine Schwägerin Susanne hat schon vor Wochen durchblicken lassen, dass der Kräftezerfall der letzten Zeit ein Vorbote ihres Sterbens sei. Ich hatte keinen Grund, daran zu zweifeln, denn Susanne ist Krankenschwester und hat in ihrem Beruf schon viele Menschen sterben sehen.« – »Wann hasst du sie das letzte Mal gesehen, Jonas?« Jonas senkte den Blick und hauchte verlegen: »Vor vier Wochen.« – »Oh! Machst du dir deswegen Vorwürfe?« – »Eigentlich nicht. Doch als mir bewusst wurde, dass mein letzter Besuch bei Nicole vor vier Wochen war, bin ich über mich selbst erschrocken. Ich habe meine sterbende Mutter etwas aus dem Blick verloren, vor lauter Liebe zu dir! In meinem Kopf habe ich immerzu Pläne für unsere gemeinsamen Wochenenden geschmiedet. Dabei hätte ich doch bequem mal nach der Schule nach ihr schauen können, so wie Luis das zwei Mal wöchentlich nach der Arbeit in der Kanzlei getan hat. Dieser Umstand macht mich betrübt und traurig.« Jonas blickte gedankenverloren ins Leere. Nach einer Weile sah er Vanessa an und ergänzte: »Da ich so lange nicht mehr bei Mama gewesen bin, habe ich mich im Grunde genommen nicht mehr von Mama verabschieden können. Umso mehr hat mich die Nachricht von ihrem Tod völlig unvorbereitet, wie ein Schlag getroffen. Dass ich sie nicht mehr besucht habe, dieser Gedanke quält mich jetzt.« – »Aber Vorwürfe musst du dir deswegen keine machen, Jonas. Auch Susanne, die zuletzt fast täglich deine Mama im Pflegeheim besucht hat, konnte nicht vorhersehen, wann sie uns verlassen wird.«

»Vanessa hat *uns* gesagt«, sinnierte Jonas und freute sich darüber im Stillen. In Gedanken spann er diesen Faden weiter. »Über kurz oder lang wird Vanessa durch unsere Eheschließung nicht nur zu mir gehören, sondern auch Teil meiner Familie werden.

In der U-Bahn erkundigte sich Vanessa: »Weißt du denn schon, wann die Beisetzung sein wird?« – »Nein, sobald wir in der Wohnung sind, werde ich Aaron anrufen.«

Während Vanessa ihren Trolley auspackte und sich frisch machte, rief Jonas seinen Bruder Aaron an. Danach setzte er sich zu Vanessa auf die Couch und berichtete: »Die Feier des Begräbnisses ist für nächsten Mittwochnachmittag in der Aussegnungshalle am neuen Südfriedhof angesetzt. Da Mama sich gegen eine Feuerbestattung entschieden hat, werden wir den Sarg danach zu jener Grabstelle begleiten, in der Papa beerdigt wurde. Leichenschmaus ist dann in der bekannten Pizzeria *LE SETTE COLLINE* in der Hochäckerstraße.« Jonas machte eine Pause. Vanessa urteilte: »Es scheint, dass Aaron und Susanne die Planung übernommen haben. Schade, dass ich am Mittwoch nicht zur Beisetzung kommen kann. Aber vielleicht gibt es noch etwas, womit wir Aaron und Susanne unterstützen können?« Jonas nickte zustimmend. »Danke für dein Angebot, es ist schön, das von dir zu hören.«

Jonas machte eine Pause und sann vor sich hin. Dann schlug er vor: »Heute Abend gehen wir wie geplant zum Essen in eines meiner Lieblingslokale, das bringt uns beide auf andere Gedanken. Doch morgen Samstag bin ich mit meinem Bruder um halb elf im Pflegeheim verabredet. Ich will ihm beim Auflösen von Nicoles Habseligkeiten helfen. Danach würde ich ihn noch nach Hause begleiten.« Jonas lächelte das erste Mal, seit er Vanessa am Bahnhof abgeholt hatte. Schmunzelnd fand er: »Es ist ein trauriger Anlass, aber wenn du mich morgen begleiten möchtest, könntest du Aaron und Susanne bei dieser Gelegenheit kennenlernen.« – »Oh ja, gerne!« – »Ach ja, Vanessa. Wegen des Todesfalls muss ich mich mit meinen Brüdern abstimmen. Ich glaube nicht, dass wir dieses Wochenende so gestalten können, wie wir es uns vorgestellt haben. Wahrscheinlich wirst du am Nachmittag auch noch Luis und Lisa kennenlernen. Und Odo kommt ganz sicher, er ist extra mit Fiona auf ein verlängertes Wochenende aus Frankfurt nach München gekommen. Auch er hatte vor, wieder einmal Nicole zu besuchen. Das war nun leider nicht mehr möglich, denn Mama ist schon in der Nacht, bevor er in München ankam, von uns gegangen.« Jonas lachte kurz auf. »Damit hat es auch Odo nicht mehr geschafft, sich von Mama zu verabschieden. Das ist für mich fast wie ein kleiner Trost.« – »Na siehst du«, tröstete ihn Vanessa.

Es entstand eine Pause, in der Vanessa und Jonas ihren Gedanken anhingen, bis Jonas sich nach vorne beugte und Vanessa mit einem fragenden Blick ansah. »Das hättest du nicht gedacht, dass du meine ganze Familie so schnell kennenlernen würdest, oder? Ist dir da nicht etwas bange? Außer Niklas kennst du ja noch keinen von ihnen.« – »Nein, Jonas, sei nicht bang deswegen. Ich habe keine Angst davor, sie jetzt alle auf einen Schlag kennenzulernen. Ganz im Gegenteil! Du hast mir nur Gutes über deine Brüder und ihre Frauen erzählt, und ich bin schon ganz neugierig darauf, sie jetzt alle kennenzulernen.«

70

Ein eigentümliches Gefühl befiel Jonas, als er im Alten- und Pflegeheim das Sterbezimmer seiner Mutter betrat. Das Krankenbett war weg, ihr persönlicher Lehnstuhl, in dem er sie zuletzt hatte sitzen sehen, war lieblos an die Wand geschoben worden. Einzig das mobile Nachtkästchen hatte seinen Platz behalten. Der leere Raum gähnte die Eintretenden an, und in Jonas' Vorstellung fehlte nur noch die Putzkolonne mit Reinigungs- und Desinfektionsmitteln, um den Raum für die nächste Kandidatin auf der Warteliste wieder bezugsfertig herzurichten. Eine Vorstellung, die Jonas innerlich frösteln ließ. Wortlos hatte er nach Vanessas Hand gegriffen. Verzweifelt blickte er in Vanessas Gesicht. Vanessa, die seine innere Verfassung erahnen konnte, schmiegte sich an Jonas und hauchte: »Befremdlich für dich, nicht wahr?« Jonas hatte stumm genickt. »Lass uns mal sehen!«, antwortete er, trat an das mobile Nachtkästchen und zog die Schublade auf. Sie war leer. Auch die wenigen persönlichen Gegenstände, die auf dem Sideboard gestanden hatten, waren entfernt worden. Aaron und Susanne hatten sie mitgenommen. Einzig der Kleiderschrank enthielt noch persönliche Gegenstände: rechts in den Regalen Leibwäsche und Pullover, an der Kleiderstange hingen Blusen und Kleider. Und zuoberst der rostbraune Hut mit der Feder, den Nicole so sehr geliebt hatte. »Den hat sie schon lange nicht mehr getragen, Vanessa. Er ist ein Requisit aus besseren Tagen«, bemerkte Jonas trocken. Als er Nicoles Spazierstock rechts in der

Ecke sah, musste er schlucken. »Hoffentlich bringt Aaron einen Koffer mit«, meinte Jonas. »Ich habe Aaron gar nicht gefragt, wie wir die Sachen verpacken wollen.«

Jonas sah auf die Uhr. Sie waren fast eine Viertelstunde vor der vereinbarten Zeit hier angelangt, und schon wollte Jonas Vanessa vorschlagen, unten im Vorraum auf seinen Bruder und seine Frau zu warten. Doch er kam nicht mehr dazu. Die Türe öffnete sich, und Aaron betrat das Zimmer, gefolgt von Susanne. »Hallo ihr beiden, schön, dass ihr schon da seid.« Aaron reichte erst Vanessa, danach Jonas die Hand. Mit einem Schmunzeln schob er nach. »Ich freue mich, dass ich heute auch deine Herzdame kennenlerne, Vanessa.« Susanne hatte lächelnd danebengestanden und trat nun beherzt auf Vanessa zu und nahm sie in ihre Arme. »Willkommen bei den Maiers!« Aaron musste über diese Art der Begrüßung lachen, aber er schien die Situation fest im Griff zu haben, als er fand: »Ein trauriger Anlass, und doch ein freudiger Moment!«

Jonas war überrascht und gerührt über das herzliche Entree, das sein ältester Bruder und seine Frau Vanessa bereitet hatten. Er ließ sich das nicht anmerken, denn er kam gleich zum Grund ihres Treffens. »Habt ihr Koffer mit?« – »Die sind schon da, sie liegen zuunterst im Schrank.«

Es dauerte nicht lange, bis die letzten Habseligkeiten Nicoles in den beiden Koffern Platz gefunden hatten. Den Hut hielt Susanne in der Hand, als sie das Zimmer eine Viertelsunde später verließen. »Ich gebe noch schnell im Büro Bescheid, dass das Zimmer jetzt leer ist«, hielt Aaron fest. »Geht schon mal runter zum Parkplatz.« Auf dem Weg zu den Autos bemerkte Susanne: »Wir fahren jetzt in die Pizzeria *LE SETTE COLLINE*. Die Autos stellen wir auf dem großen Parkplatz westlich der Gaststätte ab. Dort treffen wir Luis und Lisa sowie Odo mit Fiona aus Frankfurt.«

Als sie auf den Parkplatz am Südfriedhof einbogen, bemerkte Jonas: »Da vorne gehen Luis und Lisa.« Jonas hupte kurz, worauf Luis und Lisa stehen blieben und sich umdrehten. Jonas brauchte Vanessa nicht vorzustellen, denn Lisa war auf sie zugekommen und sagte: »Hallo Vanessa! Ich freue mich, dich kennenzulernen!« – »Gleichfalls«, antwortete Vanessa. Der Empfang war wohlwollend und freundlich, aber nicht so herzlich und stürmisch wie sie zwischen Susanne und Vanessa gewesen war. »Wohnt ihr auch in München?«, erkundigter sich Vanessa, um ein Gespräch zu beginnen. »Nein, wir wohnen in Buchenau, das ist ein Ortsteil von Fürstenfeldbruck.«

Im Lokal wurden sie von Odo und Fiona bereits erwartet. Odo war von seinem Platz aufgesprungen und ging auf die Neuankömmlinge zu. Mit offenen Armen empfing er Vanessa, umarmte sie und begrüßte sie mit den Worten: »Hallo Vanessa! Du bist also die bessere Hälfte meines Bruders Jonas! Willkommen in der Familie!« Odo trat einen Schritt zurück, danach musterte er Vanessa von oben bis unten, strahlte Vanessa an und nickte zufrieden. »Ich sehe schon, Jonas hat einen guten Fang gemacht!« Fiona trat ebenfalls an Vanessa heran, bot Vanessa ihre linke und rechte Wange, zeigte aber weniger Euphorie, doch schon bald verspürte Vanessa Fionas Sympathie und ihr persönliches Interesse, als sie sagte: »Komm, setz dich zu mir. Sicher gibt es vieles, über das wir uns austauschen können.« Vanessa war dankbar für diesen Vorschlag und folgte ihr bereitwillig, denn so viele neue Gesichter auf einmal und der lebhafte Austausch, der alsbald entbrannte, machten es

schwer, als Neuling einen geeigneten Platz in der Gruppe
zu finden.

71

Na, wie findest du meine Familie, Vanessa?«, forschte Jonas und sah Vanessa mit fragendem Gesicht an, bevor er den Anlasser betätigte und sie die lange Fahrt von Perlach nach Freiham antraten. »Du hast nette Brüder mit reizenden Frauen«, fand Vanessa. »Über den herzlichen Empfang habe ich mich sehr gefreut. Die spontane Umarmung durch Susanne hat mir gutgetan und sie hat es mir ermöglicht, dem Kennenlernen von Lisa, Luis, Fiona und Odo ganz entspannt entgegenzugehen. Im Rückblick fand ich, dass es leichter war, als ich mir das vorgestellt hatte. Vielleicht war es auch gut, dass der äußere Anlass unseres ersten Zusammentreffens nicht wir zwei waren, sondern die bevorstehende Begräbnisfeier deiner Mama. Es gab noch allerhand im Hinblick auf die Begräbnisfeier zu besprechen, und auf diese Weise war der Focus nicht so sehr auf uns zwei gerichtet und wir zwei standen nicht so sehr im Mittelpunkt.« – »Gibt es jemanden, den du auf Anhieb sympathisch fandest?«, bohrte Jonas. »Du wirst es vielleicht nicht glauben. Es war Odo. Er begrüßte mich wie einen alten Kumpel, wie jemanden, den er schon lange kennt. Seine witzige und humorvolle Art hat mich beeindruckt. Die nachdenkliche und teilnahmsvolle Art Aarons verrät den Seelsorger. Man kann ihn sich auch heute noch gut als Pfarrer vorstellen.« Jonas lachte. »Wenn schon nicht hinter dem Altar, dann ganz bestimmt als aufmerksamen Zuhörer, als Seelsorger. Meine Eltern fielen aus allen Wolken, als er ihnen mitgeteilt hat, dass er

Priester werden möchte. Mit wem hast du dich denn am besten austauschen können?« – »Ich habe mich sehr lange mit Fiona unterhalten. Sie scheint sich sehr für moderne Kunst zu interessieren und kennt sich auch bei Opern etwas aus.« Jonas hatte wissend genickt. »Ja, das verdankt sie ihren Eltern. Die haben sie schon als Gymnasiastin oft in die Oper mitgenommen. Kultur in Form von Museen, Konzerten oder gar Opernbesuchen gab es bei uns zu Hause nicht. Meine Eltern hatten eher einen Sinn für das Praktische. Da siehst du, dass es die Eltern sind, die bei den Kindern Interessen wecken können.« Als Jonas das sagte, dachte er an den großen Gemüsegarten, den sein Vater hinter dem Einfamilienhaus angelegt hatte. »Dann hast du dich also wohlgefühlt in unserer Runde«, wollte Jonas wissen. »Ja, durchaus. Susanne fand es schade, dass ich am Mittwoch nicht zur Beerdigung komme. Sie scheint gerne mit mir zu reden, wie ich festgestellt habe, und sie scheint auch die resoluteste von den Frauen deiner Brüder zu sein.« – »Das hast du gut beobachtet, Vanessa, und es stimmt auch. In der Klinik ist sie die Vermittlerin zwischen den Ärzten und den Patienten. Es sind die Schwestern und die Pfleger, die den Heilungsprozess der Kranken begleiten.« Jonas machte eine Pause. Danach griff er den Faden des Gesprächs wieder auf. »Aber am längsten hast du dich mit Lisa unterhalten, die dir schräg gegenübersaß.« – »Ja, und es war interessant, was sie über die Erziehung im Vorschulalter sagte. Ach ja, und ganz am Schluss, auf dem Weg vom Lokal zum Auto, hat uns Odo eingeladen, bald mal nach Frankfurt zu kommen. Wir könnten sogar bei ihnen im Gästezimmer übernachten. Das fand ich nett.« Darauf gab Jonas keine Antwort. In seinen Augen war diese Einladung eine großzügige Geste seines jüngsten Bruders. Und Frankfurt würde er sich im Sommer auch gerne mal ansehen. Aber einen Quartierbesuch wollte er bei keinem seiner Brüder machen. »Dann lieber eine oder zwei Nächte im Hotel. Dann bin ich unabhängig vom Lebensrhythmus und den Plänen des Gastgebers und kann auch abends noch etwas ausschwärmen, eine fremde Stadt wie zum Beispiel Frankfurt mal von einer anderen Seite kennenlernen.«

Es entstand eine Pause. Schließlich kam von Jonas die Frage: »Also kannst du dir vorstellen, bei unserer Familie bald dazuzugehören?« – »Ja, Jonas. Wenn du mich heiraten willst …« – Ja, unbedingt!«

72

Jonas war froh gewesen, als er erfahren hatte, dass die Begräbnisfeier auf Mittwochnachmittag, 14 Uhr 30 angesetzt worden war. Auf diese Weise musste er keinen Sonderurlaub beantragen. Es reichte, wenn er mit Erlaubnis seines Schulleiters am Gymnasium Augsburg die Teilnehmer seines Mathekurses in der Oberstufe zwanzig Minuten früher entließ. Es war zehn nach zwei Uhr, als er seinen Wagen auf dem Parkplatz des Neuen Südfriehofs abstellte und sich auf den Weg zur Aussegnungshalle machte. Die Aussegnungshalle lag erhöht inmitten einer parkähnlichen Anlage und der Platz vor ihr bot bei schönem Wetter in Richtung Norden einen wunderbaren Ausblick auf die Kulisse Münchens mit dem Dom und der Theatinerkirche. Die liebevoll in die Landschaft eingebettete Anlage mit einem künstlichen See war als einziger Münchner Friedhof hügelig. Ein Spazierweg von zehn Minuten lag vor Jonas, und es war ihm ganz recht, dass er erst wenige Minuten vor Beginn der Feier sein Ziel erreichen würde. Das ermöglichte es ihm, rechtzeitig seinen Platz in der ersten Reihe einzunehmen, ohne lange Smalltalk mit anderen führen zu müssen.

Die Feier war würdig und gediegen und verriet Aarons Handschrift, der einen Lebenslauf mit den wichtigsten Höhepunkten im Leben seiner Mutter vortrug. Den Wortgottesdienst hielt ein Diakon, und Aaron hatte eine ihm befreundete Musikerin für die musikalische Untermalung auf ihrer Querflöte gewinnen können.

Nach der liturgischen Feier in der Aussegnungshalle nahmen die Mitglieder der Trauerfamilie die Beileidsbekundungen von ehemaligen Nachbarn, Kollegen und Freunden entgegen, bevor sich der Trauerzug auf den Weg zu Daniels Grab machte.

Auf dem Weg zurück zum Parkplatz suchte Fiona seine Nähe. »Die Mama zu verlieren und ihr das letzte Geleit geben zu müssen, ist immer eine besonders schmerzliche Angelegenheit. Die Mama ist der Mensch, mit dem wir am meisten Zeit in den ersten fünfzehn Jahren unseres Lebens verbracht haben«, fand Fiona.« Hat Nicole denn lange leiden müssen?« Jonas verneinte. Nachdenklich ergänzte er: »Sie ruht jetzt an Daniels Seite.«

Odo suchte Jonas' Gesellschaft und begann: »Du hast nach dem Tod Amelies einen neuen Menschen gefunden, an dessen Seite du in Zukunft durch das Leben gehen kannst. Vanessa ist eine attraktive und lebensfrohe Frau. Ich gratuliere dir von Herzen, Bruderherz! Das finde ich großartig! Du bist ein Glückspilz! Wie hast du sie denn kennengelernt?«

Dieses Kompliment seines jüngsten Bruders weckte ein tief empfundenes Glücksgefühl in Jonas. Es war wunderbar und erfüllte ihn mit Dankbarkeit, dass er und Vanessa endlich zueinander gefunden hatten. Gelegentlich konnte er an diese unglaubliche Fügung selbst nicht so recht glauben. Beseelt von einem unbeschreiblichen Gefühl bekannte er: »Vanessa und ich waren Kollegen am Gymnasium Augsburg und wir sind uns durch eine Fahrgemeinschaft nähergekommen. Damals war ich noch mit Amelie verheiratet. Aus unserer Liebe ging mein unehelicher Sohn Linus hervor.«

Es war das erste Mal, dass Jonas seine Vaterschaft bei Linus öffentlich zugab. »Dann bist du jetzt am Ziel deiner Herzenswünsche, Jonas!« Anerkennend hatte Odo seinem Bruder auf die Schulter geklopft.

Nachdenklich fasste Jonas zusammen: »Und wenn wir im Frühjahr heiraten werden, ist die Familie wieder vollständig!«